Pierre Bottero

Le pacte des Marchombres

RAGEOT

Couverture de Sébastien Pelon
Photo de couverture : angelica.trinco@outlook.it©GettyImages
Carte d'Alain Janolle

ISBN 978-2-7002-5650-5
ISSN : 1772-5771

© RAGEOT-ÉDITEUR – Paris, 2006-2010-2016-2017.
Tous droits de reproduction, de traduction et d'adaptation réservés pour tous pays. Loi n° 49-956 du 16-07-1949 sur les publications destinées à la jeunesse.

*Je dédie ce livre à Agnès, Aurélie, Caroline, Céline, Edith, Emmanuelle, Florence, Guylain, Marc, Roberte, Tadija, et Xavier, auprès de qui j'arpente depuis quelques années une voie empreinte de magie.
Merci d'avoir permis que les marchombres ne soient pas qu'un rêve.*

Préface

Lorsque j'ai commencé à voyager en Gwendalavir aux côtés d'Ewilan et de Salim, je savais que, au fil de mon écriture, ma route croiserait celle d'une multitude de personnages. Personnages attachants ou irritants, discrets ou hauts en couleurs, pertinents ou impertinents, sympathiques ou maléfiques... Je savais cela et je m'en réjouissais.

Rien, en revanche, ne m'avait préparé à une rencontre qui allait bouleverser ma vie.

Rien ne m'avait préparé à Ellana.

Elle est arrivée dans la *Quête* à sa manière, tout en finesse tonitruante, en délicatesse remarquable, en discrétion étincelante. Elle est arrivée à un moment clef, elle qui se moque des serrures, à un moment charnière, elle qui se rit des portes, au sein d'un groupe constitué, elle pourtant pétrie d'indépendance, son caractère forgé au feu de la solitude.

Elle est arrivée, s'est glissée dans la confiance d'Ewilan avec l'aisance d'un songe, a capté le regard d'Edwin et son respect, a séduit Salim, conquis maître Duom... Je l'ai regardée agir, admiratif, sans me douter un instant de la toile que sa présence, son charisme, sa beauté, tissaient autour de moi.

Aucun calcul de sa part. Ellana vit, elle ne calcule pas. Elle s'est contentée d'être et, ce faisant, elle a tranquillement troqué son statut de personnage secondaire pour celui de figure emblématique d'une double trilogie qui ne portait pourtant pas son nom. Convaincue du pouvoir de l'ombre, elle n'a pas cherché la lumière, a épaulé Ewilan dans sa quête d'identité puis dans sa recherche d'une parade au danger qui menaçait l'Empire.

Sans elle, Ewilan n'aurait pas retrouvé ses parents, sans elle, l'Empire aurait succombé à la soif de pouvoir des Valinguites, mais elle n'en a tiré aucune gloire, trop équilibrée pour ignorer que la victoire s'appuyait sur les épaules d'un groupe de compagnons soudés par une indéfectible amitié.

Lorsque j'ai posé le dernier mot du dernier tome de la saga d'Ewilan, je pensais que chacun de ses compagnons avait mérité le repos. Que chacun d'eux allait suivre son chemin, chercher son bonheur, vivre sa vie de personnage libéré par l'auteur après une éprouvante aventure littéraire.

Chacun ?
Pas Ellana.

Impossible de la quitter. Elle hante mes rêves, se promène dans mon quotidien, fluide et insaisissable, transforme ma vision des choses et ma perception des autres, crochète mes pensées intimes, escalade mes désirs secrets...

Un auteur peut-il tomber amoureux de l'un de ses personnages ?

Est-ce moi qui ai créé Ellana ou n'ai-je vraiment commencé à exister que le jour où elle est apparue ?

Nos routes sont-elles liées à jamais ?

– Il y a deux réponses à ces questions, souffle le vent à mon oreille. Comme à toutes les questions. Celle du savant et celle du poète.

– Celle du savant ? Celle du poète ? Qu'est-ce que...

– Chut... Écris.

ENFANCE

1

– Pourquoi les nuages vont dans un sens et nous dans l'autre ?

Homaël Caldin éclata d'un rire tonitruant.

– Parce que nous ne sommes pas des nuages, Grenouille ! s'exclama-t-il en ébouriffant les cheveux de la fillette assise à côté de lui.

Celle-ci fit la moue. Elle adorait son père, ses gestes tendres et rudes à la fois, sa voix forte et son inaltérable bonne humeur. Elle aimait moins qu'il ne réponde jamais à ses questions.

Elle leva les yeux vers le ciel, contemplant les nuages qui filaient vers le sud alors que la caravane dont faisait partie leur chariot progressait vers le nord. Elle sentait qu'il y avait une explication à ce phénomène mais, à cinq ans et des poussières, les mots pour exprimer son trouble lui manquaient cruellement.

La bâche s'entrouvrit dans son dos et sa mère se glissa près d'elle. Fine, légère, toute de douceur et d'intuition. L'opposé de son époux.

Et son parfait complément.

– Maman, pourquoi les nuages vont dans un sens et nous dans l'autre ?

Isaya sourit, caressa la joue de sa fille du bout des doigts.

– Il y a deux réponses à ta question. Comme à toutes les questions, tu le sais bien. Laquelle veux-tu entendre ?

– Les deux.

– Laquelle en premier alors ?

La fillette plissa le nez.

– Celle du savant.

– Nous allons vers le nord parce que nous cherchons une terre où nous établir. Un endroit où construire une belle maison, élever des coureurs et cultiver des racines de niam. C'est notre rêve depuis des années et nous avons quitté Al-Far pour le vivre.

– Je n'aime pas les galettes de niam...

– Nous planterons aussi des fraises, promis. Les nuages, eux, n'ont pas le choix. Ils vont vers le sud parce que le vent les pousse et, comme ils sont très très légers, ils sont incapables de lui résister.

– Et la réponse du poète ?

– Les hommes sont comme les nuages. Ils sont chassés en avant par un vent mystérieux et invisible face auquel ils sont impuissants. Ils croient maîtriser leur route et se moquent de la faiblesse des nuages, mais leur vent à eux est mille fois plus fort que celui qui souffle là-haut.

La fillette croisa les bras et parut se désintéresser de la conversation afin d'observer un vol de canards au plumage chatoyant qui se posaient sur la rivière proche. Indigo, émeraude ou vert pâle, ils se bousculaient dans une cacophonie qui la fit rire aux éclats. Lorsque les chariots eurent dépassé les volatiles, elle se tourna vers sa mère.

– Cette fois, je préfère la réponse du savant.

– Pourquoi ? demanda Isaya qui avait attendu sereinement la fin de ce qu'elle savait être une intense réflexion.

– J'aime pas qu'on me pousse en cachette.

Le convoi s'arrêta pour la nuit près d'un bosquet de charmes bleus dont le feuillage automnal bruissait sous la brise.

Il y avait douze chariots. Douze familles résolues à s'implanter dans une des régions les moins sûres de l'Empire.

L'intendant de Kuntil Cil' Karn, seigneur d'Al-Far, avait averti les pionniers qu'ils ne pourraient guère compter sur le soutien de l'armée alavirienne, ce qui n'avait rien changé à leur détermination. Ils étaient partis une semaine plus tôt, laissant la confrérie de Tintiane sur leur droite et longeant la rivière Ombre vers le nord après l'avoir traversée pour ne pas s'approcher des redoutables plateaux d'Astariul.

Depuis trois jours ils n'avaient plus détecté le moindre signe d'une présence humaine et le sentiment qu'ils touchaient au but commençait à vibrer en eux.

Après s'être occupés des chevaux, les pionniers se rassemblèrent autour du feu de camp pour partager le repas du soir. Unis par une même soif de liberté, ils avaient vu leurs liens se resserrer au cours du voyage, tissant la trame d'une communauté solidaire où la survie de chacun dépendait de l'aptitude de tous à vivre en groupe.

Ils avaient longuement évoqué leur future existence et, au fil de leurs discussions, le village de leurs rêves s'était esquissé. Harmonieux, juste, collégial... Ils mouraient d'envie de commencer à le bâtir.

Homaël envoya une bourrade amicale à l'un de ses compagnons de route qui venait de se moquer de lui, puis tourna la tête, cherchant sa femme et sa fille. Il les découvrit assises l'une près de l'autre, un peu à l'écart, discutant à voix basse, isolées dans cet univers secret dont elles étaient les seules à posséder la clef. Le cœur d'Homaël accéléra comme chaque fois qu'il réalisait à quel point il les aimait. Lui, si solide et si hardi, lui, si plein d'assurance qu'il s'était vu confier le poste de maître caravanier, lui, Homaël Caldin, n'existait que parce qu'elles existaient. C'était sa force et sa faiblesse. Sa vraie force et sa seule faiblesse.

Il avait rencontré Isaya six ans plus tôt, l'avait aimée à la seconde où ses yeux s'étaient posés sur elle, l'avait courtisée comme jamais femme n'avait été courtisée, et quand enfin elle avait dit oui il s'était évanoui de bonheur. Littéralement.

Leur fille était la seule enfant de la caravane. Ils avaient d'abord craint que cette situation la perturbe mais avaient vite changé d'avis. Une fois le village bâti, des bébés naîtraient, nombreux, et, en attendant, la petite qui était très éveillée s'entendait à merveille avec les adultes qui l'entouraient.

Éveillée et têtue. Elle ne cédait que lorsqu'elle comprenait, et elle voulait tout comprendre. Ce trait de caractère enchantait Isaya mais Homaël, peu porté aux explications, s'emportait souvent quand sa fille exigeait de connaître les motifs d'une consigne avant de lui obéir.

– Elle n'a que cinq ans! se plaignait-il à sa femme. Pourquoi faut-il toujours qu'elle discute ce que je dis?

Isaya se contentait de sourire, et Homaël se calmait.

Comme par enchantement.

Lorsque, après la dernière chanson, le feu ne fut plus alimenté, les flammes baissèrent doucement, la nuit reprit ses droits.

Enroulés dans leurs couvertures, armes à portée de main malgré les chiens montant la garde autour du camp, les pionniers s'endormirent un à un.

Allongé sur le dos, Homaël ne parvenait pas à trouver le sommeil. Il contemplait l'infinité de la voûte céleste, le cœur serré par l'insignifiance de son existence. Presque effrayé. N'était-ce pas folie que de quitter la sécurité de la ville pour se lancer dans une telle aventure?

Comme si elle avait perçu son trouble, Isaya se serra contre lui, et son angoisse se dissipa, remplacée par la chaleur d'une certitude : danger ou pas, il était heureux. Formidablement heureux.

– Elles sont si proches, murmura Isaya à son oreille en désignant les étoiles. On dirait qu'elles vont se poser près de nous. Tu crois que c'est possible ?

– Les étoiles ne se posent jamais près des hommes, répondit-il dans un souffle. Sauf la plus belle d'entre elles. Celle qui est maintenant ma femme.

Il se penchait pour l'embrasser lorsqu'une petite main l'attrapa par l'épaule et le secoua avec détermination.

– Papa ! Et la réponse du savant, c'est quoi ?

2

Le convoi, lourdement chargé, progressait avec lenteur, mais l'allure importait peu. Le but était proche. Tout proche.

La veille au matin, les chariots s'étaient éloignés de l'Ombre, longeant un de ses affluents. Ils avaient traversé un bois de bouleaux à l'écorce argentée dont les feuilles avaient déjà viré au rouge, puis une prairie si douce qu'ils avaient failli s'y arrêter définitivement.

Les pionniers avaient toutefois décidé de poursuivre encore leur route, conscients qu'il ne fallait pas choisir à la légère le lieu où ils s'établiraient, mais convaincus que leur voyage était sur le point de s'achever. La terre était riche, l'eau limpide, le gibier abondant...

Des aboiements furieux tirèrent Homaël de sa rêverie. Il se mit debout sur son chariot, juste à temps pour voir les chiens s'élancer en direction de la forêt.

Avant qu'ils aient atteint la lisière, les buissons se déchirèrent pour laisser le passage à une horde d'êtres monstrueux qui se ruèrent sur la caravane en vociférant. Trapus, musculeux, vêtus d'éléments d'armures disparates et brandissant des armes effrayantes, ils n'avaient d'humanoïde que la silhouette. Leur faciès repoussant était un assemblage hideux et aléatoire de groin, crocs, cornes et pustules, tandis que leurs grognements inarticulés ne portaient pas d'autre message qu'une promesse de mort.

– Des Raïs! hurla Homaël. Aux armes!

Les pionniers réagirent au moment où les chiens arrivaient au contact. Redoutables molosses dressés à protéger les troupeaux contre les attaques des loups, ils se jetèrent avec ardeur dans la bataille mais ils n'étaient qu'une poignée. Leurs puissantes mâchoires eurent beau commettre des ravages, ils furent balayés par un ennemi dix fois plus nombreux qu'eux.

Homaël avait saisi sa lourde hache et sauté du chariot, les traits sombres et la mine résolue. Les hommes et les femmes de la caravane, armés de cognées ou de poignards, se rassemblèrent autour de lui.

– Courage! s'écria-t-il pour lutter contre la peur presque palpable qui se dégageait du groupe.

Après s'être débarrassés des chiens, les Raïs se précipitèrent en hurlant dans leur direction. Isaya ne leur accorda qu'un regard. Elle prit la main de sa fille qui contemplait avec stupeur les monstres charger, et l'entraîna dans le chariot. Ahanant sous l'effort, elle repoussa les caisses pesantes qui encombraient le plancher jusqu'à dégager une petite trappe.

Le compartiment qu'elle dissimulait mesurait moins d'un mètre de long sur à peine trente centimètres de haut. Il contenait des livres et quelques bijoux dont Homaël avait hérité des années plus tôt. Isaya les jeta dans un coin avant de s'agenouiller devant sa fille.

– Écoute-moi, ma princesse. Écoute-moi plus attentivement que tu ne m'as jamais écoutée.

Malgré la terreur qui broyait son ventre, sa voix était calme et douce. Apaisante.

– Tu vas te cacher là-dedans, poursuivit-elle.
– Pourquoi ?

Une question simple, sans la moindre trace de tension.

– Parce que les monstres qui arrivent sont très méchants.
– Tu vas te cacher avec moi ?
– Non, je suis bien trop grande. Toi tu vas te cacher et lorsque j'aurai fermé la trappe, tu ne feras plus le moindre bruit.

Isaya savait qu'il était inutile d'exiger quoi que ce soit de sa fille. Elle ne suivrait ses recommandations que si elle en comprenait le bien-fondé.

– Tu n'auras le droit de bouger que si tu n'entends plus rien pendant un très très long moment. Aussi long qu'une nuit entière.

– Ça fait vraiment long. Tu seras où, toi ?

– Je ne sais pas, répondit Isaya en souriant. Je vais peut-être être obligée de partir et de te laisser seule mais tu n'auras pas peur, n'est-ce pas ? Tu es grande, tu ne pleureras pas.

– Tu reviendras quand ?

– Il y a deux réponses à ta question. Comme à toutes les questions, tu le sais bien. Je commence par laquelle ?

À l'extérieur, un bruit terrifiant s'éleva. Le bruit des armes qui s'entrechoquent, fendent la chair, donnent la mort. La fillette tressaillit mais sa mère, en lui caressant la joue, réussit à l'enfermer dans l'univers de son regard.

– Laquelle ?

– Celle du savant.

– Je ne reviendrai peut-être jamais, ma princesse.

– Elle est nulle cette réponse. Donne-moi celle du poète.

Isaya se pencha pour la lui murmurer à l'oreille.

– Je serai toujours avec toi. Où que tu te trouves, quoi que tu fasses, je serai là. Toujours.

Elle avait placé la main sur sa poitrine. La petite la regarda avec attention.

– Dans mon cœur ?

– Oui.

– D'accord.

Aidée par sa mère, elle s'allongea dans la cachette. Un hurlement d'agonie retentit derrière la bâche, à quelques mètres d'elles.

— Maman…

Il n'était plus temps de discuter, plus temps d'expliquer. Les bruits de combat étaient proches, le chariot tangua une première fois.

— Tu te souviens, ma princesse ? Silence et patience.

Un nouveau sourire, rassurant, puis Isaya referma la trappe. Elle la couvrit d'un simple panier afin qu'invisible du dehors, elle puisse être facilement ouverte de l'intérieur, jeta un dernier regard pour…

Le chariot tangua une deuxième fois. Bien plus fort.

Un Raï apparut, monstrueux, un cimeterre ébréché à la main, une lueur rouge au fond de ses yeux porcins.

Isaya tira un coutelas de sa ceinture et, dans le même mouvement, se jeta sur lui.

Ils basculèrent ensemble dans le vide et s'écrasèrent au sol. Isaya se redressa la première.

Frappa.

De toutes ses forces.

Le poignard planté jusqu'à la garde au milieu de la poitrine, le Raï poussa un grognement sourd et ne bougea plus. Déjà Isaya courait. Elle rejoignit Homaël qui combattait avec l'énergie du désespoir. Elle ramassa une hache et, refusant de regarder les corps de leurs compagnons, se campa près de son mari.

À eux deux, ils réussirent à repousser la horde raï.

Quelques secondes.

Le temps de s'étreindre une dernière fois.

D'échanger un ultime regard.

Puis les monstres se regroupèrent.

Fondirent sur eux.

Dans la cachette sous le chariot, une fillette ferma les yeux.

Très fort.

3

– Ouh là là, ça pue pire qu'un poulet pourri ici !
– T'as qu'à jeter un sort de senteur odoriférante et parfumée, Pilipip. Celui à la framboise n'est pas mal.
– Et toi tu t'empresserais de raconter au grand Boulouakoulouzek que j'ai gaspillé un sort pour rien ! Faux frère !

Pilipip lança à son compagnon un regard courroucé avant de lui tourner le dos pour farfouiller dans le chariot.

Leur découverte datait de la veille. Une caravane, ou du moins ce qui en restait, abandonnée à l'orée d'un bois dans une jolie prairie pentue. Poussés par leur insatiable curiosité, ils avaient décidé de l'explorer. Ils s'en trouvaient à cinquante mètres quand ils avaient soudain fait demi-tour et s'étaient enfuis en courant.

Le Raï.

Ça sentait le Raï !

Après une nuit passée dans un arbre à observer les alentours, ils s'étaient convaincus que si Raï il y avait eu, Raï il n'y avait plus. Ils étaient revenus vers la caravane.

Prêts à détaler au moindre bruit suspect.

L'un et l'autre coiffés d'un étonnant chapeau fait d'écorce et de lierre vivace, vêtus de feuilles souples assemblées par des liens de chanvre, ils possédaient des visages avenants aux joues rouges et rebondies, des yeux pareils à des billes d'émeraude et un nez rond aussi imposant qu'écarlate.

Le plus grand des deux mesurait à peine un mètre.

– Hé, Oukilip, regarde ça !

Pilipip tendit à son frère un flacon de cristal contenant un liquide ambré. Oukilip s'en empara et, en prenant l'air important, le déboucha avant de le porter à ses narines.

– De l'agrume, jugea-t-il, certainement de la mandarine. Une note boisée, une trace d'eau de rose, un brin de cannelle, un peu de violette aussi et une pointe de musc.

Il sentit à nouveau, se concentra...

– Et un soupçon d'essence de mûrier ! Un excellent cru.

Il leva le flacon et, sans tenir compte de l'exclamation catastrophée de Pilipip, en but le contenu d'une seule gorgée.

– Sauvage ! éructa Pilipip hors de lui. Voleur ! Ce vin était à moi ! Espèce de sacripant boiteux !

– Désolé, Pil, j'ai cru que c'était un cadeau.

– Tsss, un cadeau... Est-ce que j'ai une tête à te faire des cadeaux ? Et est-ce que tu me fais des cadeaux, toi ?

Oukilip posa une main conciliante sur l'épaule de son frère.

– Pour ton anniversaire, le mois dernier, je t'ai offert un gros champignon.

– C'est vrai, admit Pil amadoué. Un rouge avec des points blancs qui sentait drôlement bon.

– Tu vois.

– Et j'ai été malade comme un chien ! s'emporta Pilipip. Tu as voulu te débarrasser de moi !

– Mais non, mais non. Allez, aide-moi à bouger cette caisse. Les Raïs ont dû la faire tomber de là-haut et on dirait qu'il y a une trappe dessous...

– Une cachette ? s'enquit Pilipip soudain frémissant. S'il y a un trésor, il est pour moi.

– Tais-toi et pousse !

Les deux frères s'arc-boutèrent et, avec les plus grandes difficultés, parvinrent à faire glisser la caisse sur le sol du chariot. Il y avait une rainure dans le plancher qui délimitait bien une trappe astucieusement camouflée.

– On ouvre ?

– On ouvre.

Avec un grincement, la trappe bascula.

– Qu'est-ce que c'est ? s'étonna Pilipip. Un petit Faël ?

– Avec la peau pâle et les oreilles même pas pointues ? Impossible.
– Un bébé raï, alors ?
– Non, c'est beaucoup trop vraiment joli.
Pilipip fit la grimace.
– C'est joli mais ça pue. Depuis combien de temps c'est enfermé dans cette cachette ?
– Aucune idée. Sans doute longtemps parce que ça ne bouge plus et ça respire à peine. Pil ?
– Quoi ?
– Je crois que c'est une petite Humaine.
Avec un cri étouffé, Pilipip recula d'un pas.
– Tu dis ça pour me faire marcher, Ouk. Les Humains n'existent pas.
Oukilip se frotta le menton.
– Ben… Peut-être que si finalement. Ce n'est pas une Faëlle, ni une Raï, encore moins un écureuil ou un trodd. Ça ne peut être qu'une Humaine. Qu'est-ce qu'on décide ?
– On referme la trappe et on s'en va ? proposa Pilipip.
– Ça va la faire mourir.
– C'est pas de notre faute, Ouk, et puis elle est déjà presque bientôt morte.
– C'est parce qu'elle a soif. On pourrait lui lancer le sort de l'humidité mouillée qui mouille…
– Tu crois ?
– Je crois qu'il faut essayer.
– Et après ?
– On la ramène chez nous, on la montre au grand Boulouakoulouzek, il nous félicite et on devient célèbres.

Signe d'une grande perplexité, Pilipip ôta son chapeau d'écorce, se gratta la tête, remit son chapeau, l'enleva à nouveau, le remit...
— D'accord, dit-il finalement.

Les vestiges de la caravane étaient loin lorsque la fillette ouvrit les yeux. Elle était couchée sur une couverture tendue entre deux branches. Harnaché à ce travois de fortune, un petit être, court sur pattes et coiffé d'un étonnant chapeau, peinait à avancer tandis qu'un deuxième, copie conforme du premier, marchait à ses côtés en l'encourageant dans une langue incompréhensible.

Au mouvement qu'elle fit en se redressant, celui qui se tenait près d'elle bondit en arrière, trébucha, tomba sur les fesses et resta immobile à la contempler, les yeux écarquillés. Son compagnon lui lança une série d'invectives aux sonorités chantantes avant d'éclater de rire.

— Est-ce que vous avez vu ma maman? demanda la fillette en regardant autour d'elle.

Le petit être qui s'était cassé la figure grimaça, ôta son chapeau pour se gratter la tête, le remit puis tira de sa poche une bourse de cuir remplie de framboises qu'il lui tendit.

Elle était affamée. Elle s'en aperçut en croquant la première baie. En trois secondes, elle vida la bourse.

— Ouh là là! s'exclama Pilipip. Ça parle une drôle de langue et ça mange beaucoup plus que beaucoup.

– Oui, mais c'est vraiment joli quand ça ne dort plus.

– C'est sûr. Ça s'appelle comment ?

– Et comment veux-tu que je le sache ? Pose-lui la question.

Pilipip se tourna vers la fillette.

– Quel est ton nom, petite Humaine ?

Elle lui répondit par une phrase inintelligible.

– Ouh là là, c'est pas joué cette affaire, remarqua Oukilip. Je te propose qu'on l'appelle Ipiutiminelle.

– Bonne idée, approuva son frère. C'est un joli nom...

– Pour une jolie petite Humaine, conclut Ouk.

4

— Ipiu!!!

L'appel résonna longuement entre les arbres de la Forêt Maison.

Perchée à la cime de l'un d'entre eux, la fillette plaça la main devant sa bouche pour étouffer un éclat de rire. Ouk et Pil la cherchaient depuis plus de deux heures et elle n'avait aucune intention de les laisser la retrouver.

Pas s'ils persistaient à vouloir l'affubler de ce ridicule chapeau d'écorce.

— Je suis là, répondit-elle néanmoins.

— Descends! cria Pilipip d'en bas.

— Je refuse de mettre ce chapeau. Il me fait la tête d'une goule!

— Tu n'as jamais vu de goule, Ipiu, la tempéra Oukilip, et ce n'est pas pour le chapeau que tu dois descendre.

– Promis ?
– Promis.
– C'est pour quoi alors ?
– Le grand Boulouakoulouzek veut te parler.

La fillette réfléchit un instant. Le grand Boulouakoulouzek qui régnait sur le peuple des Petits vivait loin d'ici et se déplaçait peu. Il était donc assez rare de le voir. Elle-même ne l'avait rencontré qu'à trois reprises. À son arrivée, cinq ans plus tôt, puis l'année suivante, quand il avait fallu chasser une horde raï qui s'était aventurée dans la Forêt Maison et enfin lorsqu'elle s'était hissée, malgré l'interdiction formelle de Pil et Ouk, au sommet de l'arbre Talisman pour admirer Ilfasidrel, le joyau aux mille facettes.

À cette occasion, le grand Boulouakoulouzek l'avait observée longuement et avait marmonné dans sa barbe une incompréhensible sentence. Le gardien du grimoire s'était empressé de la noter sur le gros bouquin qui ne le quittait jamais, puis le grand Boulouakoulouzek s'était éloigné.

Trois fois.

C'était assez peu pour rendre séduisante l'idée de le revoir et courir le risque que l'invitation soit un traquenard manigancé par les deux Petits. De toute façon, si Ouk et Pil insistaient avec leur chapeau, elle n'aurait qu'à le jeter dans la mare d'un trodd. Ils n'iraient pas le récupérer.

– D'accord, j'arrive.

Elle empoigna la cime de l'arbre et lança ses pieds dans le vide. Le tronc, fin et élancé, ploya sous son poids, l'amenant à mi-distance du sol. Elle se balança un instant puis se laissa choir sur la branche maîtresse d'un chêne proche. Elle s'assit, bascula en arrière, crocheta la branche au dernier moment, s'y retrouva suspendue à la force des poignets. Elle se balança une nouvelle fois et bondit sur un charme. Pieds plaqués contre son écorce lisse, elle glissa jusqu'à terre.

— Pas mal du tout, admira Oukilip. Si tu n'étais pas si grande, tu pourrais devenir vraiment très douée.

— N'importe quoi ! rétorqua la fillette sans se démonter. Je grimpe déjà aussi bien qu'un Petit, non ?

— Ça, ce n'est pas sûr, intervint Pilipip qui n'avait pas digéré qu'elle lui lance son beau chapeau d'écorce à la figure. Et puis si tu continues à grandir, tu ne parviendras plus à te faufiler sans bruit dans les buissons pour surprendre les clochinettes.

— Et pourquoi donc, monsieur le grognon ?

— Parce que quand on est grand, on est maladroit, voilà pourquoi !

Ipiu poussa un soupir désapprobateur.

— Ce n'est ni une réponse de savant, ni une réponse de poète.

— Par les dents d'Humph le trodd, s'emporta Pilipip, tu me fatigues avec tes questions à deux réponses !

Malgré ses trépignements, le Petit n'était pas très impressionnant. Il râlait plus qu'il n'agissait, et ses continuelles imprécations cachaient, assez mal, un cœur formidablement généreux. Ipiu l'adorait.

– Le grand Boulouakoulouzek est par ici ? demanda-t-elle pour faire diversion.

– Non, lui répondit Oukilip. Il se trouve en ce moment au sommet de l'arbre Talisman.

– Alors comment savez-vous qu'il veut me voir ? s'enquit-elle, soudain méfiante.

– Un message est arrivé par les troncs relais. Le grand Boulouakoulouzek t'attend là-bas.

Ipiu poussa un sifflement étonné.

– C'est loin !

– Deux jours de marche. Autant partir tout de suite.

L'idée était séduisante.

Un voyage, l'arbre Talisman, le grand Boulouakoulouzek...

Encadrée par les deux Petits qui lui arrivaient à l'épaule mais la considéraient néanmoins comme leur fille, Ipiu se mit en route.

La Forêt Maison s'étendait sur des centaines de kilomètres, bordée de tous côtés par d'infranchissables montagnes, à l'exception du nord-est où sa lisière s'ouvrait sur les marais putrides d'Ankaï, frontière des royaumes raïs. Elle était plantée d'une multitude d'essences qui, grâce aux conditions climatiques idéales, s'étaient développées jusqu'à atteindre des hauteurs surprenantes.

Si les villages des Petits étaient assez nombreux et certains de belle taille, il aurait été vain d'y chercher une piste ou un sentier. Les Petits passaient plus de temps dans les branches qu'au sol, et, quand ils se déplaçaient d'un village perché à un autre, ils n'empruntaient jamais deux fois le même chemin.

– Dis, Ipiu, tu vas encore beaucoup grandir ? lui demanda Ouk alors qu'ils se faufilaient sous un roncier.

– Je ne sais pas trop. Mes souvenirs sont flous, tu sais. Je me rappelle juste que mon père était grand.

– Très grand ?

– Peut-être comme Pil...

– Mais Pil est petit !

– ... s'il montait sur tes épaules.

L'annonce jeta un froid.

– Catastrophe, maugréa Pilipip.

– Tu blagues, n'est-ce pas ? la pressa son frère. Personne ne peut être aussi grand.

Ipiu se contenta de hausser les épaules. Il ne lui restait en mémoire que des fragments de sa vie d'avant la Forêt Maison. Des phrases isolées, des images floues et, parfois, quand elle s'endormait roulée en boule dans son hamac de feuilles, l'écho d'une voix douce et rassurante qui lui donnait envie de pleurer.

Pil et Ouk lui avaient maintes fois raconté dans quelles conditions ils l'avaient découverte. Ce récit avait toutefois évolué au fil du temps, jusqu'à ce que les deux Petits deviennent de téméraires héros qui n'avaient pas hésité à affronter une horde de Raïs sanguinaires pour la sauver.

Ipiu avait beau se douter que cette version épique était loin de la vérité, son passé lui échappait peu à peu pour se fondre dans la brume nostalgique des rêves oubliés.

Seule restait la voix du soir.

5

Ils passèrent la nuit dans leurs hamacs, à vingt mètres du sol, afin de se placer hors d'atteinte des prédateurs nocturnes.

L'automne commençait à parsemer la forêt d'une multitude de taches jaunes ou orangées. La température restait toutefois clémente et aucun incident ne vint troubler leur sommeil.

Au matin, ils reprirent leur route.

Émoustillés à l'idée de rencontrer le grand Boulouakoulouzek, Pil et Ouk progressaient à bonne allure, se faufilant dans les taillis les plus impénétrables avec une étonnante agilité et avalant les kilomètres sans penser à prendre le moindre repos.

Ipiu n'avait que dix ans mais son corps avait déjà perdu les rondeurs de la petite enfance. Fine et musclée, elle marchait avec vaillance, mettant un point d'honneur à ne jamais se plaindre et, surtout, à ne pas se laisser distancer.

Ignorant qu'à dix ans les enfants, qu'ils soient Petits ou Humains, se lançaient rarement dans de tels périples, Ouk et Pil ne s'étonnaient pas de sa singulière résistance et, à aucun moment, n'envisagèrent de ralentir.

Pour la même raison, ils n'avaient jamais hésité à la laisser se balancer de branche en branche à vingt mètres de hauteur ou à l'envoyer seule apporter une information à un voisin habitant à... dix kilomètres. Cette éducation avait porté d'étranges fruits : Ipiu n'avait qu'une idée très relative du danger et le concept de prudence lui était parfaitement étranger.

Elle s'était ainsi approchée à plusieurs reprises de la mare d'un trodd pour le cribler de pierres, s'était foulé une cheville en s'essayant au saut périlleux depuis la cime d'un érable, avait failli éborgner Ouk en s'entraînant au lancer de fourchette, et avait manqué être à l'origine de la première guerre civile de toute l'histoire des Petits en découvrant l'usage de la sarbacane et en testant la précision de son tir contre un village voisin.

Elle avait même tenté d'apprivoiser un ours élastique en lui offrant des framboises, ne réussissant que de justesse à échapper au plantigrade affamé. C'était la seule fois où Pil et Ouk s'étaient fâchés : on ne plaisantait pas avec les framboises !

Le reste du temps, ils accueillaient ses bêtises avec philosophie, persuadés que ce comportement était lié à ses origines humaines. Les Petits qui vivaient en famille à proximité avaient tenté de leur expliquer que, humaine ou pas, Ipiu était une enfant et avait davantage besoin de sécurité affective que d'aventures, ils s'étaient heurtés à un mur d'incompréhension totale.

Ipiu avait continué à risquer sa vie dix fois par jour.

Et à beaucoup s'amuser.

Ipiu avait beau apprécier ce voyage imprévu, elle n'en fut pas moins soulagée lorsqu'en fin de journée la forêt changea d'apparence. Les arbres devinrent plus imposants, plus hauts, les buissons plus fournis, l'herbe plus verte.

– On approche, affirma Oukilip.

– Nous approchons depuis que nous nous sommes mis en route, rétorqua Pilipip. Ta remarque est aussi mal formulée qu'inutile.

Oukilip jeta un regard mauvais à son frère qui se rengorgeait, fier de sa répartie, mais choisit de ne pas répondre. Ipiu, à son habitude, n'accordait aucune importance aux joutes verbales opposant les deux Petits. L'essentiel était qu'ils arrivent et qu'elle se repose enfin.

Ils marchèrent encore une heure, franchirent un cours d'eau tumultueux sur un pont de bois branlant, escaladèrent une barre rocheuse, rampèrent sous un gigantesque roncier et, soudain, l'arbre Talisman fut là.

Si colossal qu'il réduisait ses voisins, pourtant vénérables, au rang d'arbustes chétifs.

Si vieux que son écorce noueuse rendait impossible sa classification.

Son tronc devait bien mesurer cinquante mètres de circonférence, sa cime se perdait dans les nuages et ses racines étaient si grosses qu'elles ressemblaient à des murailles.

Une multitude de passerelles et de cordes reliaient le géant au village niché dans les frondaisons des arbres proches.

Le village de l'arbre Talisman était le plus grand de la forêt. Constitué d'une centaine de huttes de forme complexe, faites de branchages et de feuilles, entre lesquelles des familles entières de Petits vaquaient à leurs occupations, il se fondait parfaitement dans la végétation, au point qu'un voyageur non averti pouvait passer à proximité sans le remarquer.

Les trois visiteurs s'arrêtèrent à son pied et levèrent la tête, surpris. Alors que les villageois auraient dû s'interpeller avec bonne humeur, chanter en chœur selon leur habitude ou se disputer pour des broutilles, un silence morose régnait sur les passerelles. Aucun enfant n'escaladait les troncs avec l'agilité d'un écureuil et pas un seul Petit ne bondissait de branche en branche pour marquer sa joie de vivre.

– Ouh là là, s'exclama Pil, ça ne sent pas bon cette histoire !

Ils gagnèrent le village par une échelle de bois, saluèrent de loin quelques connaissances qui leur répondirent à peine, puis rejoignirent l'arbre Talisman.

La seule plate-forme qui y était construite s'étendait à cinquante mètres du sol, bien au-delà de la cime des autres arbres de la forêt. On y accédait par un escalier vertigineux taillé dans l'écorce et qui s'enroulait autour du tronc. Ils s'y engagèrent.

Au terme de la montée, ils prirent pied sur la plate-forme. Un groupe de Petits s'y trouvaient, plongés dans une discussion animée. Ils ne leur prêtèrent aucune attention.

– Le grand Boulouakoulouzek a demandé à nous voir ! claironna Pilipip.

Un Petit bossu, aussi vieux en apparence que l'arbre Talisman, sursauta avant de se tourner dans leur direction. Il soupira en découvrant qui avait crié.

– Pilipip ! maugréa-t-il. J'aurais dû me douter que c'était toi. Qui d'autre pourrait se comporter de la sorte malgré la situation ! Que veux-tu ?

– Le grand Boulouakoulouzek a demandé à nous voir, répéta Pil.

– Il a convoqué Ipiutiminelle, corrigea le vieux. Pas toi ni ton frère. Et découvre-toi quand tu t'adresses au doyen du conseil !

– Que se passe-t-il ? intervint Ouk sans tenir compte de la remarque acerbe. À quelle situation fais-tu allusion ?

Les membres du conseil avaient cessé de parler pour les regarder.

Ipiu eut le temps de noter leurs visages angoissés avant que l'un d'eux ne réponde d'une voix blanche :

– On a volé Ilfasidrel, le joyau aux mille facettes !

Le grand Boulouakoulouzek habitait à l'intérieur de l'arbre Talisman.

Une ouverture étroite dans le tronc permettait d'accéder à une immense salle circulaire d'où partait un boyau en pente conduisant à ses appartements. Rares étaient ceux à y avoir été invités.

La salle circulaire en revanche, la salle du joyau, était ouverte à tous et pouvait accueillir une centaine de Petits. Son sol était couvert de tapis de joncs tressés, et des guirlandes de fruits séchés et de feuilles brillantes pendaient de toutes parts. La lumière provenait de milliers de bougies placées dans la multitude de niches percées dans l'épaisseur du tronc. Au centre de la salle, près d'un trône taillé dans une souche de cerisier, se dressait une colonne de bois poli soutenant un écrin de nacre.

Le grand Boulouakoulouzek était assis sur le trône.

L'écrin de nacre était vide.

– Salut à toi, grand Boulouakoulouzek, s'exclamèrent en chœur Pil et Ouk, tandis qu'Ipiu se contentait de regarder autour d'elle.

Le grand Boulouakoulouzek ne s'appelait pas ainsi pour rien. Il dépassait d'une tête le plus grand des Petits, et sa carrure était à l'image de sa taille. Impressionnante.

Son visage était mangé par une barbe grise et drue parsemée de fils blancs et, sous ses sourcils broussailleux, brillaient deux yeux verts d'ordinaire pétillants d'intelligence mais pour l'heure tristes et éteints.

– Bonjour mes amis, répondit-il d'une voix atone.

Il nota les regards interrogateurs que ses invités portaient sur l'écrin de nacre.

– C'est une catastrophe, soupira-t-il. Sans Ilfasidrel, nous sommes incapables de jeter le moindre sort. Nous ne pourrons plus nous défendre contre les bêtes sauvages, purifier l'eau des mares, assurer la prospérité de nos villages et repousser les attaques des Raïs. Notre avenir est...

– Excuse-moi, Boulou, le coupa Pil, mais je ne comprends rien à cette histoire. Qui a osé voler Ilfasidrel ?

Le grand Boulouakoulouzek enfouit son visage dans ses mains calleuses.

– C'est ma faute, gémit-il. Je ne me suis pas assez méfié.

– Mais encore ?

– Ils sont arrivés en amis, et ont fait preuve d'une telle courtoisie que je n'ai pas imaginé un instant qu'il s'agissait d'aventuriers sans scrupules. De voleurs ! Je leur ai montré Ilfasidrel, je leur ai parlé du pouvoir de ses mille facettes, je leur ai dévoilé comment nous, les Petits, nous utilisions sa puissance pour jeter des sorts. Ce que j'ai été bête ! Ils m'ont écouté avec attention, m'ont posé des tas de questions et, la nuit suivante, ils sont revenus. Ils ont volé Ilfasidrel !

– Par les dents d'Humph le trodd ! s'exclama Pil. Qui ça, ils ?

Le grand Boulouakoulouzek abattit son poing sur l'accoudoir de son trône.

– Les Humains ! Ces sales voleurs d'Humains !

6

– Euh... Pourquoi tout le monde m'observe comme ça ?

Les Petits avaient suivi les visiteurs à l'intérieur, et entouraient maintenant Ipiu d'un cercle de regards hostiles.

– Ouh là là, on est à peine arrivés qu'ils me fatiguent déjà ceux-là, cracha Pilipip. Qu'est-ce que vous voulez ?

– Tu as entendu ce qu'a dit le grand Boulouakoulouzek, non ? répondit le doyen du conseil. Des Humains ont volé Ilfasidrel, le joyau aux mille facettes !

– Et alors ? s'emporta Oukilip. Quel est le rapport avec Ipiu ?

– Ton Ipiu est une Humaine. Voilà le rapport !

– Et ma main sur la figure, face de trodd, tu la veux ?

Le vieux sursauta, outré, tandis que ses compagnons serraient les poings. Ils avancèrent d'un pas.

– Silence ! tonitrua le grand Boulouakoulouzek. Et cessez ces gamineries ! Si j'ai convoqué Ipiutiminelle, ce n'est pas pour l'accuser d'une faute qui est la mienne. Et si vous, Pil et Ouk, vous l'avez accompagnée, ce n'est en aucun cas pour insulter les membres du conseil. Compris ?

Penauds, les Petits hochèrent la tête.

– Je préfère ça, reprit-il. Notre dernière rencontre avec des Humains remonte au règne du père de mon arrière-grand-père, c'est dire si c'est ancien. Si ancien que, jusqu'au jour où ces deux olibrius t'ont ramenée avec eux, Ipiu, nous doutions même de l'existence de ceux de ta race. Il faut dire que les Humains ne connaissent pas les arbres passeurs, et qu'effectuer le voyage de chez eux jusqu'ici implique de franchir les Frontières de Glace puis de traverser une bonne partie des royaumes raïs, ce qui n'est pas une mince affaire. Bref, de mémoire de Petit, Ipiu est la seule Humaine que nous connaissions.

– Excuse-moi, Boulou, mais je ne vois pas où tu veux en venir.

Le vieux conseiller fusilla Pilipip du regard avant de l'invectiver :

– Un peu de respect quand tu t'adresses au grand Boulouakoulouzek ! Cette attitude est...

– Eh, la momie, le coupa Ouk, on ne t'a pas demandé la couleur de ton caleçon, d'accord ? Alors tu t'écrases ou je te jette dans une mare à trodd. Qu'est-ce que tu disais, Boulou ?

Le grand Boulouakoulouzek poussa un grognement de mauvais augure mais poursuivit :

– J'ai été surpris par la taille de ces Humains, bien plus impressionnants que les Faëls ou les Raïs, mais je me suis convaincu qu'ils n'étaient pas dangereux. J'ai imaginé qu'ils étaient à l'image d'Ipiutiminelle, je me suis trompé.

– Ils étaient nombreux ? s'enquit Pil.

– Quatorze.

– Que ça ? Pourquoi ne les rattrapons-nous pas pour récupérer Ilfasidrel ?

– Ce ne serait pas difficile de les rattraper, ils ne sont pas très loin. Nous n'avons cependant aucune chance de leur reprendre le joyau. Ils ont des armes en métal, et nous ne pouvons plus lancer de sorts.

– Ouh là là, c'est sûr que ça complique les choses. Face à du métal, nos sarbacanes sont un peu légères...

Avec un ensemble parfait, Ouk et Pil ôtèrent leur chapeau pour se gratter la tête.

– Ils ne sont pas très loin, dis-tu ? demanda finalement Oukilip.

– Non, ils ont dressé leur campement près de la mare d'Humph, et ne cherchent même pas à se cacher. Ça me fait mal aux dents de l'avouer, mais je crois qu'ils ne nous craignent pas plus que des lapins !

– Pourquoi ne pas profiter de la nuit pour se glisser là-bas et...

– Nous y avons pensé, vois-tu. Il y a toutefois un problème. Un gros problème.

– Aïe. Lequel ?
– Ils ont avec eux un Humain qui possède un pouvoir étrange.
– C'est-à-dire ?
– D'après ce que j'ai compris, ce qu'il imagine dans sa tête devient réel.
– Ouh là là, c'est possible ça ?
– Ça m'en a tout l'air. Ce qui est certain, c'est qu'à cause de cet individu un Petit qui s'approche à moins de cent mètres du campement est immédiatement repéré. Comment veux-tu que nous ayons la moindre chance ? Seuls les Humains peuvent se balader là-bas.
– Pas de bol ! s'exclama Pil.
– Vraiment pas de bol ! renchérit Ouk.

Le grand Boulouakoulouzek leva les yeux au ciel en soupirant.

– J'ai dit que seuls les Humains peuvent se balader là-bas. Ce qui signifie que seul un Humain peut récupérer Ilfasidrel.
– C'est sûr, approuva Pil en se frottant le menton.
– Un Humain ou une Humaine, insista le grand Boulouakoulouzek.
– C'est bon, j'ai compris.
– Ce n'est pas trop tôt ! Qu'est-ce que tu as compris, Pilipip ?
– Ben... qu'on est mal.

Le grand Boulouakoulouzek poussa un grognement rageur et arracha son chapeau qu'il jeta à terre.

– Par les dents d'Humph le trodd ! vociféra-t-il. Posséderais-tu l'intelligence d'une limace faisandée, Pilipip ? Et toi, Oukilip, l'intérieur de ton crâne ne serait-il balayé que par des courants d'air ? Je...

Il se tut soudain et baissa les yeux vers Ipiu qui venait de lui tapoter le genou avec familiarité.

– Tu devrais te calmer, grand Boulou, lui conseilla la fillette. Tu es tellement rouge que j'ai peur que tu exploses.

– Mais...

– Ne t'en fais pas, j'ai compris, moi. Je vais aller le chercher ton joyau aux mille facettes !

7

Ankil Thurn était un colosse de presque deux mètres, aux épaules musculeuses et au cou de taureau. Il commandait d'une main de fer une petite troupe d'aventuriers sans foi ni loi qui éprouvaient pour lui un étonnant sentiment fait de respect et de crainte mêlés de dévotion. Aucun d'entre eux n'avait songé à protester ou à lui faire faux bond lorsqu'il avait annoncé son projet de traverser la chaîne du Poll.

Quelques mois plus tôt, lors d'une nuit de beuverie dans un bouge d'Al-Chen, Ankil Thurn s'était lié avec un rêveur dévoyé qui, sous l'emprise de l'alcool, lui avait raconté une étrange histoire. Un peuple d'êtres à peine plus grands que des enfants et guère plus dangereux vivait à l'ouest des royaumes raïs dans une région isolée portant le nom ridicule de Forêt Maison. Cela n'aurait eu strictement aucun intérêt si le rêveur n'avait pas évoqué un bijou d'une valeur inestimable que les Petits, puisque c'est ainsi qu'on les appelait, révéraient comme une relique.

– Ilfasidrel, joyau aux mille facettes, c'est le nom de ce trésor. Il possède, dit-on, des pouvoirs... ma... magiques, avait bafouillé le rêveur avant de basculer dans un coma éthylique en emportant avec lui verres, pichets et table.

Ankil Thurn et ses hommes avaient quitté Al-Chen le lendemain.

Remonter jusqu'au nord de l'Empire leur avait pris une dizaine de jours mais n'avait posé aucun problème. Il avait fallu en revanche négocier avec les Frontaliers afin de franchir les Frontières de Glace. À cette occasion, Ankil Thurn avait été obligé d'assommer un de ses lieutenants qui voulait passer en force. C'était ça ou le laisser se faire massacrer.

En effet, si lui, Ankil, ne craignait rien ni personne, il n'était pas fou pour autant. On ne plaisantait pas avec ces types des Marches du Nord, et sa petite troupe ne pesait pas lourd face aux guerriers de la Citadelle.

En veillant à conserver un ton courtois, il avait insisté sur le fait que leur rôle consistait à empêcher les Raïs d'entrer en Gwendalavir, pas les Alaviriens d'en sortir. Les Frontaliers s'étaient rendus à cet argument, sans tenter de dissimuler leurs pensées : ils avaient affaire à des fous.

Lors de la traversée de la chaîne du Poll, Ankil Thurn avait perdu un homme, foudroyé par le venin d'un marcheur, puis un deuxième qui était tombé dans une crevasse. Ce tribut, finalement peu élevé, ne lui avait laissé aucun remords. Ni même un souvenir.

Ils avaient ensuite longé les contreforts septentrionaux des montagnes pendant une semaine, progressant avec la plus grande discrétion pour ne pas être repérés par d'éventuels observateurs raïs. Ils n'avaient pas aperçu le bout du groin d'un guerrier cochon et, au matin du huitième jour, la lisière de la Forêt Maison s'était dressée devant eux.

Le reste de l'aventure avait été si facile qu'Ankil Thurn en avait éprouvé une pointe de déception. Les Petits étaient des êtres naïfs, à peine plus intelligents que des animaux. Ils n'avaient jamais rencontré d'humains et étaient restés pétrifiés de terreur devant leur stature et leurs armes. Ankil Thurn aurait pu les massacrer jusqu'au dernier sans la moindre difficulté mais Uhlan Fil' Ma, le dessinateur qui s'était attaché à ses pas, l'avait convaincu d'utiliser la méthode douce.

Il s'était donc plié à la comédie de la rencontre fraternelle entre les peuples, partageant un délicieux alcool de framboise avec le clown qui servait de roi aux Petits pendant qu'Uhlan détaillait le joyau.

Le joyau !

Dès qu'il l'avait vu, Ankil Thurn avait compris qu'il n'avait pas effectué le périple depuis Gwendalavir pour rien.

Ilfasidrel était un diamant bleuté, gros comme le poing, taillé en poire, chacune de ses facettes accrochant et diffractant à l'infini le moindre rai de lumière. Mais ce n'était pas tout. Au-delà de sa rareté et de son prix astronomique, Ilfasidrel possédait bel et bien un pouvoir magique.

Le grand Boulou quelque chose leur avait expliqué par gestes que son peuple captait les ondes dégagées par Ilfasidrel et les convertissait en sortilèges. C'est du moins ce qu'Ankil avait traduit du charabia du roi et de ses mimiques grotesques. Grand Boulou machin chose ! Alors qu'il mesurait à peine un mètre vingt ! Ankil l'avait trouvé si ridicule qu'il s'était retenu in extremis de le passer au fil de son sabre.

En guise de démonstration, un des Petits avait lancé une longue tirade aux sonorités flûtées et un parfum floral avait envahi la salle. Cet étalage de la puissance magique du peuple de la Forêt Maison avait fait sourire Uhlan Fil' Ma, mais Ankil, qui ne possédait aucun talent de dessinateur, s'était très vite interrogé sur les potentialités d'un tel joyau entre les mains d'un homme et non celles d'un nain stupide. Les réponses qu'il avait augurées lui avaient tiré un frisson d'expectative.

Il était revenu la nuit même avec trois de ses hommes. Il avait failli éclater de rire en découvrant le joyau posé sur sa bête colonne de bois, sans le moindre garde pour monter un semblant de surveillance. Petits par la taille de leur corps et microscopiques par celle de leur cerveau !

Ankil pouvait difficilement demander à ses hommes de quitter la Forêt Maison sans les avoir laissés s'amuser un peu. Ils s'étaient donc installés dans une clairière repérée deux jours plus tôt, entre une vaste mare aux eaux noires et une barre rocheuse escarpée. Là, ils avaient attendu la réaction des Petits en croisant les doigts pour que, poussés par le désespoir, ils se lancent à l'attaque du campement.

Uhlan Fil' Ma avait dessiné des alarmes, placé quelques pièges mais, mis à part deux ou trois tentatives d'infiltration par des Petits qui s'étaient enfuis dès qu'ils avaient aperçu le camp, il ne s'était rien passé.

Ankil Thurn en était à se demander si, malgré le mépris qu'il avait pour eux, il n'avait pas encore surestimé ces nabots, lorsqu'une petite silhouette pénétra dans le camp.

Le colosse n'eut pas le temps de chercher pourquoi les alarmes de cet incapable d'Uhlan n'avaient pas sonné, la silhouette s'avança d'une démarche assurée, révélant sa nature aux yeux de tous. Ankil, stupéfait, repoussa son sabre dans son fourreau.

Une fillette.

C'était une fillette.

Humaine !

8

Malgré l'assurance de façade dont elle faisait preuve, Ipiu n'en menait pas large.

Elle s'était glissée sans difficulté jusqu'au camp, se riant des sentinelles incapables de la voir ou de l'entendre, mais lorsqu'il avait fallu se redresser et s'approcher du chef, son cœur s'était mis à battre à coups presque douloureux dans sa poitrine.

Il était grand. Vraiment très grand.

Il avait l'air méchant. Vraiment méchant.

Ses armes de métal étaient terrifiantes. Vraiment terrifiantes.

... et il lui rappelait pourtant quelqu'un de doux, quelqu'un de tendre, quelqu'un qui l'avait serrée dans ses bras, bercée, embrassée.

Quelqu'un qui n'était plus qu'une ombre dans un coin oublié de sa mémoire.

Quelqu'un qui lui manquait. Vraiment beaucoup.

– Qu'est-ce que tu fiches ici, toi ?

Ipiu sursauta.

Le géant venait de l'interpeller, et elle n'avait rien compris à sa question.

– Tu es sourde ? Je t'ai demandé ce que tu fichais ici !

Ipiu serra les mâchoires. Les mots résonnaient dans son esprit, presque familiers, pourtant ils refusaient de se parer d'un sens.

– Uhlan, viens ici ! aboya le géant. Regarde un peu qui est là !

Des hommes s'approchèrent, pas aussi grands que le géant mais néanmoins impressionnants. Ils l'entourèrent. L'un d'eux s'avança plus près encore et s'accroupit devant elle.

– Comment t'appelles-tu, petite ?

Il ne portait pas les armes de métal des autres et sa voix était plus douce que les leurs, toutefois ses yeux étaient aussi froids que la glace.

Ipiu se secoua. Elle était là pour récupérer Ilfasidrel, le joyau aux mille facettes. Au diable cette émotion qui la rendait aussi tremblante que Pilipip quand il avait bu trop d'alcool de framboise ! Comme incapable de résister à son inflexible volonté, la boule qui bloquait sa gorge se désagrégea. Au même instant, un voile se déchira dans son esprit et la langue des Humains, sa langue, lui redevint intelligible.

– Je... Je m'appelle Ipiu.

– Mais c'est pas un nom ça, rugit Ankil Thurn. Uhlan, regarde comme elle est habillée ! Des feuilles, des lianes, des morceaux d'écorce... Exactement comme les Petits. Qu'est-ce qu'elle fiche ici, bon sang ?

Les hommes se mirent à parler tous à la fois, chacun avançant une explication plus ou moins loufoque. Un ordre bref craché par Uhlan Fil' Ma les réduisit au silence. Ils craignaient le dessinateur presque autant qu'Ankil Thurn, aussi lorsque d'un geste il leur intima l'ordre de s'éloigner, ils obtempérèrent sans rechigner. Ipiu demeura seule avec le géant et l'homme aux yeux de glace.

Elle se maîtrisait désormais, et sa peur n'était plus qu'un souvenir. Il ne lui restait qu'à amorcer le stratagème mis au point avec Ouk et Pil. Ankil Thurn lui en donna très vite l'occasion.

– Tu es seule ? lui demanda-t-il en tentant en vain d'adoucir sa voix. Je veux dire, y a-t-il des Humains avec toi ?

– Non, répondit-elle en butant sur les mots, il n'y a... personne d'autre. Les Petits sont venus chez moi et m'ont enlevée à ma... famille.

Cette partie du plan avait contrarié Pilipip. « Nous ne t'avons pas enlevée, s'était-il exclamé, nous t'avons sauvée ! » Ipiu avait eu le plus grand mal à le convaincre qu'il ne s'agissait que d'un moyen de tromper les voleurs.

Ankil Thurn sursauta.

– Tu veux dire que ces nabots ridicules ont fait un voyage de plusieurs semaines, attaqué des

Alaviriens, trompé la vigilance des Frontaliers à l'aller et au retour, franchi les Frontières de Glace dans les deux sens, traversé les royaumes raïs, pour… t'enlever ?

Ipiu ignorait ce qu'étaient les Frontières de Glace et si elle avait déjà aperçu des Raïs, elle n'avait aucune idée de la nature de ces Frontaliers dont parlait le géant. Elle n'avait toutefois aucune intention de s'enliser dans des explications bancales.

– Oui, c'est ça, fit-elle simplement.

Les yeux de celui qui avait la voix douce se mirent à briller.

– Et pourquoi les Petits auraient-ils agi ainsi ?

Il ne la croyait pas, c'était aussi évident qu'un nez au milieu de la figure. Ipiu enchaîna :

– Parce que l'ancienne servante d'Ilfasidrel était morte et qu'ils avaient besoin d'un enfant humain pour contrôler les pouvoirs du joyau.

Les deux aventuriers échangèrent un regard entendu.

– Tu contrôles le joyau ? demanda Ankil comme s'il avait posé la plus anodine des questions.

– Oui.

Les mensonges les plus courts sont toujours les plus efficaces.

– Et tu pourrais nous montrer comment tu t'y prends ?

Ipiu retint un sourire. Dans le piège ! Comme des benêts ! Elle s'apprêtait à répondre par l'affirmative lorsqu'une idée surgit dans son esprit. Il fallait les ferrer davantage.

– Non! s'exclama-t-elle en arborant une mine horrifiée. Je ne veux plus le toucher. Il me brûle l'intérieur de la tête.

– Ça c'est dommage, fit Ankil Thurn avec un sourire mauvais.

– Quand je le prends dans mes mains, poursuivit Ipiu, il offre son pouvoir à ceux qui m'entourent mais moi, il me fait mal là.

Elle effleura son front.

– Je ne veux plus le toucher! conclut-elle. Plus jamais!

Ankil Thurn se pencha jusqu'à ce que ses yeux parviennent à la hauteur de ceux d'Ipiu. Des yeux cruels. Impitoyables.

– Et que je te découpe en morceaux, tu veux?

Ipiu n'eut aucune difficulté à arborer un air terrifié. Elle était terrifiée.

– Je... Non, je... balbutia-t-elle.

– Alors tu vas gentiment prendre le joyau et nous montrer comment nous en servir, d'accord?

– Et après vous me ramènerez dans ma famille?

La question avait fusé, si naturelle qu'Ipiu comprit qu'elle perdait pied. Elle commençait à croire à ce qu'elle inventait. Le sourire torve du géant la replongea dans la réalité.

– Bien sûr, répondit-il sur un ton enjôleur. Ce sont d'ailleurs tes parents qui nous ont demandé de venir te chercher. Ça a été un très long voyage, très fatigant. Tu pourrais peut-être nous remercier en nous montrant comment utiliser le joyau, non?

Ipiu fit mine de réfléchir puis hocha la tête.
– D'accord.
Avec un frémissement d'excitation, Ankil Thurn ouvrit la bourse de cuir qui pendait à sa ceinture. Il en sortit Ilfasidrel et le tendit à Ipiu qui se figea de saisissement. Elle n'avait vu qu'une seule fois le joyau aux mille facettes et avait oublié à quel point il était beau.

Les deux aventuriers mirent cette hésitation sur le compte de la peur et entreprirent de la rassurer. Elle les laissa parler un instant puis secoua la tête en regardant autour d'elle.

– Il faut de l'eau pour que le pouvoir d'Ilfasidrel se réveille, annonça-t-elle.
– Comment ça de l'eau?
– Je dois me trouver à côté d'une grande quantité d'eau. Sinon les ondes du joyau se perdent et ça ne marche pas.

Elle ne maîtrisait pas parfaitement sa langue maternelle et avait prononcé cette dernière phrase en doutant de son sens, mais l'explication parut convaincre ses interlocuteurs.

– Est-ce que la mare là-bas fait l'affaire? demanda Uhlan Fil' Ma.
– Je crois.
– Alors on y va.

Ils se dirigèrent à grands pas vers l'étendue d'eau noirâtre qui s'étendait à proximité du camp, et se campèrent sur la berge.

– Assez tergiversé! s'exclama Ankil Thurn en plaçant de force le joyau entre les mains d'Ipiu. Montre-nous comment utiliser ce caillou!

La fillette se tourna lentement vers la mare.
Tout avait fonctionné comme prévu, elle tenait Ilfasidrel et se trouvait au bon endroit.
Il ne manquait plus qu'un acteur pour conclure.
Humph le trodd.

9

Ipiu le localisa au moment où Ankil Thurn commençait à s'impatienter.

– Je vais finir par me fâcher… menaça-t-il.

La fillette ne lui accorda aucune attention.

Le dos d'Humph affleurait la surface, noir et luisant. Invisible pour qui ignorait sa présence, alors qu'il était tout près. Deux mètres. À peine. Un saut ridicule avec de l'élan.

Mais elle n'aurait pas d'élan.

Et elle n'avait pas l'intention de s'éterniser près du trodd!

Au centre de la mare, elle repéra un nénuphar large et épais. Il supporterait son poids pour peu qu'elle fasse vite. La souche qui flottait plus loin risquait en revanche d'être instable. Elle verrait.

Et ensuite ? Ipiu sourit en remarquant la branche basse d'un saule. Si elle parvenait à la saisir, elle était tirée d'affaire. C'était risqué mais jouable.

– Cette gamine nous mène en bateau ! s'exclama Ankil Thurn. Elle ne...

La stupéfaction lui coupa la parole.

Ipiu venait de bondir. À pieds joints. À une distance incroyable.

Elle n'atterrit pas dans l'eau mais sur un monticule noirâtre qui émergeait de quelques centimètres. Elle se ramassa, sauta à nouveau, frôla à peine un nénuphar, s'élança plus loin vers une souche flottante...

Elle avait déjà franchi les trois quarts de la mare. Comment une gamine pouvait-elle se déplacer aussi vite, avec une telle agilité, une telle précision ?

En poussant un grognement de rage, Ankil Thurn tira un poignard de sa ceinture, le saisit par la lame.

Agile et stupide.

À cette distance, elle n'avait aucune chance. Il allait l'épingler comme la sale punaise qu'elle était.

Il arma son bras...

La surface de la mare explosa.

Le monticule jaillit vers le ciel. Non, ce n'était pas sur un monticule que la petite avait rebondi mais sur le dos d'une créature énorme, hideuse, dont la gueule s'ouvrait sur une triple rangée de dents acérées...

Un crapaud !

Un crapaud de près d'une tonne à la peau noire et huileuse, l'arrière-train massif disparaissant sous l'eau, les pattes avant bien visibles, épaisses, musculeuses, sous un ventre flasque pareil à une outre démesurée.

Un cauchemar.

Un trodd.

Humph le trodd, dérangé dans sa léthargie, et peut-être dans sa digestion, ne comprenait pas ce qui venait de se passer. Il n'était pas en colère, simplement curieux. Il ne remarqua pas la petite silhouette qui, après avoir battu des bras sur un morceau de bois flottant, se hissait en sécurité dans les branches d'un arbre. Ses yeux rouges minuscules se posèrent sur les deux créatures debout au bord de la mare.

Comestibles ?

À l'apparition d'Humph, Ankil Thurn et Uhlan Fil' Ma étaient restés figés par la stupeur, mais lorsque le trodd tourna son énorme tête vers eux, ils réagirent.

Ankil bondit en arrière, Uhlan se jeta dans l'Imagination.

Dessinateur de niveau moyen, il maîtrisait toutefois assez les Spires pour que son dessin prenne vie instantanément. L'épieu d'acier né dans son esprit se matérialisa devant lui et fendit l'air en direction du monstre. Sa pointe, pourtant acérée, glissa contre la peau grasse d'Humph, et l'arme se perdit au loin.

– Recule ! lui ordonna Ankil Thurn.

Uhlan Fil' Ma n'eut pas le temps d'obéir. Une langue démesurée jaillit de la gueule du trodd et s'enroula autour de sa taille. Avec une imprécation, Uhlan Fil' Ma tira son sabre.

Trop tard.

Le monstrueux appendice se rétracta, entraînant Uhlan Fil' Ma. Un cri. Unique. Puis les mâchoires du trodd se refermèrent, cisaillant le malheureux en deux.

Humph et son repas disparurent sous l'eau noire.

L'action avait duré moins de dix secondes.

Ankil Thurn poussa une série de jurons. Indifférent à un dernier chapelet de bulles crevant la surface de la mare, il scruta les alentours sans discerner la moindre trace de la petite. Il émit un épouvantable rugissement de colère qui prenait sa source dans sa frustration.

Il se fichait de la mort d'Uhlan Fil' Ma, ne s'inquiétait pas pour le joyau qu'il savait pouvoir récupérer sans difficulté, mais il ne supportait pas l'idée de s'être fait berner aussi aisément.

Une gamine s'était moquée de lui.

L'avait humilié.

C'était intolérable !

Alertés par ses vociférations, ses hommes accoururent.

Le premier reçut en pleine figure un coup de poing qui l'envoya s'abattre, inconscient, à près de trois mètres.

Les autres se firent agonir d'injures jusqu'à ce qu'ils soient armés et résolus à venger l'affront subi par leur chef.

Sabres en main, l'esprit obscurci par l'appel du sang, Ankil Thurn et ses douze hommes se ruèrent dans la Forêt Maison en direction de l'arbre Talisman.

10

Jamais Ipiu n'avait couru aussi vite.

La promesse de mort qu'elle avait lue dans les yeux du géant, le contact avec le dos gluant d'Humph le trodd, l'épieu que, du coin de l'œil, elle avait vu surgir du néant, avaient eu sur elle l'effet d'un monstrueux coup de pied aux fesses.

Elle bondit du saule à un érable proche, passa dans un chêne au risque de se rompre le cou, plongea vers le sol, se rattrapa à l'ultime seconde, d'une seule main puisque l'autre tenait Ilfasidrel, se laissa tomber sur la mousse et détala.

Elle fonça entre les arbres et les taillis, sautant par-dessus les ronciers, esquivant rochers et branches basses sans ralentir, franchissant d'un bond les innombrables ruisseaux qui serpentaient dans la forêt, aussi vive qu'un esprit sylvestre.

Lorsqu'elle atteignit le village, elle était hors d'haleine mais certaine que personne ne l'avait suivie. Elle brandit Ilfasidrel à bout de bras, soulevant un concert d'exclamations joyeuses. Des bras se tendirent vers elle, des enfants se précipitèrent, des gourdes de liqueur de framboise commencèrent à circuler...

– Attendez! s'écria-t-elle.

Les cris de liesse redoublèrent.

– Silence!

Elle avait hurlé. Si fort qu'elle faillit s'arracher les cordes vocales.

Le brouhaha s'atténua peu à peu au profit d'un calme empreint de surprise.

– Vous ferez la fête plus tard, reprit-elle en pestant en son for intérieur contre sa voix fluette qui manquait dramatiquement de puissance et d'autorité.

– Et pourquoi? l'interpella un Petit. Ilfasidrel, le joyau aux mille facettes, est revenu!

– Parce que les Humains aussi vont revenir, face de trodd! rétorqua Ipiu. Et ils sont en colère. Préparez-vous à la bagarre!

Ses mots eurent l'impact recherché. Les Petits échangèrent des regards inquiets, quelques murmures s'élevèrent, une ou deux exclamations fusèrent puis, soudain, ce fut la débandade. En une minute le village fut déserté.

Ipiu s'élança vers l'arbre Talisman.

La rage d'Ankil Thurn était retombée, remplacée par une détermination aussi froide que la mort : il allait reprendre le joyau et mettre la main sur la gamine qui s'était fichue de lui. Un sourire pervers tordit sa bouche. Lorsqu'il en aurait fini avec elle, elle ne pourrait plus prétendre être humaine. Et si les Petits tentaient de s'interposer...

– Sort de la gratouille enragée qui gratte!

La voix avait retenti dans les frondaisons, loin au-dessus de leur tête.

La voix de cette maudite gamine!

Ankil Thurn se figea. Il fit un signe de la main et douze arcs se braquèrent vers le ciel, prêts à lâcher une volée de flèches meurtrières.

En vain.

Aucun mouvement suspect n'était discernable.

Ankil Thurn s'apprêtait à donner le signal du départ, lorsqu'un de ses lieutenants se flanqua une claque dans le cou, comme s'il cherchait à se débarrasser d'un moustique. Dans la seconde qui suivit, il fut imité par un de ses compagnons puis par un deuxième.

– Qu'est-ce que vous fichez, bon sang ? gronda Ankil Thurn.

Les trois hommes avaient jeté leurs armes et, tout en se grattant furieusement, avaient entrepris d'arracher leurs vêtements. En un instant, ils se retrouvèrent nus comme des vers et se grattèrent de plus belle. Leur épiderme présentait d'énormes plaques rouge vif qui s'élargissaient à vue d'œil, et ils ne savaient plus où donner de l'ongle.

– Balancez-leur de la flotte, ordonna Ankil Thurn en les voyant incapables d'arrêter de s'arracher la peau.

Deux hommes tendirent la main vers leur gourde pour lui obéir. Ils interrompirent leur geste à mi-course, poussèrent un cri de surprise et commencèrent à se gratter avec frénésie. D'autres vitupérations retentirent et le reste des aventuriers, pris de furieuses démangeaisons, entreprit de se déshabiller avant de se frictionner sauvagement.

Ankil Thurn sentit qu'un insecte le piquait au poignet. Il n'eut que le temps de constater que l'insecte en question était une minuscule fléchette de bois et la sensation que son corps s'enflammait déferla sur lui comme une vague monstrueuse. S'il ne se grattait pas, maintenant, partout, en même temps, très fort, il allait mourir. Ses armes et ses vêtements rejoignirent ceux qui jonchaient le sol tandis qu'il perdait tout contrôle sur ses actes.

Les démangeaisons cessèrent un quart d'heure plus tard, les laissant nus, épuisés et la peau écarlate. Ils se relevèrent avec peine.

– Sort du poil poilu qui pousse!

Avec un bel ensemble, les treize aventuriers rentrèrent la tête dans les épaules. Certains tentèrent de s'abriter dans les buissons, d'autres se jetèrent sur leurs habits, rien n'y fit. Chacun d'eux reçut sa fléchette, qui dans le cou, qui dans les fesses. En quelques secondes leur système pileux crût d'une manière stupéfiante. Très vite leur corps fut couvert d'un pelage si dru et si long, qu'aveuglés ils se prirent les pieds dedans et s'effondrèrent en un tas jurant et gesticulant.

Il leur fallut un bon moment pour se dépêtrer de leurs cheveux, barbes, fourrures et autres toisons. Ils y parvinrent au moment où leur toison simiesque disparaissait.

Comme par magie.

– Sort de la colique puante et liquide !

– Non !!!

Un même hurlement horrifié avait jailli de la bouche des treize aventuriers.

Ils saisirent leurs affaires et sans tenter de se rhabiller tournèrent les talons et s'enfuirent en courant.

Loin au-dessus d'eux, le grand Boulouakoulouzek jeta un coup d'œil surpris à Ipiu.

– Qu'est-ce que tu leur as dit, là ?

– Je les ai menacés du sort de la colique puante et liquide.

Il se lissa la barbe, pensif.

– Colique puante et liquide... Mais... ce sort n'existe pas !

Des dizaines de Petits sortirent de leurs cachettes dans les arbres. Leurs visages fendus d'un sourire hilare, ils brandissaient leurs sarbacanes en signe de victoire. Ipiu les salua de la main avant de se tourner vers le grand Boulouakoulouzek.

– On se fiche qu'il existe ou non, lui lança-t-elle.

– Comment ça on s'en fiche ? s'indigna le roi des Petits. C'est nous qui avons lancé les sorts, pas toi, et...

– Du calme, Boulou, le coupa Ipiu. Je ne lance pas de sorts, c'est vrai, et le sort de la colique puante n'existe pas, c'est vrai aussi. N'empêche qu'il a été efficace ! Tu n'es pas d'accord ?

Le grand Boulouakoulouzek acquiesça avec un soupir.

Quelque chose lui disait qu'il n'avait pas fini d'en voir avec cette petite Humaine.

11

Après la victoire sur les Humains, la vie reprit son cours dans la Forêt Maison.

En tous points identique pour les Petits.

Un peu différente pour Ipiu.

Elle qui avait toujours croqué ses journées à pleines dents, bondissant comme un feu follet de l'aube au crépuscule, passait désormais de longs moments loin du village, allongée sur une branche, perdue dans ses pensées ou partait pour des randonnées solitaires dont elle ne revenait qu'à la nuit, secrète et silencieuse.

Pilipip et Oukilip s'inquiétaient mais, ignorant comment aborder la question avec elle, se contentaient de l'observer en croisant les doigts pour que la situation ne perdure pas.

Ipiu était toutefois loin d'avoir basculé dans un état de morosité continuelle. En dehors de ses périodes de mélancolie, elle faisait preuve d'une étonnante bonne humeur et sa joie de vivre demeurait communicative. Elle grandissait, devenant si audacieuse que les plus dégourdis des Petits avaient du mal à la suivre dans les arbres, n'hésitant plus à se moquer ouvertement des trodds ou à provoquer les fauves redoutables de la forêt en leur lançant des pierres.

Les saisons s'écoulèrent.

Paisiblement.

Automne.

Hiver.

Encore et encore.

Ipiu approchait de sa douzième année.

À moins que ce ne fût la treizième.

Elle continuait à traverser d'inexplicables périodes de mélancolie.

À la fin d'une journée qui s'était déroulée sans qu'elle daigne ouvrir la bouche, Oukilip n'y tint plus. Il la rejoignit sur la fourche d'un aulne où elle aimait se réfugier, et se planta devant elle.

– Par les dents d'Humph le trodd, il faut qu'on parle, Ipiu !

Elle lui jeta un regard surpris.

– Que se passe-t-il ?

– Il se passe que depuis que ces fientes de Raïs d'Humains à la noix ont tenté de dérober Ilfasidrel, tu n'es plus la même. Tu passes ton temps à ruminer je ne sais quelles pensées d'automne, aussi triste qu'un framboisier sans framboises. Alors maintenant, ça suffit. Dis-moi ce qui ne va pas !

Ipiu lui renvoya un sourire amusé.

– Tu exagères un peu, non ?

– Non, pas du tout, et je ne bougerai pas d'ici tant que tu ne m'auras pas dit ce qui ne va pas.

Le sourire d'Ipiu s'estompa.

– Il y a deux réponses à ta question, comme à toutes les questions. Laquelle veux-tu en premier ?

Oukilip avait toujours eu du mal à supporter la manie d'Ipiu de couper les réponses en deux. Il comprit cependant qu'abordant un sujet délicat, il devait, pour une fois, faire preuve de diplomatie. Il joua le jeu.

– Celle du savant.

– Je ne la connais pas.

– C'est malin ! Celle du poète alors.

– Je sens parfois comme de la brume, là.

Elle montra sa poitrine.

– Une vague de brume qui me bouscule et m'entraîne avec elle sans que je puisse résister. Loin. Très loin.

– Où ça exactement ? demanda Ouk, que l'idée d'une brume à l'intérieur d'Ipiu inquiétait.

– Chez les Humains.

Le printemps s'installa.

Ouk et Pil se prirent à croire que cette année, avec les beaux jours, l'humeur de leur protégée allait s'améliorer. Que la brume allait se dissiper avec le soleil retrouvé. Par magie...

Mais un soir qu'ils se régalaient d'un superbe poisson qu'Ipiu avait pêché au nez et à la barbe d'Humph le trodd, elle revint à la charge.

Indirectement.

– Quand vous m'avez recueillie, la caravane de mes parents se trouvait bien au sud des montagnes, non ?

Elle désignait du doigt la direction approximative de la chaîne du Poll.

– Ounch, ounch, acquiesça Oukilip la bouche pleine.

– Je ne me souviens pourtant pas que nous les ayons franchies, ces montagnes. Les hommes qui en voulaient à Ilfasidrel ont évoqué un long et dangereux voyage pour venir jusqu'ici, et moi, qui n'avais que cinq ans, je ne garde en mémoire qu'une simple balade...

– C'est que les Humains sont stupides ! s'exclama Pilipip. Ils ont franchi la chaîne du Poll par les Frontières de Glace, ce qui représente un trajet très très périlleux. Les Petits sont beaucoup plus intelligents.

Son frère lui asséna un coup de pied peu discret pour lui intimer l'ordre de se taire, mais il était trop tard. Ipiu braqua sur lui son regard noir.

– Par où êtes-vous passés ?

– Ce poisson est délicieux. Il manque juste un peu de...

– Par où, Pil ?

Le Petit poussa un soupir inquiet et entreprit de se ronger un ongle. Oukilip lui souleva son chapeau pour lui donner une claque sur le sommet du crâne.

– Beaucoup plus intelligents, hein ? Face de trodd !

– Ben...

– Dis-lui la vérité maintenant ! Tu la connais aussi bien que moi, nous n'aurons plus la paix tant qu'elle ne saura pas.

– Le grand Boulouakoulouzek va me couper en morceaux...

– Tu l'auras mérité ! Allez, raconte !

Pilipip se fit encore un peu prier puis, avec un grognement fataliste, céda. Il se tourna vers Ipiu.

– Nous avons utilisé les arbres passeurs.

– Les quoi ?

– Les arbres passeurs. Tu connais les troncs relais ?

– Oui, les Petits s'en servent pour se transmettre des informations d'un bout à l'autre de la Forêt Maison en tapant dessus avec des branches dures.

– C'est ça. Eh bien, les arbres passeurs sont comme des troncs relais, sauf qu'ils ne font pas circuler des messages mais des Petits.

– Je n'y comprends rien ! s'exclama Ipiu.

– Normal, intervint Oukilip, il raconte n'importe quoi. Oublie les troncs relais qui ne sont que de simples tambours. Les arbres passeurs sont magiques. Rien ne les distingue en apparence des autres arbres, seul celui qui sait les reconnaître peut y entrer.

— Tu veux dire y grimper ?

— Non, y entrer. Entrer à l'intérieur de l'arbre.

— Et là je suis censée comprendre ? railla-t-elle.

— Commence par écouter, insolente ! rétorqua Ouk. Tu entres dans un arbre passeur et tu ressors ailleurs, à des centaines de kilomètres, par un autre arbre passeur.

— Waouh ! souffla Ipiu qui commençait à saisir la portée de la révélation. Et il y en a beaucoup de ces arbres ?

— Dans la Forêt Maison une dizaine et, dans le monde... euh... j'en sais rien.

— Comment tu fais pour choisir où tu vas sortir ?

— Quand tu es à l'intérieur de l'arbre, tu discernes toutes les routes qui te sont ouvertes. Tu les discernes dans ta tête et quand tu en sélectionnes une, les autres disparaissent. Il ne te reste plus qu'à avancer.

— Génial ! Vous m'en montrez un ?

— Demain ?

— Non, maintenant.

Il y avait tant de force et de joie dans sa voix que les Petits obtempérèrent. Ils l'entraînèrent dans un bosquet proche. Là Pilipip désigna un arbre anodin, perdu au milieu de ses compagnons.

— Voilà un arbre passeur, Ipiu.

— Mais... c'est juste un bouleau. Même pas très beau...

– Et pourtant c'est un passeur. Pose ta main sur son écorce. Écoute-le. Si tu es attentive, tu percevras le battement de son cœur. Il suffit de calquer le rythme de ta respiration sur ce battement et d'avancer d'un pas. C'est simple, non ?

Ipiu ne répondit pas. Les yeux mi-clos, tous ses sens en éveil, elle tentait de discerner les battements du cœur de l'arbre.

– Ipiu ?

Un sourire extatique se peignit sur le visage de la fillette.

– Je le sens, murmura-t-elle. Je le sens.

La nuit était tombée depuis longtemps, mais les deux Petits dans leurs hamacs ne parvenaient pas à trouver le sommeil.

– Elle va partir, n'est-ce pas ? finit par demander Pil.

– Ben...

– On le savait depuis le début, non ?

– Ben...

– On ne peut tout de même pas la retenir de force !

– Ben...

– Et c'est normal qu'elle ait envie de retourner vers ceux de sa race. Ipiu est une Humaine, nous on est des Petits.

– Ben...

Un long moment s'écoula.

La Forêt Maison était calme, sereine, et du hamac voisin s'élevait la respiration tranquille d'Ipiu endormie. Oukilip sentait une multitude de sentiments tumultueux jaillir de son cœur pour rebondir sur les troncs des arbres proches, certains filant ensuite vers la lune en un voyage sans retour, d'autres revenant se nicher dans son âme. Apaisés. Et si tristes.
— Pil ?
— Oui ?
— J'ai envie de pleurer.

12

Ipiu leur annonça son départ le jour du solstice d'été.
– Tu es certaine de ta décision ?
– Oui, Pil.
– Vraiment certaine ?
– Oui, Ouk.

Ils se tenaient dans le bosquet, devant le bouleau blanc. Ipiu avait préparé quelques affaires dans un sac qu'elle portait sur les épaules, et tenait sa sarbacane à la main. Malgré son désir de repartir vers les hommes, elle avait le cœur lourd et la gorge nouée. Elle repoussa en arrière ses cheveux noirs qui descendaient maintenant jusqu'à sa taille et, s'efforçant de paraître courageuse, adressa un clin d'œil aux deux Petits.

– Ne faites pas cette tête, vous ressemblez au grand Boulouakoulouzek quand il n'a pas sa ration de framboises.

– Tu reviendras ? demanda Pilipip avec une fêlure dans la voix.

– Bien sûr

– Bon, ben... au revoir alors.

Ipiu ouvrit les bras et serra ses pères adoptifs contre elle, remarquant avec surprise qu'ils lui arrivaient désormais à peine à la poitrine. Ils restèrent ainsi un long moment en silence, puis elle déposa un baiser sur chacune de leurs joues rubicondes et s'écarta.

– Ouh là là, marmonna Pilipip, j'ai les yeux qui piquent, moi.

– C'est ce fichu pollen, répondit Ouk. Chaque été c'est la même chose, le vent souffle dans les...

– Ouk ?

– Oui, Ipiu ?

– Pil ?

– Oui, Ipiu ?

– Je vous aime très fort tous les deux.

Elle se détourna avec maladresse, plaça la main sur le tronc du bouleau et attendit que les battements de son cœur se calment et s'accordent à ceux de l'arbre. Elle n'avait encore jamais tenté d'utiliser un passeur, mais ne doutait pas de la possibilité de voyager grâce aux arbres.

C'est certainement pour cette raison que, sans la moindre difficulté, elle parvint à entrer dans le bouleau. Elle disparut.

Restés seuls, Oukilip et Pilipip tombèrent dans les bras l'un de l'autre.

Inconsolables.

– Attention !

Ipiu n'eut que le temps de bondir sur le côté.

Le garçon qui arrivait sur elle à toute vitesse l'évita d'un cheveu, trébucha sur un des multiples cailloux qui parsemaient le sol, retrouva son équilibre par miracle et décampa sur un dernier avertissement :

– Ne reste pas là, Kerkan est vraiment en colère !
– Qui ?

Un hurlement de rage lui répondit. Elle tourna la tête et vit surgir un homme de haute taille qui courait dans sa direction, le visage tordu par un rictus de haine. Il brandissait une serpe au tranchant redoutable.

– Je vais te tuer !

Sans attendre de vérifier si c'était à elle qu'il s'adressait, Ipiu prit ses jambes à son cou.

En entrant dans le bouleau, elle avait eu la vision, comme Ouk le lui avait annoncé, de milliers de routes filant vers des arbres dont elle savait juste qu'ils se trouvaient loin, très loin, de la Forêt Maison. La plupart se dressaient au cœur de bois inconnus n'offrant aucun indice sur leur situation. Quelques-uns en revanche poussaient au bord de routes ou près d'habitations. Elle avait senti confusément qu'elle ne devait pas demeurer trop longtemps dans l'arbre, aussi avait-elle choisi de sortir par un chêne étendant ses branches dans l'arrière-cour d'un bâtiment à la façade grêlée de trous et avait-elle effectué un pas en avant...

Elle distança sans difficulté la brute à la serpe et rattrapa le garçon alors qu'il s'élançait dans un escalier obscur. Il lui décocha un regard inquiet qui se tranquillisa lorsqu'il la reconnut.

– Par ici, haleta-t-il.

Kerkan sur les talons, ils empruntèrent un couloir au sol jonché de gravats, un deuxième escalier, traversèrent une série de pièces vides, évitèrent un trou béant dans le plancher...

Tout en courant, Ipiu observait les lieux avec une surprise mêlée de fascination. Des murs de pierre, des plafonds peints, des statues, des portes massives... Elle n'avait jamais rien vu de semblable et, à ses yeux, le bâtiment pourtant en ruine brillait des mêmes feux qu'un palais de légende. Ils prirent pied sur une terrasse surplombant la rue d'une bonne dizaine de mètres.

– Par les tripes de l'Empereur! jura le garçon. Je me suis trompé! Demi-tour!

– Non, attends!

Il lui lança un regard irrité.

– J'attends rien du tout. Kerkan a décidé de me faire la peau et il est hors de question que je lui facilite la tâche.

– Alors vas-y, rétorqua Ipiu. Et tombe dans son piège.

– Quel piège?

– Il s'est arrêté dans la dernière pièce que nous avons traversée. Il nous guette.

Le garçon la contempla, stupéfait.

– Comment tu sais ça ?

– Je l'entends. Pas toi ?

– Ben non.

Elle l'observa une seconde. Un peu plus jeune qu'elle, il était vêtu de hardes et son visage n'avait pas dû voir d'eau depuis plusieurs semaines. Il possédait des yeux malicieux, et les fossettes aux coins de sa bouche témoignaient d'un caractère enjoué. Il la détailla en retour, notant ses habits inhabituels, sa sarbacane et son air résolu.

– Comment t'appelles-tu ? demanda-t-il enfin.

– Ipiutiminelle.

– Eh, c'est pas un nom ça !

– C'est pourtant ainsi que je me nomme.

– Je te crois, mais c'est imprononçable. Bon, moi c'est Oril. Tu es sûre de ce que tu racontes, je veux dire, pas au sujet de ton prénom, au sujet de Kerkan ? Il est vraiment là où tu dis ?

– Certaine.

Oril poussa un chapelet de jurons à faire frémir un Raï.

– Je suis fichu, conclut-il. Il va me tuer. Cette terrasse est sans issue.

– Pourquoi ne pas s'enfuir par là ?

Ipiu montrait, de l'autre côté de la rue, le toit plat d'un bâtiment.

– Parce que je ne suis pas un oiseau ! Tu sais voler, toi ?

– Oui.

Joignant le geste à la parole, Ipiu s'élança. Elle prit appui sur le parapet et plongea dans le vide. Son corps décrivit une courbe épurée, loin au-dessus du sol, puis ses mains touchèrent le toit d'en face, elle rentra la tête, roula, se releva.

En sécurité.

Sur la terrasse opposée, Oril ouvrit des yeux ébahis.

– Waouh! s'écria-t-il. Comment tu fais ça?

– Il suffit de te lancer, et si j'étais toi je ne tarderais pas. Ton Kerkan ne va pas passer sa vie à t'attendre, il va finir par se pointer.

– Tu crois que je peux y arriver?

– Y a qu'un moyen de le savoir.

– Je ne risque rien?

– Je n'ai jamais prétendu ça!

– Vraiment rassurante, cette fille, marmonna Oril entre ses dents.

Il avait toutefois bien trop peur de tomber entre les mains de Kerkan pour hésiter plus longtemps. Il prit une grande inspiration, partit en courant et se jeta dans le vide. Il atterrit à l'extrême rebord du toit, battit des bras, vacilla...

Ipiu l'attrapa par le col et l'attira à elle.

– Par ici, face de trodd!

– Merci. Par le sang de Merwyn, ce que j'ai eu peur...

Plié en deux, les mains sur les genoux, il attendit que son cœur cesse de battre la chamade pour poursuivre:

– Mais d'où tu viens, euh... désolé je n'arrive vraiment pas à prononcer ton prénom.

– Je viens de loin, du moins je crois. On est où ici ?

– Al-Far. Tu veux dire que tu ignores le nom de la ville où tu te trouves ?

– Je veux dire surtout que c'est une longue histoire. Je suis d'accord pour te la raconter, mais pas ici.

Le visage d'Oril se fendit d'un immense sourire.

– J'adore les histoires. Suis-moi.

Quand Kerkan, lassé d'attendre, se faufila sur la terrasse, assoiffé de sang, sa serpe brandie devant lui, les deux enfants avaient disparu.

Depuis longtemps.

13

Oril était doté d'un sens aigu de l'observation.

Alors qu'il entraînait Ipiu dans un dédale de ruelles animées, lui frayant un passage dans la foule bruyante qui se pressait autour des étalages des commerçants et des carrioles des colporteurs, ses yeux ne la quittaient pas.

Elle était surprenante.

Vraiment surprenante.

Au-delà de la prouesse accomplie pour échapper à Kerkan.

Surprenante parce qu'elle dégageait une confiance en elle si forte qu'elle en était presque palpable, et contemplait pourtant la ville avec les yeux étonnés d'une naïve inculte.

Surprenante parce qu'elle se faisait bousculer par une matrone pesante et, une seconde plus tard, évitait d'un mouvement souple et calculé au millimètre une perche qui, cinglant l'air dans sa direction, aurait dû la jeter à terre.

Surprenante parce qu'elle n'accordait pas un regard à l'impressionnant ours élastique qui dansait au bout d'une chaîne, et se figeait devant l'étal ridicule d'un marchand de foulards.

Elle avançait d'une démarche assurée, indifférente à la surprise qui se lisait sur le visage des passants lorsqu'ils remarquaient son étrange accoutrement, mais sensible à la moindre odeur et ne laissant échapper aucun détail de ce qui l'entourait. Oril lui donnait une douzaine d'années. Treize au maximum.

Une recrue de choix.

Pour peu qu'Heirmag soit d'accord.

– Par ici.

Oril saisit le bras d'Ipiu et la guida vers une porte cochère donnant sur une cour intérieure jonchée de détritus. Ipiu plissa le nez avec une mine dégoûtée.

– Ça pue le trodd ici !

– Al-Far n'est pas considérée comme la ville la plus propre de l'Empire !

– Je vois...

À l'extrémité de la cour, une ouverture basse laissait discerner les premières marches d'un escalier qui s'enfonçait dans l'obscurité. Dès que leurs yeux se furent accoutumés à l'obscurité, ils s'y engagèrent, Oril avec confiance, Ipiu en retenant sa respiration tant l'air était chargé de remugles.

Ils atteignirent bientôt un palier où veillait un jeune garçon.

– Salut Oril, lança ce dernier.
– Salut Phul. Tout le monde est en bas ?
– Je crois, oui. T'es accompagné ?
– Bravo Phul, rien ne t'échappe ! Heirmag a été malin de te confier ce poste de sentinelle.

En guise de réponse, Phul sauta du tonneau où il était assis et se planta devant Ipiu. Il ne devait pas avoir plus de sept ans et ne paraissait pas bien redoutable, mais il la toisa avec un sérieux qui témoignait de sa conscience professionnelle.

– Heirmag est d'accord pour que tu l'amènes ici ? demanda-t-il à Oril.
– On va vite le savoir.

Phul tiqua.

– Tu ne devrais pas plaisanter avec lui, ça finira par te jouer un sale tour. Il est de mauvaise humeur aujourd'hui, alors un conseil : fais-toi oublier !

Oril haussa les épaules pour montrer ce qu'il pensait du conseil en question et entraîna Ipiu.

Ils débouchèrent dans une vaste salle éclairée par deux sphères brillantes pendues au plafond.

– On les a piquées au palais, lui expliqua Oril devant son air surpris. Elles ne s'éteignent jamais.

Ipiu ne s'intéressait déjà plus à la lumière.

La salle souterraine était occupée par une trentaine d'enfants de six à dix ans, vêtus de haillons comme Oril, et aussi sales que lui. Ils faisaient face à une estrade où trônait un fauteuil bancal dont un pied avait été remplacé par une brique.

Vautré sur le fauteuil, un adolescent d'une quinzaine d'années toisait l'assemblée avec un mélange d'arrogance et de dédain qu'Ipiu jugea insupportable au premier coup d'œil.

– C'est tout? aboya l'adolescent en direction d'une fillette minuscule qui tremblait devant lui.

– Oui, Heirmag. C'est... c'est pas ma faute, je... je...

– La ferme! hurla Heirmag en se levant. Voilà bientôt une semaine que tu n'as rien rapporté. Je crois que je vais te couper une main. Non, pas je crois, je vais te couper une main. Ainsi tu pourras mendier puisque tu es incapable de voler!

La fillette éclata en sanglots, tirant un sourire pervers à Heirmag qui sortit un coutelas de sa ceinture.

Ipiu saisit le bras d'Oril.

– Qu'est-ce qui se passe ici? lui murmura-t-elle à l'oreille.

– Heirmag est vraiment de mauvaise humeur.

– Il ne va quand même pas faire ce qu'il dit?

La grimace d'Oril lui offrit la réponse qu'elle redoutait.

À l'autre bout de la salle, Heirmag sauta de l'estrade et se planta devant la fillette. Solidement charpenté, il l'écrasait de sa stature et prenait un plaisir évident à la terroriser, se repaissant de ses larmes et de son angoisse.

– Une main de moins, une mendiante de plus ! vociféra-t-il en brandissant son coutelas. Que ça serve de leçon aux autres. Si vous ne voulez pas finir aveugles ou estropiés, obéissez-moi !

Un frisson de frayeur silencieuse parcourut l'assemblée.

– Pauvre Nahis, chuchota Oril. Elle ne…

Il se tut en découvrant qu'il parlait dans le vide.

Ipiu n'était plus à ses côtés.

Nahis tremblait de tous ses membres. Elle avait pourtant tenté de rapporter quelque chose susceptible de satisfaire l'avidité d'Heirmag, mais elle n'avait pas réussi. Il y avait trop de voleurs dans le quartier, les commerçants se méfiaient et elle était trop petite, elle avait peur quand elle entrait dans une échoppe ou tendait la main vers la bourse d'un passant.

Par un monumental effort de volonté, elle se contraignit à arrêter de pleurer. Les larmes n'avaient jamais attendri Heirmag. Au contraire.

– S'il te plaît, balbutia-t-elle, ne me coupe pas la main.

En guise de réponse, il la saisit par les cheveux et l'attira à lui.

– Donne-moi une raison valable de ne pas le faire, cracha-t-il.

– Moi j'ai une bonne raison !

La voix avait retenti dans son dos.

Heirmag se tourna, prêt à la bagarre. De longs cheveux noirs encadrant un visage fin, vêtue d'étranges vêtements, la fille qui lui faisait face lui était inconnue. Il l'aurait trouvée jolie si le regard qu'elle lui lançait n'avait pas été chargé d'un tel mépris.

– Dis toujours, railla-t-il.

– Si tu lèves ton couteau sur elle, ou mieux, si tu ne la lâches pas immédiatement, j'explose ta face de trodd !

14

Un silence de mort était tombé sur la salle.

Près de l'escalier, Oril serra les poings mais ne bougea pas.

Personne n'osait esquisser un quelconque mouvement ou émettre le plus léger murmure. Jusqu'aux respirations qui étaient devenues imperceptibles.

Heirmag plissa les yeux et balaya l'assemblée de son regard cruel.

Trente enfants sous ses ordres, prêts à obéir à la moindre de ses décisions, aux plus fous de ses caprices. Trente enfants qui l'enrichissaient par leurs larcins, prenaient tous les risques à sa place, et lui permettaient de couler une existence tranquille.

Trente jouets.

Trente esclaves.

Sa vigilance se focalisa sur l'inconnue qui l'avait défié et menaçait sa suprématie.

Elle n'était pas bien grosse mais il n'était pas parvenu à la position qu'il occupait en sous-estimant ses adversaires, et l'attitude de la fille, pour stupide qu'elle fût, incitait à la prudence.

Il l'observa en détail.

Dans ses yeux noirs, à mille lieues de la crainte à laquelle il était habitué, il ne discerna qu'une tranquille assurance. Il ne lui découvrit en revanche nulle arme en dehors de sa ridicule sarbacane, inutile en combat rapproché.

Et il n'avait aucune intention de la laisser s'éloigner.

Sa position de chef incontesté était en jeu.

D'un revers de bras négligent, il projeta Nahis au sol et se mit en garde, son poignard tendu devant lui.

– Viens m'expliquer ça de plus près ! cracha-t-il.

À son immense stupéfaction, l'inconnue ne lui accorda pas plus d'attention que s'il avait pesé vingt kilos et brandi un couteau en bois. Elle se précipita vers Nahis et s'agenouilla à ses côtés.

– Ça va aller, lui dit-elle en la prenant dans ses bras.

La petite fondit en larmes. Larmes qui devinrent des sanglots énormes. Irrépressibles. La peur qui lui avait mordu le ventre était terrible, pourtant les mots de la jeune inconnue la réduisirent en fumée :

– Chut... Ça va aller maintenant... Je suis là. Tu ne risques plus rien...

Elle essuya d'une main douce les joues de Nahis qui sourit timidement, puis ouvrit soudain de grands yeux terrifiés.

– Attention !

Après un instant d'incertitude, Heirmag avait décidé de réagir. D'une main, il saisit Ipiu au col, l'agrippant fermement tandis que de l'autre il abattait son coutelas...

Trois fois déjà il avait tué.

La première fois malgré lui, lors d'un combat contre un rival, et les deux autres pour se dégager une voie de repli après des cambriolages qui avaient mal tourné.

Il ne se considérait pas comme un assassin mais il ne craignait pas de faire couler le sang. Sans compter qu'en égorgeant cette fille il assurait encore un peu plus sa domination sur les autres. Après ça, aucun membre de sa bande n'oserait plus lui désobéir.

Il n'égorgea personne.

Aussi vive qu'un serpent, la jeune inconnue s'était mise en action à l'instant précis où il l'empoignait.

Sans tenter de se retourner ni de se lever, elle se jeta à plat ventre puis se faufila en arrière entre les jambes écartées d'Heirmag. Insaisissable. Il la tenait toujours et, le bras douloureusement tordu, il dut suivre le mouvement. Quand elle referma les mains sur son poignet et tira d'un coup sec, il bascula en avant et s'écrasa sur le sol.

Il se releva d'un bond, le corps meurtri et l'amour-propre en miettes.

Hors de lui, il plaça un violent coup de couteau destiné à éventrer Ipiu. Elle se contenta de glisser sur le côté et abattit sa sarbacane sur la main tendue.

De toutes ses forces.

Le tube de bois dur se cassa net tandis qu'Heirmag poussait un cri de douleur strident et lâchait son arme. Il porta instinctivement les doigts à sa bouche, puis se plia en deux lorsque Ipiu lui envoya un grand coup de pied dans la partie la plus sensible de son anatomie.

Heirmag eut l'impression qu'il mourait. L'air ne pénétrait plus dans ses poumons, son bas-ventre irradiait d'insoutenables ondes de souffrance, sa vision devenait floue… Il aurait voulu se rouler en boule et s'évanouir mais Ipiu n'en avait pas fini avec lui.

Elle inséra l'extrémité brisée de sa sarbacane dans la narine d'Heirmag, l'obligeant à relever la tête.

– On ne menace jamais les petites filles, martela-t-elle. Jamais. Tu as compris ?

Heirmag hocha la tête.

– Je n'ai pas entendu, insista Ipiu intraitable. Est-ce que tu as compris ?

Abandonnant toute fierté, Heirmag balbutia un oui inintelligible. Avec un reniflement dédaigneux, Ipiu le libéra. Il se laissa glisser à terre et ne bougea plus.

Ipiu se désintéressa immédiatement de lui.

Elle se pencha vers Nahis et lui caressa les cheveux.

– Merci de m'avoir avertie, lui souffla-t-elle. Je m'appelle Ipiutiminelle.

– Tu t'appelles comment ?

– Ipiutiminelle.

– Mais c'est pas un nom, ça !

Ipiu poussa un soupir résigné. Du coin de l'œil elle aperçut Heirmag qui tendait une main furtive vers son poignard. Elle posa le talon sur ses doigts et les écrasa avec application.

Sans aucun état d'âme.

Les enfants qui avaient assisté à l'affrontement n'avaient pas émis le moindre bruit ni esquissé le moindre mouvement. Le hurlement d'Heirmag les tira de leur étrange léthargie. Comme s'ils comprenaient enfin que quelque chose d'important venait de se jouer, ils s'ébrouèrent et commencèrent à parler. Très vite un brouhaha assourdissant remplaça le silence.

Sous le crâne d'Ipiu, c'était la tempête.

Jamais aucun Petit n'aurait osé se comporter comme ce Heirmag et si, par extraordinaire, l'un d'eux avait tenté d'agir ainsi, les autres ne se seraient jamais laissé faire. Les Humains étaient décidément bien compliqués. Sauf qu'il fallait qu'elle cesse de songer aux Humains comme à des étrangers.

Elle était une Humaine, pas une Petite.

Cette pensée, qui l'avait accompagnée tout au long de ces derniers mois, prit soudain les couleurs et le relief d'une certitude.

Elle était humaine.

Il ne lui restait plus qu'un détail à régler pour que la page soit tournée.

Définitivement.

Elle sourit à Nahis.

– C'est vrai que Ipiutiminelle n'est pas vraiment un prénom. Tu n'en as pas un autre à me proposer ?

La petite fille mit quelques secondes à comprendre le sens de la question, puis elle sourit en retour et, après une brève hésitation, l'attira à elle pour lui murmurer un mot à l'oreille.

– C'est… C'était le prénom de ma maman avant que… je n'aie plus de maman, ajouta-t-elle à voix haute. Si tu le veux, je te le donne.

– Je l'accepte volontiers, répondit Ipiu avec gravité. Il est très beau.

Nahis battit des mains d'un air ravi puis se tourna vers la salle. Elle porta les doigts à sa bouche et poussa un sifflement strident qui couvrit le vacarme des conversations. Le silence s'installa.

– Moi j'avais pas envie qu'Heirmag me coupe la main, commença Nahis. Je trouve qu'on a pas le droit de couper la main des gens. Surtout quand ils sont pas d'accord. Parce que ça doit faire très mal.

Les enfants acquiescèrent avec ferveur.

– Mais lui, il voulait quand même me la couper.

Elle désignait Heirmag qui s'était recroquevillé dans un coin et geignait doucement. Quelques lazzi timides s'élevèrent.

– Heureusement, elle, elle m'a défendue.

Tous les regards se tournèrent vers Ipiu.

– Alors, pour la remercier, je lui ai offert le prénom de ma maman.

Les enfants étaient suspendus aux lèvres de Nahis.

– Maintenant, elle s'appelle Ellana !

15

Ellana.
Le prénom voletait au-dessus d'elle.
Sans qu'elle parvienne à l'attraper.
Sans qu'il s'éloigne tout à fait.
Ellana.
Comment s'appelait-elle avant d'être Ipiu ? Pourquoi ce passé lui était-il devenu étranger ? Qui était-elle désormais ?
Ellana.
Elle ferma les yeux, tentant d'oublier l'odeur rance qui flottait dans la grande salle.
Ellana.
Les enfants étaient partis. Rentrés chez eux puisque tous avaient un chez-eux. Oril avec un air désolé, Nahis avec un sourire de confiance absolue. « À demain, Ellana. »

Ellana.

Elle avait résisté à l'envie de courir vers le chêne passeur, vers la Forêt Maison et son peuple pacifique. Ne pas se retourner, aller de l'avant. Toujours. Elle s'était arrangé un coin dans la grande salle déserte, s'était allongée.

Ellana.

Elle avait treize ans.

Des milliers de choses à raconter. Et mille fois plus à vivre.

Elle s'endormit sans s'en apercevoir.

Ellana.

Doucement le prénom se posa sur ses paupières closes, se glissa le long de sa respiration régulière, se coula dans son cœur, son âme et chacune des cellules de son corps.

Il devint elle.

Elle devint lui.

Ellana.

16

Les enfants arrivèrent en milieu de matinée, chargés qui d'un bracelet d'argent, qui d'une bourse, qui encore d'une étole de fourrure ou d'un miroir doré.

Ellana les regarda étaler leur butin sur l'estrade, puis se tourner vers elle et attendre sa réaction. En silence.

– Que voulez-vous que je fasse de ça ? leur demanda-t-elle, surprise.

Pas de réponse.

– Oril, explique-moi !

Le garçon haussa les épaules. Il avait posé sur l'estrade une statuette en bois sombre, ainsi qu'un pantalon et une tunique.

– Ben... tes vêtements sont un peu... curieux. Personne ne s'habille avec des feuilles et de l'écorce à Al-Far, alors j'ai pensé que...

– D'accord, c'est gentil d'avoir prévu des habits, mais... le reste ?

Elle désigna d'un mouvement du bras le bric-à-brac entassé sur l'estrade.

– C'est pour toi, intervint Nahis.

La petite fille contemplait Ellana, les yeux remplis de vénération. Elle avait passé un collier de feuilles autour de son cou, et des morceaux d'écorce dépassaient de ses poches. Elle avait également tenté de se coiffer d'une natte comme Ellana mais ses boucles blondes, si différentes des longs cheveux noirs et lisses de son modèle, lui avaient compliqué la tâche, et la ressemblance n'était pas flagrante.

– Pour moi ?

– Oui, poursuivit Nahis. Heirmag est parti. Tu es notre chef maintenant, alors on t'apporte ce qu'on a volé.

Le cœur d'Ellana se serra.

– Je ne suis le chef de personne ! s'exclama-t-elle.

– Mais...

– Écoute-moi, Nahis. Écoute-moi bien. Hier je suis intervenue parce que je ne pouvais pas accepter que ce monstre d'Heirmag fasse du mal à une petite fille comme toi. Cela ne signifie pas que je souhaite prendre sa place. Je suis ici pour... pour un tas de raisons compliquées, mais pas pour prendre la tête d'une bande de jeunes voleurs.

– Tu nous reproches de voler, c'est ça ?

Ellana se tourna vers Phul qui venait de l'interpeller. Elle prit le temps de réfléchir avant de répondre. Elle n'avait pas retrouvé une assez bonne maîtrise de sa langue maternelle pour pouvoir se lancer dans de longues tirades.

– Ça n'a rien à voir. Hier soir vous m'avez expliqué que vos familles étaient si pauvres que vous n'aviez pas d'autre solution. Ça ne me gêne pas. Quand on n'a rien à manger, voler un pain à celui qui en possède deux est une attitude logique. En revanche voler pour enrichir un soi-disant chef, et continuer à crever de faim, est une attitude stupide. Complètement stupide.

– Qu'est-ce que tu nous reproches alors ?

– Je ne vous reproche rien. Je n'ai aucune envie de commander qui que ce soit, c'est tout. Ni d'obéir à qui que ce soit. Vous devrez vous débrouiller sans moi.

Sa tirade tira des grimaces inquiètes aux enfants.

– Qu'est-ce qu'on va devenir ? demanda Oril.

Sa question exprimait le sentiment général mais elle exaspéra Ellana.

– As-tu besoin que quelqu'un décide de ta vie à ta place ? s'emporta-t-elle. Si tu es suffisamment idiot pour répondre oui, ne compte pas sur moi !

Nahis s'avança pour lui prendre la main.

– Je préfère quand tu ne cries pas, dit-elle.

Ellana se calma aussitôt.

– D'accord. Je veux juste que vous compreniez que je ne serai jamais votre chef, mais ce serait bien si vous compreniez aussi que vous n'avez pas besoin de chef.

– Donc tu refuses nos cadeaux ?

– Oui, Nahis, parce que ce ne sont pas des cadeaux. Gardez-les pour vous !

La proposition généra un impressionnant brouhaha. Chacun y allait de son commentaire ou de sa suggestion sans prêter attention aux paroles de son voisin, jusqu'à ce que, sous l'impulsion d'Oril, un débat plus construit s'organise. Les enfants s'assirent sur le sol et commencèrent à discuter. D'abord de l'utilisation de leur butin puis, très vite, de leur avenir.

Ellana sourit. La crainte qui l'avait étreinte se dissipa. Ces garçons et ces filles étaient gentils, la petite Nahis adorable, elle n'avait toutefois aucune intention de rejoindre leur groupe.

Avec un pincement au cœur, elle ôta ses habits végétaux pour revêtir ceux que lui avait offerts Oril. Ils lui allaient bien et, pendant une seconde, elle se demanda qui avant elle les avait portés. Elle ne le saurait sans doute jamais.

Elle se dirigea ensuite vers l'estrade et récupéra le coutelas d'Heirmag qui gisait toujours là où il était tombé, puisque la veille, Heirmag s'était enfui en catimini sans songer à le récupérer.

C'était une arme lourde au fil aiguisé et au contre-tranchant large et incurvé. Ellana l'observa avec attention, en testa le poids et la tenue avant de le glisser à sa ceinture. Les Petits ne travaillaient pas le métal et le peu d'objets en acier qu'ils possédaient provenaient de leurs rares contacts avec le peuple faël. Le coutelas d'Heirmag était aux yeux d'Ellana un trésor inestimable.

Les enfants parlaient toujours. L'atmosphère confinée de la pièce souterraine lui fut soudain insupportable. Elle se glissa dans l'escalier et rejoignit l'extérieur. Les tas d'immondices dans la cour lui firent plisser le nez, mais dès qu'elle fut dans la rue elle se rasséréna.

Tout l'enchantait à Al-Far. Bruits, mouvements, couleurs, odeurs... Elle se perdit dans la contemplation des hautes maisons de pierre, la découverte des vitrines des échoppes et la multitude de surprises qui l'attendaient à chaque coin de rue.

Curieuse, elle glana des informations dans les conversations qui s'entrecroisaient autour d'elle, prenant peu à peu conscience de la richesse et de la complexité de la société humaine.

Elle se hasarda à poser des questions aux colporteurs sur leurs marchandises, heureuse qu'ils lui répondent avec affabilité, et donna un coup de main à un marchand occupé à redresser un auvent. Pour la remercier, il lui offrit une pomme brillante qu'elle croqua avec entrain en reprenant son chemin.

Lorsqu'elle regagna la salle souterraine, il ne restait plus qu'une poignée d'enfants.

– Nous avons pris une décision, lui annonça Oril avec un sourire fier.

– Et ?

– Nous nous passerons désormais de chef et ce que nous... euh... trouverons sera partagé entre nous. Qu'est-ce que tu en penses ?

Ellana n'envisagea pas une seconde de mentir.

– Pas grand-chose. Mais si vous avez décidé ça ensemble, ce doit être une bonne idée.

– On aimerait aussi que tu gardes ce que nous avons apporté ce matin. C'est notre manière à nous de te dire merci.

Ellana éclata de rire.

– C'est un cadeau empoisonné. Ne te vexe surtout pas, mais je n'ai ni besoin ni envie de tout ce fatras.

– Ah...

Ellana nota l'air déçu d'Oril, la mine attristée de Nahis et des autres. Elle ne pouvait tout de même pas s'encombrer d'un pareil bric-à-brac pour leur faire plaisir... Une idée surgit dans son esprit. Lumineuse.

– En revanche, si vous souhaitez vraiment me remercier, je sais ce que vous pouvez faire.

Des cris de joie lui répondirent.

– Dis-nous! s'écria Nahis.

– C'est simple. Apprenez-moi la ville.

17

Les jours suivants, Ellana découvrit Al-Far, quatrième ville de Gwendalavir par sa taille et première par le nombre de crimes nocturnes.

Située au nord-ouest de l'Empire, elle avait été bâtie par des pionniers et chacune des pierres de ses murailles avait été trempée dans le sang. Celui des bâtisseurs, mais aussi celui des redoutables créatures qu'il avait fallu combattre, celui des brigands qui infestaient encore la région et celui des Raïs qui, malgré la surveillance des Frontaliers, franchissaient parfois la chaîne du Poll pour de sauvages incursions.

Rudes à la tâche et teigneux de nature, les habitants d'Al-Far n'en référaient que rarement au seigneur de la ville pour régler leurs différends. Cette habitude remontait à l'époque lointaine où de riches gisements d'argent avaient attiré des prospecteurs dans cette partie de l'Empire que ne fréquentaient jusqu'alors que les bêtes sauvages. Une époque où, pour survivre, il fallait savoir se battre. Et se montrer impitoyable.

Devant l'afflux des chercheurs d'argent, des concessions avaient été délimitées et, dans la foulée, les premiers coups de hache avaient été échangés. Pour une borne déplacée, un tamis volé ou un cheval emprunté. Al-Far n'était encore qu'un village ceint de palissades.

Des années plus tard, alors que de hautes murailles de pierre remplaçaient les palissades et que la loi de l'Empire s'était imposée, les mentalités n'avaient guère évolué. À Al-Far, on continuait à être avare en paroles et généreux en coups de poignard.

Cette situation s'était même aggravée lorsque l'argent s'était raréfié. De nombreuses mines, épuisées, étaient tombées en déshérence et les concessions individuelles avaient cédé la place à des mines gérées par de riches marchands. Du fait de la position isolée de la ville, agriculture et élevage demeuraient risqués, le fossé entre riches et pauvres s'était donc creusé et Al-Far était devenue la seule ville de l'Empire où une partie importante de la population vivait dans la misère.

Le père de Nahis travaillait dans une mine d'argent. Il gagnait à peine de quoi subvenir aux besoins de sa famille et la mort de sa femme n'avait rien arrangé.

Bourru et renfermé, il accepta toutefois sans difficulté la présence d'Ellana lorsque sa fille lui indiqua qu'elle allait l'héberger quelque temps.

– Je sais que Nahis n'est pas bien grosse et qu'elle traîne dans les sales coins de la ville, maugréa-t-il le premier soir, mais la vie n'est tendre pour personne et ça l'endurcit. De toute façon, y a pas le choix. Quand elle sera plus grande, elle pourra travailler à la mine. En attendant, il faut qu'elle se muscle!

Ce fut le plus long discours qu'Ellana lui entendit prononcer.

Il se levait avant le soleil et rentrait à la nuit après une journée de labeur éreintant et un passage par une taverne proche où il tentait de noyer ses désillusions dans l'alcool.

Nahis avait donc toute liberté pour servir de guide à Ellana et elle s'y employa avec ferveur. Dès le matin, elles retrouvaient Oril et un ou deux autres membres de la bande, et ils sillonnaient la ville de long en large.

Ellana s'habitua très vite à ce nouvel environnement et, au bout d'une semaine, nul n'aurait deviné qu'elle avait vécu jusqu'alors dans une forêt isolée à des centaines de kilomètres de toute présence humaine. Elle était capable de se repérer où qu'elle soit, de marchander fruits et pains d'herbes avec les commerçants et, lorsque c'était nécessaire, de s'emparer avec discrétion de ce qu'elle ne pouvait pas acheter. Cette dernière aptitude lui avait d'ailleurs valu une remarque admirative, et un peu jalouse, d'Oril qui se glorifiait volontiers de sa propre habileté.

Si Ellana acquit en douceur les réflexes d'une enfant de la ville, sa rencontre avec les chevaux lui fit l'effet d'un tremblement de terre.

Elle n'avait encore jamais vu un tel animal et lorsqu'elle se retrouva nez à nez avec un étalon que montait un gros guerrier barbu, elle resta figée par la stupeur.

– Libère le chemin, gamine, si tu ne veux pas que je t'écrase !

La voix du guerrier retentit comme un coup de tonnerre, mais Ellana ne lui accorda aucune importance. Une fois passé le moment de frayeur due à la taille imposante du cheval, elle était tombée sous le charme de sa puissante beauté et ne parvenait pas à en détacher ses yeux.

Nahis la prit par la main et la tira sur le côté. Avec un grommellement irrité, le guerrier poursuivit sa route.

– Qu'est-ce que c'est ? murmura Ellana émerveillée.

– Quoi ?

– Cet animal, là-bas !

Une autre que Nahis aurait éclaté de rire mais la fillette éprouvait une telle admiration pour Ellana que jamais elle ne se serait permis une telle attitude. Malgré son jeune âge, elle s'était en outre rendu compte que son amie était différente, et que si elle possédait d'innombrables et étonnantes connaissances, elle était sur bien d'autres points aussi ignorante qu'un bébé. Nahis s'était donc arrogé le rôle de tutrice.

Elle entreprit d'expliquer à Ellana ce qu'elle savait des chevaux et qui se résumait à peu de choses. Ils étaient gros et on pouvait monter dessus pour voyager... quand on possédait assez d'argent pour en acheter un.

– J'aurai un cheval, décida Ellana.

Nahis resta silencieuse. Un cheval coûtait ce que son père gagnait en une année, mais si Ellana disait qu'elle en aurait un, elle la croyait.

Elle l'aurait crue même si elle lui avait affirmé qu'en se jetant d'un pont on apprenait à voler...

... et, sur un mot d'Ellana, elle aurait sauté sans hésiter.

Heirmag n'avait plus donné signe de vie.

Phul l'avait aperçu un soir en train de discuter avec Kerkan. Il n'avait pas osé s'approcher pour les espionner, et s'était enfui le plus vite possible. Oril avait reçu la nouvelle avec une moue inquiète. Kerkan et ses hommes formaient une bande de malfrats redoutables. Ils considéraient qu'une partie de la ville leur appartenait et s'étaient toujours débrouillés pour éliminer toute concurrence. C'était d'ailleurs parce qu'Oril avait empiété sur son territoire que Kerkan l'avait pris en chasse le jour où Ellana était intervenue.

Qu'Heirmag ait été vu en une telle compagnie augurait des ennuis, mais comme il n'y avait rien à faire, Oril et ses amis avaient croisé les doigts pour que jamais il ne réapparaisse.

Les jours passèrent.

Débarrassés de la pression qu'Heirmag faisait peser sur eux, les enfants se retrouvaient moins souvent. Ils ne volaient plus qu'occasionnellement et partageaient le fruit de leurs larcins encore plus rarement.

Un jour, alors que, pour le troisième matin consécutif, ils étaient seuls dans la salle souterraine, Ellana se tourna vers Oril et Nahis.

– Je suis à Al-Far depuis trois semaines, annonça-t-elle.

Comprenant qu'elle n'avait pas fini, ses amis demeurèrent silencieux. Elle poursuivit en regardant Nahis dans les yeux :

– Je vais bientôt vous quitter.

18

Nahis ouvrit de grands yeux puis, brusquement, elle éclata en sanglots.

Des sanglots longs, douloureux, qui donnaient l'impression de ne jamais devoir s'arrêter. Ellana la prit dans ses bras mais malgré ses douces paroles et ses baisers, Nahis demeura inconsolable. Ellana entraîna alors ses deux amis sur un toit en terrasse qui surplombait la ville.

Ils s'assirent, les pieds dans le vide, puis Ellana, consciente de la lueur de reproche qui avait remplacé les larmes dans les yeux de Nahis, commença à parler.

– Tu te souviens, Oril, de la première fois où nous nous sommes rencontrés ? Lorsque nous avons échappé à Kerkan et à sa serpe ?

– Bien sûr ! s'exclama le garçon. C'est le jour où tu m'as appris à voler.

– Ce jour-là, je t'ai aussi promis une histoire que je n'ai jamais eu le temps de te raconter. L'histoire de ma vie.

Oril lui renvoya un regard étonné.

– Tu nous en as parlé ! Tu nous as dit que tes parents étaient morts et que tu t'étais retrouvée seule.

– Ça, c'est vrai.

– Et ensuite tu nous as expliqué que tu avais reçu un coup sur la tête et que tu ne te rappelais rien avant ton arrivée à Al-Far.

Ellana fit la grimace.

– Ça, c'est moins vrai.

– Tu nous as menti ?

Oril n'était pas loin de s'indigner.

– Non. Enfin, pas vraiment. Mes parents sont vraiment morts quand j'étais petite et j'ai vraiment grandi loin des hommes. Le coup sur la tête en revanche, je l'ai inventé.

– Je ne comprends pas. Pourquoi nous avoir trompés ?

– Parce que tout raconter depuis le début aurait été trop long et trop compliqué.

– Pourquoi tout nous avouer maintenant, alors ?

– Parce que si je suis arrivée à Al-Far par hasard, le hasard a bien fait les choses. Cette ville est celle où je suis née, celle d'où mes parents sont partis vers le nord. J'en ai eu confirmation en étudiant la carte qui est affichée dans la taverne de Bayang.

– Tu es sûre de ce que tu dis ? Il n'y a rien au nord d'Al-Far !

– Il aurait pu y avoir mes parents s'ils n'avaient pas été massacrés par les Raïs.

Malgré elle, Ellana avait haussé le ton et Oril afficha une mine penaude.

– Je suis désolé.

– C'est bon. Et puis ce que tu dis est faux. Au nord d'Al-Far, il y a des tas de fermes fortifiées et quelques villages. Une caravane quitte la ville deux fois par an pour vendre des marchandises aux pionniers et acheter leur production, c'est Bayang qui me l'a dit.

– Ça ne change pas grand-chose, remarqua Oril.

– Au contraire, ça change tout. Je ne sais rien de mes parents et je n'ai aucun moyen de découvrir quoi que ce soit en restant ici. En revanche, si je pars vers le nord, je trouverai peut-être des indices, peut-être même des gens qui les auront connus. C'est ma seule chance d'apprendre quelque chose sur mon passé.

Oril haussa les épaules.

– Tu rêves, Ellana. Les Itinérants qui prennent la route du nord n'accepteront jamais de t'emmener avec eux.

– C'est ce qu'on verra. La caravane part demain et je te garantis que j'en ferai partie.

Ellana se dirigea seule vers la grande esplanade des départs.

Oril avait proposé de l'accompagner mais elle avait décliné son offre, prétextant vouloir réfléchir pour ne pas lui avouer que sa présence la desservirait. Nahis, elle, s'était contentée de lui faire jurer qu'elle reviendrait et l'avait regardée s'éloigner, les yeux embués de tristesse.

Bayang, le patron de la taverne qu'elle aidait parfois pour gagner un peu d'argent, connaissait son désir de voyager vers le nord. C'était lui qui lui avait parlé des Itinérants.

– Tu es une petite efficace et tu ne rechignes pas à la besogne. J'ai entendu dire que ces types embarquaient parfois un gamin de ton âge pour s'occuper des menues tâches du voyage. Ce n'est pas par gentillesse mais parce qu'un enfant mange moins qu'un adulte, qu'il ne se plaint pas et qu'on le paie une misère. Quand on le paie ! Si tu te montres persuasive, tu as ta chance.

L'esplanade des départs s'étendait près de la porte nord de la cité.

D'ordinaire occupée par une multitude de tentes et d'étals formant un marché permanent, elle était dégagée deux fois par an pour permettre la constitution de la caravane. L'esplanade ne retrouvait pas le calme pour autant. Au contraire.

Des commerçants qui n'avaient pas les moyens de se joindre à l'expédition négociaient ferme pour convaincre les Itinérants de se charger de leurs produits. Pour les plus chanceux, un accord de dernière minute était validé par une poignée de main et une bourse changeant de poche ; les autres repartaient en maugréant et en se promettant de mieux se débrouiller la prochaine fois.

Des porteurs affairés se bousculaient, entassant draps, outils, livres, graines, armes et caisses de vin sur une plate-forme dressée au centre de l'esplanade. La responsable de l'intendance, une grande femme à la voix de stentor, leur donnait des ordres et veillait à la répartition des marchandises dans la trentaine de chariots qui formeraient le convoi et qui seraient bâchés au moment du départ.

Les bœufs qui les tireraient étaient parqués dans un enclos proche avec les chevaux des guerriers chargés de protéger l'expédition. Ces derniers se tenaient près de la plate-forme et leur présence impressionnante suffisait à dissuader les voleurs de tenter leur chance. Ellana les observa de loin.

C'étaient des hommes massifs aux visages burinés par la vie au grand air, portant des cuirasses disparates qui avaient eu leur compte de batailles, armés d'épées à double tranchant, de sabres ou de redoutables haches de combat. Ils se déplaçaient avec nonchalance, indifférents en apparence à ce qui se déroulait autour d'eux, mais leurs regards acérés démentaient cette indolence. Rien ne leur échappait.

Ellana s'approcha d'un Itinérant qui vérifiait le contenu d'une caisse de bois sombre.

– Que veux-tu ? lui jeta-t-il lorsqu'elle lui toucha l'épaule.

– Partir avec vous. Je sais m'occuper des bœufs, faire la cuisine, le ménage et chanter.

Une esquisse de sourire étira les lèvres de l'Itinérant.

– C'est tout ?

– Non. Je sais aussi...

– Nous n'avons pas besoin de toi, la coupa-t-il, son sérieux revenu. Une fille de ton âge n'est pas à sa place dans une caravane d'Itinérants, surtout quand elle part pour le nord.

– Je n'ai peur de rien. Même pas des Raïs.

– Vraiment ?

L'Itinérant observa la gamine qui lui faisait face avec plus d'attention. Elle se tenait droite, fine et musclée, ses longs cheveux de jais encadraient un visage aux pommettes volontaires et aux yeux d'un noir profond qui dénotaient un caractère bien trempé. Une battante. Il n'eut pas le courage de la repousser.

– Va voir Ankh Pil' Tarn, fit-il en désignant un homme ventru qui s'affairait près de la plate-forme centrale. C'est le maître caravanier. Lui seul peut t'engager, mais… ne rêve pas trop.

Ellana le remercia et se dirigea vers le centre de l'esplanade.

Le maître caravanier parlait avec animation à un homme vêtu de cuir sombre, aux cheveux gris presque ras qui l'écoutait, un sourire mi-figue, mi-raisin sur les lèvres. Il ne prêta aucune attention à Ellana lorsqu'elle se planta près de lui mais l'homme en noir, lui, la vit et, d'un signe de tête, la désigna à Ankh Pil' Tarn.

– Qu'est-ce que tu veux ? aboya le maître caravanier.

– Partir vers le nord avec vous.

– N'importe quoi ! Dégage, gamine, je n'ai pas de temps à perdre.

Ellana ne se démonta pas.

– Je travaille sans me plaindre et je sais me rendre utile. Je peux...

– Dégage, je t'ai dit.

Le maître caravanier voulut l'écarter de la main, elle esquiva son geste sans difficulté.

Sans reculer d'un centimètre.

– C'est important pour moi, reprit-elle d'une voix calme. Je dois...

Ankh Pil' Tarn poussa un grognement irrité. Il s'apprêtait à lui botter les fesses lorsque l'homme en noir posa une main apaisante sur son épaule. Il se pencha à son oreille et lui murmura une courte phrase.

– Tu crois ? demanda Ankh Pil' Tarn en retour.

L'homme en noir se contenta de hocher la tête en silence.

– Ma foi, comme tu veux ! fit le maître caravanier avant de se tourner vers Ellana. Quel âge as-tu ?

– Quinze ans, mentit-elle.

– Tes parents savent-ils que tu veux quitter la ville ?

– Mes parents sont morts. Je me débrouille seule.

La réponse ne le surprit pas outre mesure. La vie était rude à Al-Far et les enfants souvent confrontés à des situations difficiles.

– Sais-tu que nous partons pour quatre mois et que si tu nous accompagnes tu devras te lever à l'aube et travailler dur toute la journée ?

– Je le sais et ça me va.

Comme l'Itinérant un peu plus tôt, Ankh Pil' Tarn observa Ellana avec un regain d'intérêt. Cette petite dégageait une assurance surprenante. Sayanel n'avait peut-être pas tort d'insister pour qu'il l'engage.

– C'est bon, se décida-t-il. Sois ici demain au lever du soleil.

Il tendit sa grosse main à Ellana qui y plaça la sienne.

L'accord était scellé, engageant l'honneur et la réputation d'Ankh Pil' Tarn. Ce dernier, en bon Itinérant, préférerait désormais être ruiné plutôt qu'envisager de le rompre.

Ellana s'inclina brièvement et s'éloigna.

C'est alors qu'une sensation étrange la fit s'arrêter. La sensation qu'aurait produite une torche placée derrière son cou. Elle tourna la tête.

Ankh Pil' Tarn avait repris sa conversation avec l'homme en noir mais celui-ci ne lui prêtait aucune attention.

Il avait les yeux fixés sur elle.

C'était son regard qui la brûlait.

19

La caravane s'ébranla à l'aube.

La veille au soir, Ellana avait eu toutes les peines du monde à calmer Nahis qui sanglotait, inconsolable, et quand la fillette s'était enfin endormie après lui avoir fait promettre pour la centième fois qu'elle reviendrait, elle n'avait pas réussi à trouver le sommeil. Son départ proche la remplissait d'un enthousiasme fiévreux qui lui tenait les yeux ouverts et, surtout, elle craignait, si elle les fermait, de ne pas se réveiller à temps.

Au milieu de la nuit, elle se leva, plaça dans son sac ses maigres possessions et, après avoir déposé un baiser sur le front de Nahis, se glissa en silence hors de la maison.

Le fin croissant de lune n'offrait qu'une lumière ténue, et la plupart des rues étaient plongées dans une obscurité propice aux guets-apens. Pourtant Ellana n'éprouvait aucune crainte. Elle se demandait si, quelques années plus tôt, ses parents avaient quitté Al-Far grâce à une caravane comme celle qu'elle se préparait à rejoindre ou s'ils s'étaient lancés seuls à la conquête du Nord.

Oukilip et Pilipip avaient évoqué la présence de chariots à l'endroit où ils l'avaient recueillie mais cela n'offrait qu'un piètre indice.

Ses parents.

Elle savait qu'elle ne les retrouverait jamais. Les deux Petits avaient dépeint avec pudeur la scène de massacre qu'ils avaient découverte en arrivant sur les lieux de l'affrontement et nul n'ignorait que les Raïs, sanguinaires et impitoyables, ne s'encombraient jamais de prisonniers. Ellana en était consciente. Elle partait simplement à la recherche d'informations qui lui permettraient de lier son existence actuelle à un passé.

Elle ne se faisait aucune illusion.

Presque aucune.

Malgré la nuit, l'esplanade des départs bourdonnait d'activité. Des dizaines d'hommes s'affairaient autour des chariots, mettant les bâches en place ou attelant les bœufs sous le regard attentif des Itinérants.

Les chevaux des gardes, de hautes et puissantes bêtes, étaient à l'entrave à proximité. Leurs maîtres, conscients que l'obscurité favorisait les maraudages, surveillaient la caravane, tandis que les ultimes provisions pour la route étaient chargées sur le chariot de l'intendance.

Alors que, la veille, Ellana s'était approchée sans difficulté des chariots, elle fut cette fois interpellée par un guerrier barbu aux cheveux nattés qui portait une armure légère de cuir et de plaques d'acier.

– Où vas-tu, petite ? lui demanda-t-il d'une voix dont le calme dissimulait mal l'inflexibilité.

– J'ai été engagée par maître Pil'Tarn.

Le visage du guerrier ne marqua pas la moindre surprise.

– Suis-moi.

Ellana lui emboîta le pas, notant sa carrure et la redoutable épée à double tranchant qui pendait entre ses épaules. Une telle arme maniée à deux mains par un pareil colosse devait faire des ravages dans les rangs de l'ennemi. Une hache de jet se balançait de chaque côté de son ceinturon, tandis que ses mollets étaient ceints d'un fourreau ajouré contenant chacun un redoutable coutelas.

Ellana les compara à celui d'Heirmag qui était désormais le sien et qu'elle portait à la ceinture, dissimulé sous sa tunique. Elle s'était exercée à son maniement, passant des heures à le lancer sur une poutre, de plus en plus vite, de plus en plus loin, jusqu'à parvenir à le planter neuf fois sur dix. Elle le trouvait néanmoins trop lourd et trop voyant. Les poignards du guerrier étaient encore plus gros.

« Impressionnants mais peu efficaces », jugea-t-elle en son for intérieur sans imaginer une seconde qu'elle pouvait faire preuve de prétention en pensant ainsi.

L'homme la conduisit jusqu'à l'intendante. Aussi grande que le guerrier barbu, elle dégageait une formidable autorité. Ses cheveux gris étaient ramassés en un chignon fonctionnel plutôt qu'élégant et ses mains étaient celles d'une femme qui avait toujours travaillé sans se soucier de son apparence. Elle n'accorda qu'un bref regard à Ellana.

– Tu voyageras avec moi dans ce chariot, jeta-t-elle. Places-y tes affaires et donne un coup de main pour tendre les bâches.

Elle se détourna, accaparée par un nouvel interlocuteur. Pendant que le guerrier s'éloignait, Ellana se mit au travail.

Les bâches qui fermaient les chariots étaient lourdes, compactes, garnies d'œillets métalliques dans lesquels passaient des cordes épaisses. Les tendre pour que les rafales de vent ne les déchirent pas et pour qu'en cas d'orage l'eau ne s'y accumule pas représentait une tâche difficile et épuisante.

Lorsque le ciel s'éclaircit à l'est et que les chevaux sentant le départ proche commencèrent à piaffer, les doigts d'Ellana ne parvenaient plus à saisir quoi que ce soit, son avant-bras était zébré d'une vilaine griffure causée par un œillet mal fixé, et elle tenait à peine debout.

Elle se contraignit cependant à poursuivre, s'aidant de ses dents lorsque ses mains ne suffisaient pas et se suspendant aux cordes afin de compenser son manque de force. Les caravaniers avaient accepté son aide sans lui poser la moindre question et aucun d'eux ne vint à son secours les multiples fois où elle se trouva en difficulté.

Elle sursauta donc lorsqu'une voix retentit dans son dos.

– Bon boulot, petite. Comment te prénommes-tu ?

L'intendante se tenait derrière elle, les bras croisés, un sourire énigmatique sur les lèvres.

– Ellana.

– Moi c'est Entora Hil' Ouslan, mais tout le monde m'appelle Entora ou Ent, ce qui n'a rien à voir avec un manque de respect. Chez les Itinérants, on respecte le travail et l'efficacité, pas le nom. Compris ?

– Oui... Entora.

Le sourire de l'intendante s'élargit. Elle passa la main sur la bâche du chariot, appréciant sa tension et l'absence de plis.

– Tu as mérité une pause. Viens avec moi, je t'offre un verre de kla.

Avec un soupir de soulagement, Ellana suivit Entora jusqu'à la plate-forme qui désormais était vide. L'intendante héla un homme qui s'empressa de leur apporter deux tasses et un broc rempli d'un liquide sombre et fumant qui dégageait un odorant fumet.

– Le kla est extrait d'une racine qui ne pousse que dans la forêt d'Ombreuse, indiqua Entora devant la mine surprise d'Ellana. Il faut le boire très chaud.

Ellana porta la tasse à ses lèvres et grimaça en découvrant l'amertume du breuvage.

– Tu t'y feras, lui assura Entora, et bientôt tu en réclameras !

Très vite, Ellana sentit une chaleur bienfaisante descendre en elle, et il lui sembla qu'elle était moins fatiguée.

– Ce n'est pas mauvais, admit-elle.

Entora éclata de rire.

– Pas mauvais ? Sais-tu que le kla est si rare que seul l'Empereur a la certitude d'en boire quand il le veut ?

Ellana haussa les épaules.

– Je ne connais pas l'Empereur, et je me fiche un peu de ce qu'il boit ou mange. Ce qui m'intéresse, c'est ma vie, pas la sienne.

L'intendante posa un regard intrigué sur sa jeune voisine.

– Toi, tu n'es pas ordinaire.

En silence, Ellana but une nouvelle gorgée de kla.

20

– Notre maître caravanier est Ankh Pil' Tarn. Tu le connais déjà. Tu connais également Rhous Ingan, le grand costaud qui t'a menée jusqu'à moi cette nuit. Il commande les Thüls.

– Les quoi?

– Les Thüls. Ce sont les guerriers qui escortent la caravane. De très bons combattants, courageux, loyaux. Ils n'ont en fait qu'un défaut.

– Lequel?

– Ils se considèrent comme les meilleurs au monde.

– C'est un défaut?

– Oui, quand on éprouve le besoin irrésistible de le prouver à l'Empire entier! Manque de chance, les Frontaliers des Marches du Nord sont aussi redoutables qu'eux et pas plus malins. Pour éviter que leur rivalité ne se termine dans un bain de sang, le père de l'Empereur actuel a été obligé de faire prêter aux Thüls un serment sur l'honneur. Ils se sont engagés à ne jamais traverser le Pollimage.

– Et les Frontaliers ?

– Ils ont trop à faire près des Frontières de Glace pour songer à voyager.

Ellana se dressa sur son siège pour tenter de voir la caravane dans son ensemble. Elle y parvint avec difficulté.

Trente-deux chariots tirés chacun par quatre bœufs, un équipage de deux ou trois hommes par chariot, vingt-cinq guerriers thüls sur leurs chevaux de guerre et une dizaine d'Itinérants à cheval eux aussi. L'ensemble formait un impressionnant convoi qui s'étirait sur un demi-kilomètre.

Autour d'eux, la campagne s'éclairait peu à peu, laissant apparaître d'immenses champs de céréales et de rares bosquets. De grosses fermes se dressaient çà et là, fourmillant déjà d'activité bien que le jour fût à peine levé.

Lorsqu'elle se tourna, Ellana discerna les murailles d'Al-Far qui se découpaient sur l'horizon. La porte qui s'était ouverte pour eux ne s'était pas refermée après leur passage. Elle n'était verrouillée que la nuit, plus par habitude que par réelle nécessité, puisque les Raïs ne s'aventuraient jamais aussi loin vers le sud et que les bandits qui infestaient la région se gardaient d'attaquer la ville.

– Je croyais que le Nord était dangereux, remarqua Ellana.

– Il l'est, lui répondit Entora.
– On ne dirait pas.
– C'est que nous n'avons pas atteint le vrai Nord. Tant qu'elle n'a pas dépassé la confrérie des rêveurs de Tintiane, une caravane avec une escorte comme la nôtre ne risque rien. C'est ensuite que ça se corse.

Ellana étouffa un énorme bâillement. Elle n'avait pas dormi depuis plus de trente heures et la fatigue qu'elle avait jusqu'alors jugulée était en train de s'abattre sur ses épaules. Entora lâcha les rênes d'une main pour lui désigner le chariot.

– Va dormir un peu. Ton vrai travail débutera lorsque nous nous arrêterons pour manger et je te certifie que tu auras besoin d'être en forme.

Ellana obtempérait lorsqu'elle remarqua l'homme vêtu de cuir sombre qui, la veille, avait intercédé en sa faveur auprès du maître caravanier. Il chevauchait un cheval gris beaucoup plus fin que ceux des Thüls. Un simple arc de chasse était accroché à sa selle et, si un carquois pendait dans son dos, aucune hache ou épée n'était visible à sa ceinture.

– Et lui, s'enquit Ellana, qui est-ce ?
– Sayanel Lyyant.

L'intendante avait répondu sur un ton plat qui tranchait avec l'enjouement dont elle avait fait preuve depuis le départ du convoi.

– C'est un Itinérant ?
– Non.
– Un Thül ?
– Non plus. Sayanel Lyyant n'est ni marchand ni guerrier.
– Qu'est-ce qu'il fiche là, alors ?

Entora poussa un grognement.

– Surveille tes paroles, jeune insolente, ou je te jette de mon chariot et tu continues le voyage à pied.

– Je suis désolée. Je me montre curieuse car c'est grâce à lui que j'ai intégré la caravane. Ankh Pil' Tarn n'était pas d'accord, et un mot de ce Sayanel Lyyant l'a décidé.

– Ça ne m'étonne pas, il sait se montrer très persuasif.

– Mais pourquoi a-t-il agi ainsi ?

L'intendante haussa les épaules.

– La Dame seule le sait. Les motivations des gens comme Sayanel échappent souvent au commun des mortels.

– On dirait que tu as peur de lui.

– Non, gamine. Voilà longtemps que je n'ai plus peur des hommes. Je le respecte, ce qui est très différent.

– Tu ne m'as pas dit quelle était sa fonction dans la caravane.

– Tu ne renonces jamais, pas vrai ? Sayanel Lyyant est là pour… nous protéger.

– Mais il y a déjà les Thüls ! s'étonna Ellana.

– Les Thüls sont parfaits pour décourager les brigands ou écraser une horde raï. En revanche, ils manquent de finesse et certaines situations nécessitent justement de la finesse.

– Sayanel Lyyant est fin ?

– Très fin, petite. Très, très fin.

Quand Ellana se réveilla, la journée était bien entamée.

Le soleil à son zénith écrasait une végétation qui n'avait plus rien à voir avec les alentours d'Al-Far.

Les champs avaient disparu, remplacés par des prés sauvages où une herbe jaunie par l'été poussait sur le sol caillouteux. Des bosquets de charmes et de bouleaux se dressaient dans les vallons tandis que des conifères au feuillage sombre s'étaient approprié le sommet des collines rondes qui ponctuaient le paysage.

Plus aucune habitation n'était visible.

Lors de la halte qu'ordonna Rhous Ingan, le chef des Thüls, Ellana fit la connaissance de Ghuin. Sec et nerveux, c'était un homme d'une quarantaine d'années doté d'un nez long et busqué qui évoquait le bec d'un rapace. Il avait la lourde tâche de nourrir l'expédition et s'y employait avec une énergie sidérante. Il était secondé par deux aides, un garçon et une fille, mais malgré les efforts qu'ils déployaient, leur rythme n'était jamais assez soutenu aux yeux de Ghuin. Il accueillit Ellana avec un grognement de joie et la mit au travail.

Pendant près de deux heures, elle éplucha, coupa, débita, tourna, servit, lava, récura, rangea... Lorsque Rhous Ingan donna le signal du départ, Ellana était épuisée mais elle avait appris une chose : elle ne serait jamais cuisinière !

C'est ce qu'elle expliqua à Entora lorsqu'elle la rejoignit.

– C'est pourtant ce qui t'attend durant les quatre prochains mois, lui annonça l'intendante.

– Tu veux dire que je travaillerai tous les jours avec Ghuin ? s'affola Ellana.

– Matin, midi et soir. Surtout le soir puisque c'est le soir que nous prenons notre seul véritable repas de la journée. Le reste du temps, tu t'occuperas des bœufs tout en restant à la disposition du maître charretier s'il a besoin de toi, ou de quiconque requerra ton aide. Je me suis personnellement occupée de ton emploi du temps. Tu es contente ?

Un grand sourire fendait le visage de l'intendante et Ellana comprit qu'il serait vain d'y chercher la moindre trace de compassion. Entora était de ces êtres pour qui un travail, pénible de préférence, était la plus belle chose qu'on puisse offrir à quelqu'un. À l'aune de ses principes, elle lui avait fait un superbe cadeau.

– Très contente, parvint-elle à marmonner. Merci. Merci beaucoup.

Elle attendit un moment puis, après une profonde inspiration, se lança :

– Entora ?

– Oui ?

– Tout à l'heure, j'ai vu... euh... j'ai cru voir Ghuin... euh... il...

– Ma fille, la coupa l'intendante, si tu as quelque chose à dire, dis-le. Sinon, tais-toi !

Un conseil clair qu'Ellana s'efforça d'appliquer.

– Comment se débrouille-t-il pour l'eau ?

– Je ne comprends pas ta question.

Entora n'avait pas l'intention de lui faciliter la tâche.

– Bon. Pendant que je pelais les légumes, Ghuin s'est planté devant une marmite vide. Il l'a contemplée un instant fixement et soudain elle s'est retrouvée pleine d'eau. C'est... étrange, non ?

L'intendante éclata de rire.

– Ah, ça ! Ghuin est un dessinateur de niveau correct, voilà tout. Ça lui rend service pour la cuisine. Et à nous aussi !

– Un dessinateur ?

Entora lui jeta un regard surpris.

– Tu n'as jamais rencontré de dessinateurs ?

– Non, je ne crois pas.

– Eh bien, les dessinateurs possèdent un pouvoir particulier. Ils ont la capacité de pénétrer en esprit dans une dimension qu'on appelle l'Imagination et ce qu'ils imaginent devient réel. Les plus puissants d'entre eux sont en outre capables d'effectuer un pas sur le côté.

– Qu'est-ce que c'est ?

– Ils disparaissent et se retrouvent à l'endroit qu'ils veulent. Ghuin est loin d'avoir ce niveau-là.

– C'est impressionnant...

– Beaucoup d'Alaviriens savent effectuer de petits dessins. J'arrive moi-même à allumer un feu si le bois est sec et si j'ai du temps devant moi. Peut-être en es-tu capable toi aussi.

Ellana prit le temps de réfléchir.

– Non, dit-elle finalement. Ça m'étonnerait beaucoup.

21

Deux jours plus tard, peu après avoir laissé sur sa droite la piste conduisant à Tintiane, la caravane traversa l'Ombre sur un pont de troncs massifs équarris à la hache. L'ouvrage avait beau être solide, le maître caravanier préféra faire passer les chariots un à un, ce qui prit une bonne partie de la journée. Le convoi continua alors son chemin vers le nord et, le lendemain, la première ferme apparut.

Constituée d'une dizaine de bâtiments protégés par une haute palissade de rondins, elle était entourée d'un profond fossé franchissable en un seul point, grâce à une passerelle rétractable.

Le convoi des Itinérants fut accueilli par des cris de joie et, très vite, les marchandages débutèrent.

Les fermiers achetaient des objets qu'on ne pouvait se procurer qu'en ville et payaient avec leur propre production à laquelle ils ajoutaient le plus souvent des paillettes d'argent, voire de petites pépites.

Ankh Pil' Tarn, le maître caravanier, se tenait derrière une table et pesait le métal avec une balance de précision qu'il conservait dans un coffret capitonné. Il notait ensuite le montant de la transaction dans un livre de comptes qui ne le quittait jamais et passait à la pesée suivante. Campé à ses côtés, Rhous Ingan surveillait le bon déroulement de l'opération, prêt à intervenir en cas d'incidents. Sa présence suffisait toutefois à les rendre inenvisageables.

La caravane, trop importante pour entrer dans la ferme, était restée à l'extérieur de l'enceinte. Entora héla Ellana qui passait près d'elle.

– Va te balader si ça te chante. Ce soir, ce sont les fermiers qui invitent. Notre arrivée est jour de fête pour eux, et ils prennent à cœur de nous recevoir dignement. Les mauvaises langues prétendent qu'en agissant ainsi ils s'assurent que nous ayons envie de revenir, mais je n'y crois guère. Ils ont beau être une centaine à vivre ici, ils sont isolés du monde et les nouveaux arrivants sont toujours bien accueillis. Va, Ellana, va t'amuser.

Ellana ne se le fit pas dire deux fois. Elle traversa le pré qui la séparait de la ferme fortifiée, rendant leur salut aux gens qu'elle croisait, et s'engagea sur la passerelle. Le bâtiment d'habitation de la ferme s'élevait sur trois niveaux, le rez-de-chaussée en pierre, les deux étages en bois. Formant un L avec lui, une enfilade de remises, de granges et d'ateliers délimitait un côté de la grande place intérieure, tandis qu'en face des habitations se dressaient les écuries, l'étable et la basse-cour commune. Le quatrième côté était celui de la porte.

Alors qu'Ellana observait avec amusement une file de canetons se dandinant derrière leur mère, une dizaine d'enfants l'entourèrent.

– Tu es une Itinérante ? demanda l'un d'eux.

– Je fais partie de la caravane, répondit Ellana, mais je ne suis pas vraiment une Itinérante.

Elle avait à peine achevé sa phrase qu'elle fut ensevelie sous une avalanche de questions. Comment était Al-Far ? Avait-elle déjà vu l'Empereur ? Était-il vrai qu'en ville les maisons étaient aussi hautes que des arbres et tout en pierre ? Comment fabriquait-on les pointes de flèches ? Et les draps ?

Ellana comprit avec surprise que ces enfants étaient encore plus ignorants qu'elle du monde dans lequel ils vivaient. La plupart n'avaient jamais quitté la ferme, et les rares qui s'en étaient éloignés n'avaient pas dépassé le village voisin. Elle s'employa de son mieux à satisfaire leur curiosité et très vite une joyeuse connivence s'installa entre eux.

– Viens, proposa un petit rouquin au visage rieur, on va te faire visiter la ferme.

Le rez-de-chaussée du bâtiment des habitations était composé d'une immense salle commune et de la cuisine.

– On mange ici, lui expliqua une petite fille. Tous ensemble. Chaque famille est chargée à tour de rôle de préparer les repas. C'est ici qu'on se retrouve après le travail pour les veillées.

L'idée qu'on puisse passer sa vie sans la moindre possibilité de s'isoler n'était pas de nature à séduire Ellana. Elle n'en parla pas, préférant louer la propreté des lieux et les bonnes odeurs qui y flottaient.

– C'est le festin de ce soir qui se prépare. Il aura lieu dehors, ce qui n'arrive normalement jamais à cause des brigands, mais avec les guerriers thüls on est sûrs d'être tranquilles.

Ils se rendirent ensuite dans l'aile des remises, longeant l'atelier du charretier et celui du potier avant d'emprunter une échelle qui les conduisit dans une grange odorante située sous les toits. C'est là que les rejoignit un garçon de haute taille, presque un homme, aux épaules larges et au cou épais. Au contraire des enfants, son visage était fermé, sourcils froncés et mâchoires serrées. Il se planta devant Ellana, les mains sur les hanches.

– Rends-moi ma bourse ! aboya-t-il.

Les autres s'écartèrent avec prudence tandis qu'Ellana écarquillait les yeux.

– Tu dois te tromper, dit-elle. Je ne vois pas de quoi tu parles.

– Tu vois très bien au contraire ! Tu m'as volé ma bourse et je veux que tu me la rendes.

Ellana haussa les épaules.

– Je viens d'arriver, et je ne t'ai jamais vu de ma vie. Comment aurais-je pu te voler quoi que ce soit ?

– Un type t'a surprise en train de fouiller ma veste. C'est lui qui m'a averti.

– Si quelqu'un t'a dit ça, il t'a menti, lança Ellana d'une voix devenue dure.

– C'est ce qu'on va voir, rétorqua le garçon en faisant un pas vers elle.

– Ne me touche pas.

L'avertissement avait été prononcé sur un ton glacial qui n'impressionna pas l'adolescent. Sa main s'abattit sur l'épaule d'Ellana et, pendant qu'il assurait sa prise, il leva l'autre dans l'intention de lui assener une gifle monumentale.

Ellana ne chercha pas à se dégager. Son adversaire était trop puissant pour qu'elle ait la moindre chance d'y parvenir. Elle se contenta de saisir le petit doigt du battoir qui lui broyait l'épaule et, en pivotant sur ses hanches, le tordit de toutes ses forces.

Le doigt émit un bruit sec en se brisant et le garçon poussa un hurlement de douleur très convaincant. La souffrance le plia en deux, et Ellana n'eut qu'à le pousser pour qu'il parte à la renverse dans la paille.

Hors d'état de nuire.

– Eh! Tu es folle ou quoi?

Le petit rouquin qui jusqu'alors s'était montré si sympathique venait de l'invectiver, une lueur mauvaise dans les yeux. Ses camarades se tenaient autour de lui, les poings serrés.

– Pour qui tu te prends? Où as-tu appris qu'on pouvait traiter les gens comme ça?

– D'abord, rends la bourse d'Hottys !

– On va te faire ta fête, face de Raï !

Ellana ouvrait la bouche pour s'expliquer, quand elle nota leurs regards obtus. Inutile d'espérer les raisonner.

Un cercle menaçant commença à se refermer sur elle.

En une fraction de seconde, elle prit sa décision.

Hottys se relevait, le visage déformé par un rictus de rage. Elle s'élança, prit appui sur ses épaules et bondit vers la charpente. Ses doigts crochetèrent une poutre. Elle se balança un instant avant d'effectuer un rétablissement acrobatique.

– Attrapez-la !

Ellana sauta, atterrit pieds joints sur une deuxième poutre, n'y resta que le temps de saisir une corde qui servait à monter les ballots de paille et se propulsa dans le vide. Elle vola à travers la grange, lâcha la corde pour empoigner l'extrémité d'un chevron, fit la bascule afin d'y coincer ses pieds. Ses mains libérées se refermèrent sur une longue perche posée contre le mur, elle roula une nouvelle fois en arrière et se laissa glisser le long de la perche avec la vivacité d'un chat.

Elle atterrit dans l'atelier du potier et leva la tête.

Pétrifiés de stupeur, les jeunes fermiers n'avaient pas bougé d'un centimètre. Ils ne se secouèrent que lorsqu'elle sortit en courant de l'atelier.

Avec des cris de rage, ils se précipitèrent vers l'échelle et se ruèrent à l'extérieur.

Trop tard.

Bien trop tard.

Lorsqu'ils atteignirent la cour intérieure, Ellana avait déjà franchi la passerelle. Impossible de la rattraper avant qu'elle gagne la caravane. Avec des grognements de frustration, ils abandonnèrent la poursuite.

Tapi dans l'angle d'une remise, un homme vêtu de cuir noir avait observé la scène avec attention. Un sourire satisfait étira ses lèvres. Il tira une bourse de sa poche et la lança sur un établi. Elle était brodée au nom de son propriétaire qui ne manquerait pas de la retrouver. Le sourire de l'homme s'élargit en songeant à la tête que ferait le jeune Hottys en comprenant qu'Ellana était innocente et qu'avec un peu plus de jugeote il aurait pu sauver son doigt…

Le sol de la remise avait beau être couvert de paille sèche, il ne fit aucun bruit en la quittant.

Aussi furtif et silencieux qu'une ombre.

22

La caravane reprit sa route dès le lendemain matin, s'enfonçant dans un territoire de plus en plus sauvage, suivant une piste tracée en pointillés qui disparaissait parfois pendant de longs jours.

Elle resurgissait la plupart du temps à proximité d'une ferme ou d'un village fortifié. Ankh Pil' Tarn, qui semblait connaître l'emplacement exact de chaque implantation humaine, donnait alors une série d'ordres brefs et le convoi bifurquait jusqu'à gagner le lieu où se déroulerait la prochaine journée de vente.

La caravane avait quitté Al-Far depuis plus d'un mois. Les chariots étaient à moitié vides puisque les Itinérants n'acceptaient plus que de l'or et de l'argent en paiement de leurs marchandises.

– Nous achèterons des céréales au retour afin de les revendre à Al-Far, avait expliqué Entora à Ellana. Pour l'instant nous avons toute la nourriture dont nous avons besoin.

Ghuin continuait à houspiller ses commis et Ellana, mais elle s'était habituée au caractère emporté du cuisinier qui dissimulait mal une grande bonté. Elle travaillait donc avec plaisir, n'hésitant pas à lui répondre vertement lorsqu'elle le trouvait injuste. Elle s'amusait beaucoup à le voir modifier la réalité avec ses talents de dessinateur pour faciliter leur travail, et il avait pris l'habitude, lorsque personne ne les regardait, d'effectuer pour elle de petites transformations cocasses qu'il annulait très vite.

– L'Art du Dessin n'est pas un jeu, lui expliquait-il, et il faut éviter de faire n'importe quoi n'importe comment.

Ce qui ne l'empêchait pas de recommencer.

Les repas étaient régulièrement agrémentés de viande fraîche puisque les siffleurs sauvages qui s'enfuyaient en bondissant à l'approche des hommes n'étaient pas assez véloces pour échapper aux flèches que décochaient les chasseurs thüls. Ellana n'aimait pas dépouiller les gracieux herbivores, mais elle adorait les manger et pas une fois elle ne rechigna quand il fallait les préparer.

Lorsqu'elle n'était pas chargée de découper la viande, d'éplucher les légumes ou de remuer les sauces, Ellana assistait le maître charretier qui entretenait roues et essieux mis à rude épreuve ou alors aidait Entora dans ses tâches quotidiennes.

Elle passait le reste de son temps à parler avec les uns et les autres, n'hésitant pas à seconder quiconque avait besoin d'elle. Curieuse de nature, elle posait des questions sur tout et exigeait des explications précises et complètes. Elle avait en revanche renoncé à faire comprendre ce qu'elle entendait par réponse du savant et réponse du rêveur.

Seul Sayanel Lyyant conservait à son égard l'attitude distante qui caractérisait ses rapports avec les gens. Il ne lui adressait que très rarement la parole et les longs regards qu'il lui jetait parfois lui faisaient froid dans le dos.

Lorsqu'elle s'en était ouverte à Entora, cette dernière l'avait rassurée :

– Sayanel Lyyant est un homme étrange. Savoir, percevoir et maîtriser sont ses maîtres verbes, mais il n'est pas dangereux. Tu n'as pas à avoir peur de lui.

– On dirait pourtant qu'il me déteste, avait insisté Ellana.

– Je t'assure qu'il n'en est rien. Occupe-toi de tes affaires et oublie-le.

※

Lors de chaque halte, Ellana s'enquérait auprès des fermiers d'éventuels pionniers qui se seraient risqués dans la région dix ans plus tôt et auraient été massacrés par une horde raï. Elle n'obtenait que des renseignements évasifs. Tous avaient de terribles histoires d'attaques de Raïs à raconter, mais ils les tenaient d'un ami ou d'un voisin, et ceux qui avaient affronté en personne les guerriers cochons en gardaient un tel souvenir qu'ils rechignaient à en parler.

La caravane quitta le cours de l'Ombre pour suivre un de ses affluents qui prenait sa source au cœur d'un massif de collines arrondies. Un village se dressait là, adossé à une barre rocheuse, protégé par la traditionnelle palissade de pieux.

– Nous n'irons pas plus loin, lui apprit Entora. Demain nous ferons demi-tour et entamerons notre voyage de retour.

Après le traditionnel repas offert par les fermiers, Ellana posa ses habituelles questions, obtenant les réponses vagues et frustrantes auxquelles elle était désormais accoutumée. Oui, les Raïs étaient terribles, oui, ils ravageaient tout sur leur passage, oui, des hommes avaient été massacrés, non, ils ignoraient qui en particulier, et où, et quand...

Ellana remercia et regagna la caravane. Depuis l'incident qui l'avait opposée à Hottys et sa bande, elle ne cherchait plus à se lier avec les enfants qu'elle rencontrait et profitait des journées de vente pour prendre un repos qu'elle jugeait mérité.

Elle se hissait sur son chariot lorsqu'une voix dans son dos la fit sursauter.

– Suis-moi, je vais te montrer ce que tu es venue chercher.

Sayanel Lyyant se tenait derrière elle.

Malgré son ouïe particulièrement fine, Ellana ne l'avait pas entendu approcher.

– Que voulez-vous dire ? demanda-t-elle pour se donner le temps de retrouver contenance.

– Rien de plus que ce que je viens de t'annoncer, répondit-il. Et rien de moins.

– Comment pourriez-vous savoir ce que je cherche ? lança-t-elle. Je n'en ai parlé à personne de la caravane.

– Les mots ne sont pas les seuls vecteurs d'information. Tout parle à qui sait lire, voir et écouter. Une façon de se tenir, un regard, une intonation, un geste, aussi anodin soit-il, sont autant de renseignements sur un être humain et ses aspirations. Même le rythme de sa respiration pendant son sommeil en dit long sur lui.

Sayanel Lyyant s'était exprimé d'une voix douce qui tranchait avec l'attitude qui avait été la sienne depuis le début du voyage.

Ellana le regarda avec stupéfaction.

Il s'était adressé à elle comme à une adulte et son discours avait trouvé un écho étonnant en elle, s'adaptant à la perfection à ce qu'elle ressentait depuis des années sans parvenir à le formuler.

Comme s'il avait lu dans ses pensées, il hocha la tête.

– Alors ?

Sans un mot, elle sauta à terre et lui emboîta le pas.

La nuit était claire et douce, illuminée par une lune presque ronde qui nimbait d'argent le sommet des arbres en laissant leur couvert dans l'obscurité. Suivi d'Ellana, Sayanel Lyyant marcha jusqu'aux limites du camp. Il adressa une courte phrase au guerrier thül placé en sentinelle et poussa un sifflement étrangement modulé. Un galop discret retentit et son cheval gris apparut.

Sayanel Lyyant se jucha d'un bond sur son dos et tendit la main à Ellana.

– Nous sortons du camp ? s'étonna-t-elle. N'est-ce pas dangereux ?

– Avec moi tu ne risques rien.

Il y avait tant d'assurance dans sa voix qu'Ellana ne mit pas ses paroles en doute. Elle saisit sa main et se retrouva sur la selle devant lui.

Très vite, le village et la caravane disparurent dans l'obscurité.

Ellana n'était jamais montée à cheval. Sa première pensée fut que c'était merveilleux. Sa deuxième que le mot merveilleux était bien trop pâle pour décrire ce qu'elle ressentait. L'animal répondait aux moindres sollicitations de son cavalier, ses mouvements dégageaient une telle puissance qu'elle avait l'impression de chevaucher une créature magique sortie d'un rêve. Elle se surprit à sourire aux étoiles et une vague de bonheur indicible déferla sur elle.

Ils traversèrent un bois de bouleaux dont l'écorce blanche accrochait les rayons de lune, longèrent un étang à la surface étale où des centaines de grenouilles se donnaient la réplique en coassant, puis débouchèrent sur une prairie qui descendait en pente douce vers un ruisseau et l'orée d'une nouvelle forêt.

Les vestiges d'une dizaine de chariots se dressaient là, affaissés sur leurs essieux brisés, leurs timons pointant vers le ciel comme autant de malédictions muettes. Des haillons de toile pendaient aux arceaux, se balançant doucement dans la brise nocturne, parant la scène d'une touche de désespoir lugubre.

Sayanel Lyyant arrêta sa monture.

– Va, dit-il, je t'attends ici.

Ellana se laissa glisser à terre et, avec lenteur, s'approcha des débris de la caravane.

Sans qu'elle sût pourquoi, son cœur battait à grands coups douloureux. Sa respiration se fit sifflante et, soudain, elle se figea.

Ferma les yeux pour contenir les images qui, prisonnières jusqu'alors de sa mémoire, tentaient maintenant de jaillir vers sa conscience.

Ces images que pendant tant d'années elle avait recherchées et qui aujourd'hui l'effrayaient. Non. Qui la terrifiaient.

Elle regrettait d'être venue.

Elle ne désirait plus savoir.

Elle voulait repartir.

Elle se remit en marche.

Elle passa la main sur le bois rongé par les intempéries du premier chariot. Son regard se perdit dans les hautes herbes, cherchant un improbable indice de présence humaine. Elle ne découvrit rien. Trop de temps s'était écoulé.

Elle avança encore, longeant les carcasses des chariots et les misérables restes qu'ils contenaient, débris de caisses, outils brisés, un pot de terre miraculeusement intact...

Elle s'immobilisa.

Sur un plancher ravagé, une trappe béante retenue par son ultime charnière hurlait vers elle un appel silencieux.

Ellana se hissa sur le chariot et, en bloquant son souffle, s'approcha de la trappe. Elle s'ouvrait sur un compartiment tout en longueur, juste assez grand pour contenir un enfant.

Une petite fille.

Avec de longs cheveux et des yeux noirs emplis de terreur.

– *Je ne reviendrai peut-être jamais, ma princesse.*

– *Elle est nulle cette réponse. Donne-moi celle du poète.*

Isaya se pencha pour la lui murmurer à l'oreille.

– *Je serai toujours avec toi. Où que tu te trouves, quoi que tu fasses, je serai là. Toujours.*

– *Dans mon cœur ?*

– *Oui.*

Ellana enfouit son visage entre ses mains, puis un cri rauque jaillit de sa poitrine. Un cri qui se transforma en hurlement.

– Maman !

Elle se laissa tomber à terre, se roula en boule, voulut disparaître.

Mourir.

Elle ne parvint qu'à pleurer.

– Maman...

Assis dans l'herbe, le menton posé sur les genoux, Sayanel Lyyant attendait.

23

L'épisode des chariots fantômes marqua un revirement complet de la relation entre Ellana et Sayanel.

L'homme en cuir était toujours aussi peu expansif mais Ellana faisait désormais partie des rares personnes à qui il adressait la parole. Mieux, il la hissait parfois sur sa selle et lançait son cheval dans un galop ébouriffant qui faisait étinceler ses yeux, ou alors il lui enseignait en quelques mots précis pourquoi il ne fallait pas donner d'herbe mouillée aux bœufs, pourquoi la lune changeait de forme nuit après nuit, pourquoi le fil d'un poignard devait être affûté dans un sens et non dans l'autre, pourquoi...

Ellana goûtait ces explications davantage encore que les courses sur le dos de Brume, le cheval gris au regard si intelligent.

Il lui avait fallu trois jours entiers pour se remettre du choc provoqué par le retour de ses souvenirs et du chagrin qui les avait accompagnés. Trois jours durant lesquels, perdue dans de douloureuses pensées, elle n'avait pas proféré un mot.

Sayanel avait attendu qu'elle soit remise pour lui glisser lors d'une halte :

– Tes parents s'appelaient Homaël et Isaya Caldin.

– Comment le sais-tu ?

Le tutoiement avait fusé. Naturel.

– J'ai posé les bonnes questions aux bonnes personnes, avait-il répondu avec un sourire. Des fermiers se rappelaient d'eux car ils étaient les seuls à voyager avec une petite fille.

– Et... la petite fille... elle s'appelait comment ?

Sayanel avait secoué la tête.

– Nul ne s'en souvient.

– Dans ce cas...

Elle s'était interrompue le temps que ses mots se chargent de toute la force qui vibrait en elle, puis avait poursuivi :

– ... je suis et je serai toujours Ellana Caldin.

Sayanel avait hoché la tête.

– C'est un nom fort. Riche de promesses.

✦

Assise sur un rocher, Ellana observait les guerriers thüls qui s'entraînaient au tir à l'arc.

Les chariots étaient positionnés en cercle, le repas du soir consommé, les grosses marmites récurées et, fait exceptionnel, personne n'avait requis son aide pour un dernier travail avant la nuit.

Elle regarda avec fascination le bras musclé d'un guerrier tirer sur la corde de son arc jusqu'à ce qu'il ne soit plus qu'un concentré de puissance prêt à exploser. Lorsque la flèche partit, elle tenta en vain de la suivre des yeux. Elle s'était déjà plantée dans le sac de toile qui servait de cible à cinquante mètres de là.

– Tu veux essayer, petite souris ?

Le géant qui venait de l'interpeller était Rhous Ingan. Il aimait bien Ellana. Son impertinence lui rappelait les fillettes de son clan et il ne manquait pas une occasion de la provoquer, riant aux éclats lorsqu'elle prenait la mouche et se rebellait.

– D'accord.

Elle sauta à terre, s'approcha de lui et tendit la main.

Le poids de l'arc la surprit. Renforcé de métal à ses extrémités ainsi qu'en son centre, c'était une arme de guerre massive capable de décocher des traits mortels à plus de cent mètres.

À son immense déception, elle eut toutes les peines du monde à le tenir à bout de bras et fut incapable de le bander.

Rhous Ingan éclata de rire.

– Retiens bien cette leçon, petite souris. Le tir à l'arc est fait pour les guerriers, pas pour les fillettes !

Ellana haussa les épaules et lui rendit l'arc. En observant les Thüls tirer, elle avait senti son corps réagir, comprendre instinctivement comment se placer, à quel moment relâcher sa respiration, ouvrir les doigts, accompagner la flèche, jusqu'au bout... Elle était déçue.

Affreusement déçue.

Le lendemain, Sayanel guida sa monture jusqu'à la hauteur du chariot d'Entora. Ellana qui se tenait assise à côté de l'intendante s'apprêtait à le saluer mais il la prit de vitesse :

– Crois-tu vraiment que le tir à l'arc soit réservé aux hommes ?

Ellana comprit qu'il faisait allusion aux paroles prononcées la veille par Rhous Ingan.

– Eh ! s'exclama-t-elle. Comment sais-tu ça, tu n'étais pas là !

– Cela n'a guère d'importance. En revanche ton avis m'intéresse.

Ellana réfléchit à peine avant de répondre.

– Ce sont des idioties de guerriers pleins de muscles. Tirer loin c'est bien mais l'essentiel reste de tirer juste, non ?

– Pas mal.

– Quoi pas mal ?

– Compenser le manque de force par la précision est un bon début. Il ne faut cependant pas se limiter à ça. Dans quelques années, tu devras tirer plus loin que le plus puissant des Thüls.

Il poursuivit sans s'occuper du regard stupéfait d'Ellana :

– À ton âge toutefois, tirer juste suffit amplement.

– Ça, c'est un beau discours ! grinça Ellana. Je parviens à peine à soulever l'arc de Rhous Ingan.

– Tu n'as qu'à essayer celui-ci.

Ellana tressaillit, voulut parler, déjà Sayanel lui tendait un arc. Beaucoup plus court et léger que ceux des Thüls, il présentait une double courbure étonnante qui lui donnait une allure à la fois nerveuse et ramassée. Ellana le saisit avec respect.

– Il est beau, murmura-t-elle en caressant son bois sombre veiné de rouge. Je... Je...

– Il est à toi si ce soir tu prouves à ce brave Rhous Ingan qu'une petite souris peut se révéler très dangereuse.

– Mais... je... je n'ai jamais tiré. Je n'y arriverai pas.

Sayanel haussa les épaules.

– Dans ce cas je récupérerai mon arc.

Il jeta sur les genoux d'Ellana un carquois rempli de flèches empennées de plumes bleues, puis talonna Brume et s'éloigna. Entora qui avait suivi la conversation émit un petit rire.

– Curieux bonhomme, n'est-ce pas ? Mais s'il pense que tu peux, c'est que tu peux.

– Ça, c'est toi qui le dis, s'insurgea Ellana.

– Oui, et c'est moi également qui disais que tu n'avais aucune raison d'avoir peur de lui. Me suis-je trompée ?

Ellana resta muette. Malgré ses affirmations, une certitude pulsait en elle : elle savait tirer ! Elle sourit en songeant à la surprise de Rhous Ingan lorsqu'elle le lui prouverait.

Elle n'eut pas l'occasion de prouver quoi que ce soit.

En fin de journée, les Raïs attaquèrent.

24

Comme chaque après-midi, Ellana avait quitté le chariot d'Entora pour celui de Ghuin. Assise à l'arrière, sur une caisse renversée, elle pelait les racines de niam qui constituaient la base de la plupart de leurs repas. Elle s'était arrangée avec le cuisinier, négociant de travailler pendant que la caravane était en marche afin d'être libérée plus tôt le soir. De cette manière, elle pouvait se mêler aux Itinérants et aux Thüls, ou passer un moment avec Sayanel, continuant ainsi à découvrir des milliers de choses nouvelles.

Elle jetait une énième racine dans une grosse marmite lorsque des hurlements s'élevèrent non loin du chariot.

Des hurlements sauvages et terrifiants qu'Ellana identifia immédiatement.

Elle ne les avait pourtant entendus qu'à deux reprises, dont la première, alors qu'elle n'avait que cinq ans, mais ils étaient gravés à jamais dans sa mémoire.

Les Raïs!

Les cris de combat des Thüls leur répondirent. Presque aussi effrayants. Avec un chapelet de jurons, Ghuin stoppa son chariot. Déjà Ellana était près de lui.

À une cinquantaine de mètres de la caravane, les guerriers thüls montés sur leurs chevaux se ruaient vers une horde de Raïs déchaînés qui venait de surgir d'un bois où elle s'était tenue en embuscade.

Le choc fut terrible.

Maniant leurs armes comme des moissonneurs, les Thüls ouvrirent une brèche sanglante dans les rangs des Raïs, faisant voler têtes et membres, puis revinrent sur leurs pas en broyant tout sur leur passage. Très vite, il apparut que les Raïs n'avaient aucune chance.

Strictement aucune.

Les Thüls étaient trop puissants, trop bien armés, et leurs chevaux de guerre leur octroyaient un avantage énorme, repoussant l'ennemi de leurs formidables poitrails et broyant les crânes des blessés sous leurs sabots ferrés.

À côté d'Ellana, Ghuin se détendit.

– Qu'ils les massacrent jusqu'au dernier! cracha-t-il entre ses dents. Qu'ils en fassent de la chair à pâté, de la bouillie de...

Un fracas épouvantable lui coupa la parole.

Surgissant de l'autre côté de la caravane, une deuxième horde raï déferlait sur le convoi !

Avant que les Thüls aient réalisé ce qui se passait, les guerriers cochons atteignirent les attelages de tête. Ellana vit, à quelques mètres d'eux, un Raï musculeux au visage couvert d'abcès purulents, deux canines jaunâtres dépassant de son groin, bondir sur un chariot et abattre son cimeterre sur un Itinérant. La poitrine ouverte, l'homme s'effondra.

– Cache-toi, petite ! cria Ghuin en saisissant la hache qui servait à couper le bois.

Les Thüls avaient compris qu'ils étaient tombés dans un piège. Ils entreprirent de revenir vers la caravane, mais les survivants de la première horde les retardaient, n'hésitant pas à se jeter sous les sabots de leurs chevaux pour les ralentir. Malgré leur pugnacité, les guerriers thüls piétinaient.

La mêlée sur les chariots devint chaotique. Si les Itinérants n'étaient pas des combattants, ils bénéficiaient toutefois d'une position en hauteur qui leur était favorable et ils étaient décidés à vendre chèrement leur vie. De leur côté, les Raïs faisaient preuve d'une incroyable sauvagerie et, rendus fous par la vue du sang, prenaient des risques insensés pour être les premiers à abattre un adversaire.

Ghuin cueillit le premier qui s'approchait d'un formidable coup de hache qui lui fendit le crâne.

– Voilà pour toi, charogne ! vociféra-t-il.

Ellana avait sorti son poignard, mais demeurait immobile, déchirée entre l'envie de se jeter dans la bagarre et celle de se cacher derrière une caisse pour ne plus bouger. La vue de trois Raïs escaladant le chariot de l'intendance fit voler son indécision en éclats.

Elle bondit à terre.

Immédiatement, un guerrier cochon se précipita sur elle.

Une corne unique sortait de son front pustuleux et une bave infâme coulait le long de ses babines. Il brandissait d'une main une massue piquée de pointes rouillées et de l'autre un coutelas ébréché.

Ellana évita l'attaque en se plaquant à terre. Elle effectua une roulade, voulut se relever mais glissa sur l'herbe et retomba sur le dos.

Le Raï se dressa au-dessus d'elle, ses jambes bardées de plaques d'acier se terminant par des sabots fourchus maculés de sang. Il tenta d'abattre sa massue, Ellana frappa la première. Le fil de son poignard mordit la chair juste au-dessus du sabot et trancha un épais tendon. Avec un cri de douleur, le Raï s'effondra. Il tenta néanmoins de porter un coup à Ellana mais elle était déjà debout. Elle reprit sa course.

Debout sur son chariot, Entora tenait les Raïs en respect avec une lourde barre de fer qu'elle maniait à deux mains. Elle lui faisait décrire de grands moulinets comme si elle n'avait rien pesé et les guerriers cochons, pour redoutables qu'ils fussent, hésitaient devant sa furie.

La situation ne pouvait toutefois pas s'éterniser. Profitant d'un infime relâchement dans la garde d'Entora, ils passèrent à l'attaque. La barre de fer en intercepta un à la hauteur de la gorge, le propulsant en dehors du chariot, revint s'écraser sur une épaule, remonta pour...

Entora se plia en deux.

Le troisième Raï venait de lui planter son épée dans la poitrine jusqu'à la garde.

Le sang jaillit.

Ellana qui arrivait en courant vit le guerrier cochon retirer son arme de l'affreuse blessure, la brandir au-dessus de sa tête dans un geste sans équivoque...

Sans ralentir, elle leva son bras.

Lança son poignard.

De toutes ses forces.

La lourde lame tournoya et, avec un bruit mat, se ficha dans le plexus solaire du Raï. Pendant une seconde interminable, ce dernier contempla avec stupeur le manche qui dépassait de sa poitrine puis il bascula en arrière.

Ellana esquiva souplement un Raï qui courait vers elle, se baissa pour éviter un coup de taille qui aurait dû la décapiter, feinta à gauche, accéléra et bondit sur le chariot.

Elle comprit immédiatement qu'Entora était morte.

L'intendante avait été foudroyée avant de toucher le sol. Ellana sentit un cri de désespoir monter de sa poitrine, jaillir de ses lèvres. Irrépressible.

Il fut couvert par un hurlement sauvage, juste derrière elle.

Ellana se jeta en avant, pirouetta... pour se retrouver face à deux Raïs écumants de rage. Dans un ensemble parfait, ils fondirent sur elle.

25

Ellana bondit sur le côté, évitant un coup de sabre qui l'aurait coupée en deux si elle n'avait pas bougé. Elle recula, se trouva acculée au chariot, esquiva de justesse une nouvelle attaque, tenta une feinte, échoua...

Aucune arme à portée.

Aucune possibilité de fuite.

Une silhouette vêtue de cuir noir se matérialisa devant elle, comme tombée du ciel.

Sayanel Lyyant.

Aussi surpris qu'elle, les Raïs marquèrent un temps d'arrêt. Le bras droit de Sayanel décrivit une courbe serrée, frôla une gorge, remonta avec un chuintement létal, caressa une carotide... Les Raïs contemplèrent une seconde les fontaines de sang qui jaillissaient des blessures taillées dans leur chair, puis, avec un râle d'agonie, s'effondrèrent.

– Attrape ton arc et bats-toi ! cracha Sayanel.

Sans attendre de réponse, il sauta à terre, courut vers deux Itinérants qui, dos à dos, affrontaient un groupe de Raïs décidés à les éventrer.

Aucune fioriture.

Aucun éclat.

De l'efficacité.

Sa lame mordit un tendon, transperça une artère fémorale, se ficha entre deux vertèbres.

Trois secondes.

Trois Raïs gisaient à terre. Morts ou pour le moins hors de combat.

Les autres se tournèrent vers lui, des cris de rage jaillirent de leurs gorges inhumaines, leurs armes se levèrent, menaçantes...

Sayanel bondit. Son talon enfonça une trachée-artère, le tranchant de sa main s'abattit sur une nuque.

Deux nouveaux Raïs s'écroulèrent.

Ellana s'était emparée de son arc. Elle plaça une flèche sur la corde qu'elle tendit jusqu'à ce qu'elle touche sa joue.

Son cœur battait la chamade. Elle s'obligea à respirer profondément, contraignant ses mains à cesser de trembler. Tenta d'oublier qu'elle n'avait jamais tiré.

Elle n'avait jamais tiré.

Elle n'avait jamais...

Elle ouvrit les doigts.

La flèche empennée de bleu suivit une trajectoire invisible et mortelle du chariot jusqu'au dos d'un Raï qui menaçait Sayanel. Elle s'y ficha de dix centimètres, son impact projetant le guerrier cochon au sol.

D'un coup de hache, un Itinérant acheva le monstre. Déjà Ellana avait encoché une nouvelle flèche.

Elle en tira dix avant que les Thüls parviennent à la caravane.

Toutes trouvèrent leur cible.

Puis les cavaliers thüls déferlèrent sur les Raïs. Leur rage de s'être laissés berner décuplée par la vision des corps des Itinérants gisant près du convoi, ils massacrèrent les guerriers cochons avec sauvagerie. En moins de dix minutes, le combat cessa faute de combattants. Les Raïs étaient tous morts, mais le tribut payé par les hommes était lourd.

Très lourd.

La première chose qui surprit Ellana fut le silence.

Presque insupportable après le fracas de la bataille.

Puis ce fut l'immobilité des survivants.

Ils contemplaient le carnage avec l'air de ceux qui doutent de leur propre réalité. Hébétés. Assommés autant par le brutal retour au calme que par la résistance qu'ils avaient dû opposer aux Raïs.

Seuls les Thüls se déplaçaient, retournant du pied les corps des guerriers cochons pour s'assurer de leur mort, s'arrêtant auprès des Itinérants blessés pour leur prodiguer les premiers soins.

Bientôt un appel fusa, relayé par un guerrier thül, les hommes émergèrent de leur léthargie, les secours s'organisèrent. Lentement puis avec fébrilité lorsqu'il devint évident que la vie de certains blessés ne tenait qu'à un fil.

Les plaies furent pansées, les plus profondes recousues, et le premier bilan tomba.

Douze Itinérants avaient trouvé la mort durant l'attaque. Les deux apprentis de Ghuin faisaient partie de ceux-là.

Tout comme Entora.

26

La caravane reprit sa route en fin de journée et, dès le lendemain, s'arrêta dans une ferme fortifiée.

La nouvelle de l'attaque raï se répandit, causant un émoi considérable parmi les fermiers. Des tours de garde supplémentaires furent distribués, des consignes données aux enfants puis les échanges habituels débutèrent. Minéraux, tissus, récoltes, changèrent de main et, en fin de journée, un repas réunit pionniers et Itinérants.

Un repas semblable à ceux qui avaient émaillé les trois mois de voyage et pourtant marqué par la chape de tristesse qui écrasait l'assemblée. Les conversations se firent à voix basse, les rires ne fusèrent pas, nul n'abusa de l'alcool ou ne songea à chanter. Alors que les fêtes marquant la fin d'une journée de négoce se poursuivaient souvent une bonne partie de la nuit, le soleil n'était couché que depuis deux heures lorsque les tables furent débarrassées. Les fermiers se barricadèrent dans leurs maisons tandis que les Itinérants regagnaient le camp sous la protection rapprochée des Thüls.

Considérant qu'ils avaient commis une faute grave, les Thüls avaient refusé de se joindre au banquet et montaient une garde si vigilante qu'un insecte n'aurait pu se glisser entre les sentinelles sans être repéré.

Assise contre un arbre, les bras refermés sur les genoux, Ellana observa les hommes et les femmes de l'expédition qui grimpaient dans leurs chariots pour la nuit. Ils avaient tous perdu au moins un être cher lors de l'affrontement avec les Raïs, et l'émotion qui les avait étreints lorsqu'il avait fallu porter les morts en terre avait été immense.

Ellana se sentait vide. La disparition des deux commis de Ghuin, à peine plus âgés qu'elle, et, surtout, l'absence d'Entora lui faisaient mal. Une douleur avivée par la stupidité de leur mort et son caractère définitif qu'elle découvrait et peinait à accepter.

Est-ce raisonnable de s'attacher aux gens alors qu'à tout moment ils pouvaient vous être arrachés ?

Est-ce raisonnable de s'attacher aux gens alors qu'à tout moment ils pouvaient vous être arrachés ?

Ellana ressassa cette question durant les deux semaines qui suivirent l'attaque des Raïs, alors que la vie reprenait le dessus dans la caravane et que, la fin du périple approchant, un sentiment de gaieté remplaçait peu à peu la tristesse du deuil.

Elle s'en ouvrit un matin à Sayanel mais, s'il l'écouta avec attention, il se garda bien de lui donner un avis, ce qui ne surprit pas Ellana. Sayanel était du genre à laisser les gens chercher seuls les réponses à leurs interrogations.

Rhous Ingan, en revanche, fut plus prolixe. Lorsqu'il comprit qu'Ellana était sérieuse, il cracha par terre et s'assit sur une souche.

– L'attachement va de pair avec la responsabilité, petite souris. Quand tu t'attaches à une personne, que ce soit par amour ou dans le cadre d'un contrat comme celui qui nous lie aux Itinérants, tu deviens responsable d'elle.

– Tu n'es pas responsable de moi.

– Bien sûr que si, petite souris, je suis responsable de toi au même titre que je le suis de tous les membres de l'expédition. Je suis également responsable de ma famille, de mes guerriers et des habitants de mon village.

– Ça fait beaucoup.

– C'est le signe que je suis puissant.

Ellana pesa un moment cette réponse avant de reprendre :

– Et quand les gens dont tu es responsable meurent ?

Le visage de Rhous Ingan se durcit.

– C'est un coup redoutable porté à mon honneur.

– Tu n'es pas triste ?

– Que mon honneur soit bafoué ? Bien sûr que j'en suis triste ! Et en colère !

Ellana secoua la tête.

– Non. Triste que les gens meurent.

À son tour, Rhous Ingan réfléchit. Il passa la main dans ses nattes, lissa sa barbe…

– Je suppose que cela dépend. Lorsqu'un de mes hommes tombe au combat, à mon honneur blessé s'ajoute un chagrin immense. En revanche s'il s'agit d'un inconnu lié à moi par un contrat je n'éprouve pas de peine. Juste de la rage.

– Et tu es certain que ça vaut le coup ?

Le Thül la contempla avec des yeux ronds.

– De quoi parles-tu ?

– De t'estimer responsable de tous ces gens. De risquer chagrin et colère à chaque instant de ta vie.

Rhous Ingan éclata d'un rire tonitruant. Il se leva et ébouriffa de sa main calleuse les cheveux noirs d'Ellana.

– Bien sûr que ça vaut le coup, petite souris. C'est l'essence même de notre existence ! Cesse donc de te faire des nœuds au cerveau, profite de ta jeunesse et laisse ces questions stériles aux vieillards désœuvrés.

Elle le regarda s'éloigner en direction de ses compagnons occupés à s'entraîner au tir à l'arc. Rhous Ingan était un homme de certitudes, pourtant ses réponses étaient loin de la satisfaire. Son sens du devoir et de l'honneur lui donnait le tournis et elle détestait l'idée que quelqu'un, aussi puissant soit-il, s'estimât responsable d'elle.

Ses yeux tombèrent sur le carquois qu'elle portait désormais à la ceinture.

– Rhous Ingan !

Elle avait crié et le guerrier thül s'arrêta pour se tourner vers elle.

– Quoi encore ?

Elle le rejoignit en courant.

– Te considères-tu responsable de Sayanel ?

– Non. Bien sûr que non !

– Pourquoi ?

Il haussa ses épaules musculeuses.

– Parce qu'il est parfaitement capable de se débrouiller seul.

Ellana désigna la cible sur laquelle les Thüls s'exerçaient.

– Si je plante cinq flèches au centre, est-ce que tu me considéreras capable de me débrouiller seule ?

Rhous Ingan soupira avant de sourire.

– Non, petite souris. Je sais que tu tires bien, comme je sais que ton aide a été précieuse lors de l'attaque des Raïs, mais cela ne suffit pas. Sayanel n'est pas seulement un combattant redoutable, c'est avant tout un homme libre. Je ne suis pas responsable de lui parce qu'il n'a pas besoin de moi. Voilà la raison.

Il se détourna et Ellana le laissa s'éloigner. Elle tenait enfin l'extrémité d'un fil. En le suivant, elle obtiendrait sa réponse.

27

La tâche d'intendante qui avait été celle d'Entora reposait maintenant sur les épaules d'Ellana. Elle s'en acquittait sans plaisir mais avec efficacité et les Itinérants, qui paraissaient avoir oublié qu'elle n'avait pas quinze ans, sollicitaient son avis dès que se posait un problème d'organisation. Ellana trouvait un seul avantage à cette situation, elle n'épluchait plus de racines de niam.

Entora continuait à lui manquer.

L'automne s'était installé lorsque la caravane franchit les portes d'Al-Far.

Le voyage avait duré quatre mois et douze jours.

Un peu plus tôt, Ankh Pil' Tarn, le maître caravanier, avait fait stopper les chariots à quelque distance de la ville. Il avait installé sa balance sur une table et, un à un, les membres de l'expédition avaient défilé devant lui. À chacun il avait dit un mot de remerciement avant de peser la part d'argent qui lui revenait et de la lui remettre dans une bourse de cuir. Celle d'Ellana n'était pas lourde, mais c'était son premier salaire et elle s'en était estimée satisfaite.

Après le rituel de la paie, Ghuin offrit une tournée générale de kla agrémenté d'une montagne de gâteaux secs qu'Ellana, qui n'avait pas été déchargée de tous ses travaux de cuisine, avait passé une partie de la matinée à confectionner.

– C'est la tradition de nous dire adieu avant l'arrivée à Al-Far, lui expliqua Sayanel.

– Pourquoi ?

– Parce que chacun de nous va être absorbé par une multitude de tâches avant de partir de son côté, et qu'il est important de se saluer une dernière fois.

– Une dernière fois ?

– Oui. Les Itinérants vont retrouver leurs entrepôts et préparer la prochaine expédition, les Thüls vont regagner leurs villages, les artisans leurs échoppes.

– Et toi ?

Sayanel lui avait souri.

– Suivre mon chemin.

Elle n'avait pas réussi à en savoir davantage.

Comme l'avait prédit Sayanel, l'arrivée de la caravane fut à l'origine d'un émoi considérable dans Al-Far. Des centaines de badauds se pressèrent autour des chariots et les Thüls eurent fort à faire pour les éloigner. Ils finirent par dresser un cordon de surveillance autour de l'esplanade et filtrèrent le passage, repoussant sans douceur les simples curieux et les individus qui n'étaient pas accrédités.

Débordés, Ankh Pil' Tarn et les Itinérants couraient d'un côté à l'autre, veillant au déchargement des chariots, interpellant les commis et répondant aux questions pressantes de leurs fournisseurs. Une nuée de portefaix s'affairaient tandis que des garçons d'écurie prenaient en charge les bœufs et les chevaux des Thüls.

Ellana contempla avec étonnement la fourmilière qu'était devenue l'esplanade. L'ordre serein qui avait régné pendant plus de quatre mois sur la caravane avait volé en éclats, rôles et tâches avaient été redistribués. Elle n'y avait plus sa place. Ankh Pil' Tarn lui avait pourtant proposé de l'embaucher comme aide intendante, mais elle avait refusé. Organiser des voyages ou tenir des livres de comptes était à l'opposé de ce dont elle rêvait.

Elle passa son arc en bandoulière, vérifia que son couteau jouait bien dans son fourreau et tourna les talons.

– Où vas-tu ?

Ellana sursauta. Sayanel se tenait à côté d'elle sans qu'elle l'ait vu ou entendu approcher. Elle ne put résister au plaisir de lui rendre la monnaie de sa pièce :

– Suivre mon chemin.

Il sourit.

– Mais encore ?

Elle frôla la bourse dans sa poche.

– J'ai des amis à voir en ville, puis j'achèterai un cheval et je partirai à la découverte du monde.

Elle s'attendait à ce qu'il tente de la dissuader en arguant de son âge ou tout au moins qu'il lui enjoigne la prudence, il se contenta de hocher la tête.

– Je crains qu'acheter un cheval soit encore au-dessus de tes moyens.

Elle haussa les épaules.

– Dans ce cas, je travaillerai pour gagner de quoi me l'offrir et si j'en ai assez d'attendre, je partirai à pied.

– C'est un programme intéressant. J'avoue que si je n'avais pas déjà un élève que je dois d'ailleurs retrouver, je t'accompagnerais volontiers dans ta... découverte.

Ellana lui jeta un coup d'œil surpris, incapable de deviner s'il était sérieux ou s'il se moquait d'elle. Il lui renvoya un regard clair qui gomma ses doutes.

– Un élève ? Que veux-tu dire ?

Il choisit d'ignorer la remarque.

– Je ne peux m'attarder, lui annonça-t-il, mais avant de partir j'aimerais savoir si tu as trouvé la réponse à ta question. Celle qui te tracasse depuis notre rencontre avec les Raïs.

– Il y a deux réponses à cette question comme à toutes les questions, lui répondit-elle. Celle du savant et celle du poète. J'ai une idée pour celle du savant.

– Je t'écoute.

– On s'attache aux gens parce qu'on a peur d'être seul et cette peur est plus forte que la crainte de les perdre.

– Tu crois vraiment cela ?

– Je ne sais pas. J'attends de découvrir la réponse du poète pour me faire une opinion. Elle est souvent difficile à trouver.

Sayanel acquiesça d'un hochement de tête.

– Je peux te donner un indice, fit-il.

Il s'était exprimé d'une voix placide pourtant, lorsqu'il se pencha, l'attention d'Ellana était absolue.

Il prononça un mot.

Un seul.

– Marchombre.

28

Ellana fendait avec aisance la foule dense qui se pressait dans les rues d'Al-Far.

Elle avait beau avoir apprécié les espaces ouverts du nord, elle était heureuse de retrouver la vie grouillante de la cité. Et il n'y avait étrangement pas tant de différences entre ces deux mondes.

Si elle imaginait que la rue était une rivière, elle se retrouvait nageuse tentant de remonter le courant ou au contraire le descendant en évitant les écueils. La foule pouvait aussi être une forêt épaisse. À elle de se glisser sous les taillis, d'éviter les ronciers et de reprendre son souffle à l'abri d'un tronc.

Elle sourit en imaginant que le trappeur au visage fermé qui arrivait droit sur elle était un trodd affamé et l'esquiva en effaçant ses épaules. Puis les deux gardes qui patrouillaient devinrent des ours élastiques et elle se réfugia derrière un rocher moussu qui était l'étal d'un marchand de reptiles.

Elle cessa son jeu pour admirer les reflets orange d'un pourprier lové dans une cage de verre. Le serpent, long d'une quarantaine de centimètres, se tenait immobile dans le seul recoin qu'atteignait le soleil.

– Il te fait peur, hein ? lui lança le marchand.
– Non.

L'homme éclata d'un rire épais.

– Eh bien tu as tort, jeune fille. Une morsure de cette bestiole, et tu deviens bleue, puis noire et tu passes de vie à trépas en moins de cinq minutes. Il n'existe aucun antidote.

– Pourquoi me mordrait-il ?

Avec un haussement d'épaules désabusé, le marchand se détourna d'Ellana. Elle contempla encore un instant le pourprier, passa en revue les autres serpents, moins jolis selon elle, avant de reprendre sa route.

Marchombre.

Le mot que lui avait soufflé Sayanel résonnait dans son esprit. Que signifiait-il ? Pourquoi Sayanel le lui avait-il offert comme un indice ? Qu'était-elle censée en faire ?

Marchombre.

C'était le dernier mot qu'il avait prononcé. Il s'était ensuite fondu dans la foule. Si vite et si totalement que, l'eût-elle voulu, elle aurait été incapable de le suivre.

– Ellana !

L'appel la tira de sa rêverie. Un garçon juché sur la plus haute marche d'un escalier conduisant à une taverne agitait la main dans sa direction.

– Ellana !

Elle le reconnut lorsqu'il se précipita dans sa direction. Un large sourire sur les lèvres, elle le serra dans ses bras.

– Oril ! Par les dents d'Humph le trodd, que je suis heureuse de te revoir. Comment vas-tu, et comment va Nahis ? Est-ce que...

Elle se tut, prenant conscience des traits tirés de son ami, des cernes sous ses yeux et de son air angoissé.

– Que se passe-t-il ? lui demanda-t-elle, soudain inquiète.

Sans répondre, il jeta un regard anxieux autour de lui et l'entraîna dans un renfoncement.

– C'est Heirmag, souffla-t-il.

– Quoi, Heirmag ?

– Il travaille désormais pour Kerkan et...

Oril étouffa un sanglot avant de poursuivre :

– Il a entrepris de se venger. Il a... égorgé Phul... et Andyna... et...

– Où est Nahis ? le coupa Ellana, le ventre noué par une brutale appréhension.

Oril devint livide. Il porta une main tremblante à sa bouche.

– Je... je n'ai rien pu faire.

Il sursauta puis poussa un gémissement lorsque Ellana l'empoigna au collet. Elle l'attira à elle jusqu'à ce que leurs fronts se touchent.

– Raconte !

Sa voix était dure, aussi tranchante qu'un éclat de verre.

– Il nous est tombé dessus un soir près de la tour ouest. J'ai réussi à m'enfuir, mais Nahis a glissé et... il l'a attrapée.

– Tu l'as abandonnée aux mains d'Heirmag ? Tu as laissé ce monstre la tuer ?

Sa prise sur le cou d'Oril s'était resserrée et sa voix avait la froideur de la mort.

– Elle n'est pas morte, se défendit Oril dans un râle. Elle est blessée...

– Où est-elle ?

– Chez elle.

L'air entra brusquement dans les poumons d'Oril lorsque Ellana le lâcha et il vacilla. Le temps qu'il retrouve l'équilibre, elle avait disparu.

Ellana parcourut comme une flèche la distance qui la séparait de la maison de Nahis. Elle entra sans frapper dans la minuscule pièce sombre où elle avait pris ses repas pendant plusieurs semaines et se figea en découvrant un homme avachi sur sa chaise devant une bouteille d'eau-de-vie à moitié vide.

Elle mit quelques secondes à reconnaître le père de Nahis dans ce vieillard mal rasé, aux cheveux hirsutes et au teint blafard. Il se contenta de lever sur elle un œil injecté de sang.

– Elle va mal, balbutia-t-il. Sa plaie s'est infectée, le docteur dit qu'elle va mourir. Chienne de vie !

Il se versa un verre qu'il vida d'un trait. Lorsque Ellana se glissa dans le réduit qui servait de chambre à Nahis, il ne broncha pas.

La fillette était étendue sous une mince couverture, livide, le front emperlé de sueur. Elle ouvrit les yeux en entendant Ellana s'approcher et ses lèvres craquelées par la fièvre esquissèrent un sourire, pâle reflet de son sourire d'autrefois.

– Tu es revenue ? murmura-t-elle.

Ellana s'agenouilla à ses côtés.

– Oui, je suis là.

– Tu m'as manqué.

– Toi aussi, tu m'as manqué, Nahis. Que… que s'est-il passé ?

Le visage de la petite fille se tordit dans une grimace de douleur.

– J'avais raison, tu sais, haleta-t-elle. Ça fait très mal. Encore plus mal que je croyais…

– Quoi, Nahis ? Qu'est-ce qui fait très mal ?

Nahis ne répondit pas. Sa poitrine frêle se soulevait à grand-peine et son souffle était rauque. Elle ferma les yeux, comme si les garder ouverts représentait un effort au-delà de ses forces.

Avec la plus grande délicatesse, Ellana souleva la couverture. Son cœur se figea et elle retint de justesse un cri d'effroi.

Le bras gauche de Nahis s'arrêtait au poignet.

Heirmag avait tenu sa promesse.

– J'ai froid…

La voix de Nahis n'était plus qu'un souffle imperceptible. Maudissant ses mains qui tremblaient, Ellana remonta la couverture. Du bout des doigts, elle écarta une boucle blonde trempée de sueur qui barrait le front brûlant de la petite fille.

– Je vais m'occuper de toi, lui promit-elle à l'oreille. Tu vas guérir.

Deux yeux bleus immenses, brillants de fièvre, se fichèrent dans les siens.

– Ça, c'est un mensonge, murmura Nahis. Mais c'est pas grave, parce que je t'aime très très fort.

Elle mourut dans la nuit.

29

– **O**ù est-ce que je peux le trouver ?
– Qui ?

La pointe du poignard s'enfonça de quelques millimètres dans son cou. Un filet de sang coula le long de sa gorge.

– J'ai très envie de te liquider, Oril, pour te punir de l'avoir abandonnée.

– L'immeuble en ruine où je t'ai rencontrée. Tout en haut.

La pression sur sa jugulaire se relâcha.

– Ellana... attends ! Ils sont trop nombreux, ils vont...

Oril se tut.
Il était seul.

30

Deux hommes patibulaires montaient la garde à l'entrée de la bâtisse.

Ellana passa devant eux sans les regarder et s'engouffra dans une ruelle proche. Le quartier était mal fréquenté, les rues sales et la plupart des maisons en piteux état. Plusieurs bandes de malfrats y avaient établi leur quartier général et le nombre de crimes qu'on y commettait la nuit dépassait de loin la moyenne, pourtant élevée, de la ville.

Ellana attendit que la ruelle qui passait derrière l'immeuble en ruine soit déserte puis elle plaça le pied sur une aspérité du mur, crocheta une prise et commença à grimper. Si quelqu'un l'avait vue, il se serait bien gardé de donner l'alerte – à Al-Far, la sécurité commençait par la discrétion – mais personne ne la vit, et elle s'éleva sans peine dans un silence absolu.

31

– Ne sois pas trop gourmand, petit. Tu es un de mes lieutenants, pas mon égal !

Heirmag hocha la tête d'un geste plein de déférence. Kerkan était certes de bonne humeur, mais il était bien placé pour savoir à quel point cette humeur se montrait changeante.

– C'était une simple proposition, se justifia-t-il. Une idée qui m'est passée par la tête.

– Laisse tes idées où elles sont, le railla Kerkan, et contente-toi d'obéir. D'accord ?

Une nouvelle fois, Heirmag hocha la tête, serrant les dents sous son sourire factice. Il était jeune, mais son heure viendrait. Cet imbécile ne perdait rien pour attendre.

L'imbécile en question ne se faisait aucune illusion sur les pensées agitant l'esprit de sa nouvelle recrue. Elles lui inspirèrent un ricanement qui fut repris par ses trois sbires qui assistaient à la scène.

Grand et maigre, une épaisse chaîne en or autour du cou, Kerkan se distinguait par un visage osseux, mangé par une barbe miteuse cachant mal la cicatrice boursouflée qui zigzaguait de son œil gauche à son menton. Il jouait avec la serpe affûtée comme un rasoir qui ne le quittait jamais et qui avait aussi mauvaise réputation que lui.

– Avant que tu m'interrompes, poursuivit-il d'une voix menaçante, je disais que tu traînes à reprendre ta bande en main. Je vais finir par me lasser...

– J'ai dû régler quelques comptes. Du coup, ils ont peur et se terrent, mais ce n'est qu'une question de jours pour qu'ils se remettent au travail.

– Et la fille ?

Kerkan n'eut pas besoin de préciser. Heirmag savait de quelle fille il parlait. Celle qui l'avait humilié et dépossédé. Celle qui lui avait brisé les doigts. Celle dont il s'était juré de se venger.

– Elle a disparu.

– Faux, Heirmag ! Je suis ici !

La voix avait retenti à l'entrée de la pièce.

Kerkan et Heirmag se retournèrent d'un bond tandis que les trois sbires vautrés dans des fauteuils sautaient sur leurs pieds.

– On ne bouge pas !

Ellana se tenait devant eux, un arc à la main, une flèche sur la corde qu'elle avait ramenée jusqu'à sa joue. Ni sa voix ni ses gestes ne trahissaient la moindre hésitation.

Les séides se figèrent, tandis que Kerkan la jaugeait du regard. Âgée de quatorze ans au plus, elle était fine et musclée, pourtant, si son attitude était menaçante, il doutait qu'elle soit réellement dangereuse.

– Que veux-tu ? cracha-t-il.

– Lui, répondit-elle en désignant Heirmag du menton.

– Ce garçon fait désormais partie de ma bande, la menaça Kerkan. T'en prendre à lui revient à me déclarer la guerre. En as-tu conscience ?

– Je m'en fiche complètement.

– Tu...

– Silence ! le coupa Ellana. Tu vas quitter cette pièce avec tes hommes et tout se passera bien. Tu n'auras qu'à te trouver une autre recrue moins pitoyable.

Kerkan jeta un coup d'œil dédaigneux à Heirmag qui s'était mis à trembler.

– C'est vrai qu'il est pitoyable, constata-t-il. Et décevant. J'aurais sans doute intérêt à m'en débarrasser au plus vite... sauf que je n'aime pas le ton sur lequel tu me parles.

Il fit un pas en avant. Ellana pivota vers lui.

– Ne bouge pas !

– Et que comptes-tu faire, petite imbécile ? Nous sommes quatre, tu es seule ! Nous sommes des hommes rompus au combat, tu es une gamine sans expérience ! Tu n'as aucune chance. Pose ton arc et je serai gentil avec toi. Il se pourrait même que je te pardonne...

Il fit un deuxième pas. L'acier de sa serpe étincela.

Ellana ouvrit les doigts.

La flèche frappa Kerkan au milieu du front.

Projeté en arrière, il percuta un mur avant de glisser au sol et de s'immobiliser définitivement. Les trois sbires esquissèrent un geste, déjà Ellana avait encoché une nouvelle flèche et les tenait en joue.

– Stop! leur enjoignit-elle.

Ils se figèrent.

– Il n'a pas compris que cette histoire ne le concernait pas et il est mort. Souhaitez-vous le rejoindre?

Elle prit leur silence pour ce qu'il était, une dénégation, et poursuivit :

– Quittez cette pièce.

Les trois hommes se concertèrent du regard. Un message muet circula entre eux. Il serait toujours temps de s'occuper de cette gamine. Pour l'heure, elle était en position de force et il serait stupide de courir le moindre risque. Lorsque Ellana s'écarta pour leur laisser le passage, ils obéirent et, veillant à ne commettre aucun mouvement qui puisse être mal interprété, ils sortirent.

Heirmag, livide, les regarda s'engager dans l'escalier. Il faillit les supplier de ne pas l'abandonner mais, conscient que ce serait inutile, il se contint et se tourna vers Ellana. Son visage fermé acheva de le désespérer.

– Tu vas... me... me tuer? balbutia-t-il.

– Oui.

Heirmag nota l'inflexibilité de la réponse. La terreur qui menaçait de libérer ses intestins et sa vessie augmenta d'un cran.

– Tu... tu ne peux pas faire ça, la supplia-t-il.
– Pourquoi ?
– Je suis jeune, j'ai fait une bêtise, d'accord, mais je peux...

Il se tut, stupéfait.

Ellana venait de relâcher la tension de sa corde. Elle replaça la flèche dans son carquois et posa son arc contre un mur.

– Tu es l'être le plus abject que je connaisse, cracha-t-elle en tirant son poignard de sa ceinture.

Heirmag n'en croyait pas ses yeux. Cette fille était folle ! Elle lui offrait un combat loyal alors qu'il pesait trente kilos de plus qu'elle et était sorti vainqueur d'une dizaine de duels au couteau ! Un combat loyal alors qu'elle aurait pu l'abattre à distance sans le moindre risque ! Un sourire pervers illumina son visage.

– Et toi tu es la créature la plus stupide que je connaisse !

Il tira sa propre lame et bondit sur elle.

Alertés par les trois rescapés, les hommes de Kerkan se regroupèrent rapidement.

Armés d'arcs et de frondes, ils se glissèrent dans la bâtisse en ruine et, sans un bruit, entreprirent de gravir l'escalier. Kerkan était mort, sa succession allait générer de sanglantes querelles mais, pour l'instant, seule la vengeance comptait.

Se couvrant les uns les autres, ils parvinrent au dernier étage.

Là, ils se figèrent.

C'étaient des hommes habitués au sang et à la mort. Ils savaient que la flèche reçue par Kerkan avait été fatale et ils s'attendaient à retrouver le corps d'Heirmag, abattu lui aussi d'une flèche.

Il n'en était rien.

Heirmag était bel et bien mort, mais la fille n'avait pas utilisé son arc. Le poignard qui avait servi à le tuer gisait sur le sol comme si, écœurée par le sang qu'elle avait versé, elle avait voulu s'en débarrasser au plus vite.

– Par les entrailles d'un Raï, jura l'un des hommes, Heirmag était solide et se battait bien, comment cette gamine a-t-elle pu le liquider aussi vite ?

Ses compagnons ne répondirent pas.

Il ne s'était pas écoulé plus de cinq minutes entre le moment où l'alerte avait été donnée et leur arrivée sur les lieux. Leurs yeux incrédules quittèrent le corps d'Heirmag pour sonder la pièce. Le cadavre de Kerkan mis à part, elle était vide. La fille s'était échappée, sans doute par la fenêtre.

Quelques murmures s'élevèrent, puis une question :

– Qu'est-ce qu'on fait ?

Un lieutenant de Kerkan cracha par terre.

– On laisse tomber. On laisse tomber et on oublie cette fille !

32

Six mois s'écoulèrent.

Après la mort de Nahis et d'Heirmag, Ellana avait été envahie par la nostalgie de la Forêt Maison. Oukilip et Pilipip lui manquaient. Elle éprouvait le besoin lancinant de se réfugier près d'eux, de courir les bois en leur compagnie, de passer ses journées à cueillir des framboises ou à jouer des farces aux trodds. De redevenir une enfant.

Elle s'était glissée presque malgré elle jusqu'à l'arrière-cour où, la première fois, elle avait rencontré Oril. Il lui suffirait de poser les mains sur le tronc du chêne, de calquer sa respiration sur la sienne, de...

L'arbre passeur avait disparu.

La foudre qui l'avait frappé et les hommes qui l'avaient ensuite débité en bûches n'avaient laissé de lui qu'une souche calcinée et quelques branches éparses.

Ellana avait frémi puis, contre toute attente, un sourire avait illuminé son visage. Si elle souhaitait un signe pour lui indiquer quelle route elle devait emprunter, elle était servie !

Après l'exécution de Kerkan, elle avait craint pendant quelques jours que ses hommes se lancent à ses trousses, mais il n'en avait rien été. Pour une raison inconnue, ils avaient décidé de la laisser tranquille.

Ellana, elle, se contentait d'éviter le quartier où ils sévissaient. C'était comme si rien ne s'était passé sauf que les morts qui avaient jalonné son passé récent pesaient sur son âme. Elle n'éprouvait pas le moindre remords d'avoir tué Kerkan et Heirmag, mais pas la moindre satisfaction non plus. Nahis n'était plus, et la vengeance avait le goût amer de l'inutilité.

Comme l'avait prédit Sayanel, une fois ses pépites d'argent échangées contre les pièces triangulaires en usage dans l'Empire, elle ne s'était pas trouvée assez riche pour acheter un cheval. Refusant de s'abaisser au rang de Kerkan ou d'Heirmag en volant ce qui lui manquait, elle avait trouvé une place de serveuse dans une taverne enfumée des bas-fonds d'Al-Far.

Là, pour un salaire de misère et une chambre minuscule derrière la réserve, elle travaillait douze heures par jour, sept jours par semaine.

Ellana avait très vite compris que personne, ni ses employeurs ni les clients de la taverne, ne la considérait comme une enfant. D'ailleurs était-elle encore une enfant ?

Elle avait grandi et, si elle restait longue et fine, ses nouvelles formes suscitaient une attention dont elle se serait volontiers passée. Cette attention se traduisait le plus souvent par des regards appuyés et des commentaires grivois qu'elle n'avait aucun mal à ignorer, mais, l'alcool aidant, elle générait parfois des tentatives de séduction brutale. Ellana avait donc appris à esquiver les mains avides qui se tendaient sur son passage lorsqu'elle circulait entre les tables, et à repousser d'une remarque cinglante les plus audacieux de ses soupirants avinés.

Elle évitait de se lier avec quiconque, et utilisait ses rares moments de liberté à déambuler dans les rues de la ville ou, si c'était la nuit, sur ses toits.

L'arc de Sayanel était rangé sous la paillasse qui lui servait de couche, mais elle portait toujours sur elle un poignard affûté qu'elle avait choisi avec soin chez un armurier. Il lui avait coûté cher, pourtant elle ne regrettait pas l'argent dépensé. La lame, longue d'une trentaine de centimètres, était forgée dans le meilleur acier, son tranchant redoutable et sa pointe acérée. Parfaitement équilibré, il se prêtait à merveille au lancer et, lorsqu'elle s'entraînait, Ellana se rappelait parfois l'époque où il lui arrivait de manquer sa cible.

Être armée ne relevait pas d'un caprice ou de la crainte d'une agression, même si elle avait dû à plusieurs reprises jouer de la lame pour se dégager d'un traquenard à la sortie de la taverne. Elle considérait son poignard comme un premier jalon sur la voie qu'elle avait décidé de suivre et qu'elle définissait d'une simple maxime : ne dépendre de personne !

Lorsque ses pensées s'égaraient vers Nahis, elle ajoutait volontiers : ne jamais laisser personne dépendre d'elle !

Un soir où la taverne était bondée et l'air obscurci par la fumée qui s'élevait des pipes et de la cheminée, elle servit un homme installé à une table, dos au mur.

Silencieux et solitaire, il était fort différent de ses clients habituels, aussi l'examina-t-elle avec attention.

Elle nota d'abord ses vêtements, semblables aux souples vêtements de cuir sombre que portait Sayanel, puis elle remarqua ses yeux d'un bleu très pâle qui tranchait avec le hâle de sa peau. Observant la salle avec un détachement feint qui donnait l'impression que rien ne lui échappait, il ne bougeait que très peu, mais chacun de ses gestes était précis et empreint de grâce.

Par trois fois il renouvela sa commande et, par trois fois, Ellana eut l'impression, en le servant, que son regard la transperçait et lisait en elle comme dans un livre ouvert.

Elle avait beau tenter de l'ignorer, ses yeux revenaient sans cesse vers lui, ce qui l'agaçait prodigieusement et elle attendait avec impatience le moment où il viderait les lieux. Un moment qui n'arrivait pas.

Alors que la nuit était bien entamée et que plusieurs ivrognes inconscients avaient déjà été jetés dehors, l'inconnu leva la main vers elle. Elle venait de charger son plateau d'une douzaine de chopes vides et tentait de se frayer un passage entre un colosse endormi sur sa table et un groupe de fêtards éméchés qui chantaient à tue-tête des chansons paillardes. Elle fut donc prise au dépourvu lorsque l'homme en cuir se dressa pour lui lancer une poignée de pièces.

Il n'était pas rare qu'un client lui envoie une pièce, dérisoire pourboire qu'elle empochait néanmoins en songeant à son futur cheval, mais c'était la première fois qu'on la mitraillait ainsi.

« Du cuivre », eut-elle le temps de songer avant de discerner un éclat doré fusant vers elle. Elle pivota sur ses hanches, se baissa pour éviter les pièces de cuivre, redressa son plateau qui penchait dangereusement, tendit son bras libre...

Ses doigts se refermèrent sur la pièce dorée.

Un seul coup d'œil lui confirma ce qu'elle pressentait. De l'or. C'était de l'or !

L'inconnu s'était rassis. Le sourire mystérieux qui flottait sur ses lèvres eut le don d'exaspérer Ellana. Elle traversa la salle, se planta devant lui et le défia du regard. Il ne parut pas le moins du monde intimidé et lui renvoya un clin d'œil complice.

– Je suis désolé d'avoir agi aussi grossièrement. Je voulais vérifier une dernière chose avant de te parler.

Sa voix était chaude et agréable.

– Vérifier quoi ?

Ellana restait sur le qui-vive, tentant de comprendre qui était cet homme et ce qu'il lui voulait. Il n'avait l'air ni fou ni dangereux… ce qui n'était pas forcément bon signe.

– Je vais t'expliquer tout ça, mais je préférerais que tu t'assoies. D'accord ?

Elle secoua la tête.

– Non, pas d'accord. Je ne vous connais pas. Pourquoi m'assiérais-je à votre table ?

Le sourire de l'homme s'élargit.

– Il y a deux réponses à cette question, comme à toutes les questions. Celle du savant et celle du poète. Laquelle veux-tu en premier ?

Le souffle coupé, Ellana s'assit.

La voie des marchombres

1

La lame siffla à moins de dix centimètres de son visage avant de revenir vers sa gorge en un arc de cercle scintillant. Ellana n'évita le coup mortel qu'en plongeant à terre. Une roulade, souple, rapide, parfaitement maîtrisée et elle se releva d'un bond avant de lancer un regard étonné autour d'elle.

Jilano Alhuïn se tenait adossé à un mur, observant la scène avec un intérêt admiratif qui commençait toutefois à se teinter d'inquiétude. Il avait beau apprécier les situations délicates, il n'avait pas prévu que l'exercice tournerait ainsi. Lorsque l'adversaire de sa protégée, un colosse barbu, se jeta sur elle, bras tendu, lame pointée à la hauteur de son estomac dans un geste sans équivoque, il se décida à intervenir.

Il n'en eut pas le temps.

Aussi insaisissable qu'un courant d'air, Ellana s'était glissée le long du poignard, puis, phalanges raidies, avait frappé du poing.

Trois fois.

À la hauteur des côtes flottantes.

L'homme émit un grognement de douleur et se plia en deux. La jeune fille abattit le tranchant de sa main sur sa nuque, le projetant au sol où il s'écrasa, le nez dans une flaque. Un bref gémissement et il ne bougea plus.

Jilano Alhuïn poussa un discret soupir de soulagement. Il s'agenouilla et posa le bout de ses doigts sur le cou du barbu.

Rassuré de sentir son pouls battre, avec lenteur mais régularité, il se redressa.

– Ne crains-tu pas de t'être montrée... excessive ? demanda-t-il, un sourire aux lèvres.

Ellana haussa les épaules et jeta un coup d'œil dédaigneux à l'homme qui gisait à ses pieds.

– C'est un assassin de la pire espèce, lança-t-elle. L'espèce des maladroits. Il mérite ce qui lui est arrivé.

– Excessive et sévère. Tu te hasardes sur le chemin glissant de la prétention, ma jeune amie.

Elle repoussa avec un petit rire une mèche sombre qui lui barrait le visage.

– Je ne suis pas votre amie, je suis votre élève. Différence essentielle. Et si je glisse vers la prétention ce n'est pas du fait de mon caractère mais parce que mon maître est le meilleur que la guilde ait connu depuis... depuis...

– Depuis ?

– Depuis Ellundril Chariakin. Au moins !

– Par les yeux de la Dame, une légende... dont tu n'as entendu parler qu'à deux reprises. Une fois encore tu te montres excessive.

– Non. Ellundril est certes une légende, mais vous en êtes digne. Encore que...

– Oui ?

– Cette balade nocturne dans un des quartiers les plus mal famés d'Al-Far a-t-elle un rapport avec ma formation ? Je vous préviens que si c'est le cas, vous allez baisser dans mon estime.

– Excessive, sévère et impertinente. En voilà assez, demoiselle !

Malgré ses efforts pour paraître fâché, Jilano Alhuïn était incapable de dissimuler sa fierté. Jamais il n'avait enseigné la voie à une telle élève. Si Ellundril Chariakin avait vraiment existé, c'était en Ellana qu'elle s'était réincarnée. En elle et en personne d'autre.

Ellana n'avait pas quinze ans et n'était son élève que depuis trois mois, mais elle promettait déjà de surpasser l'élite de la guilde. Dans la forme et dans l'esprit. Nul, pas même lui, Jilano, ne pouvait entrevoir ses limites. Cessant de feindre la colère, il la contempla avec attention.

Fine, élancée, la peau mate, les cheveux d'un noir brillant, nattés et retenus par un lien de cuir rouge, elle était très belle, mais ce n'était pas sa beauté qui émerveillait Jilano Alhuïn.

Ce n'était pas non plus l'énergie fluide et animale que dégageait son corps, ou ses gestes empreints tout à la fois d'une grâce envoûtante et d'une redoutable efficacité.

C'était autre chose.

Une flamme. Une flamme qui brûlait si haut et si fort en elle qu'il était surpris de se montrer seul capable de la percevoir. Une flamme étincelante. Éblouissante. Une flamme qui, mieux qu'un phare, montrait la voie.

La voie des marchombres.

Un raclement de gorge ironique le tira de ses pensées. Les yeux sombres d'Ellana étaient fixés sur lui.

– Et la suite, maître ?

Difficile de prononcer le mot maître avec plus d'effronterie.

– Quelle suite ?

– Vous m'avez sortie de mon lit pour escalader une tour aussi lisse qu'une plaque de verre, traverser, suspendue dans le vide à la force des poignets, une des plus hautes passerelles de la ville, puis crocheter je ne sais combien de serrures, liquider ce stupide assassin... J'attends la suite. Je commence à m'amuser.

– Désolé, demoiselle, la séance est terminée. Je te rappelle que demain à l'aube, c'est-à-dire tout à l'heure, nous partons pour Al-Jeit. Rentre donc et profite des quelques heures de nuit qui restent pour te reposer.

– Je ne suis pas fatiguée. Si vous en avez fini avec moi, je vais me balader un peu dans ces charmantes ruelles, je suis certaine qu'on peut y faire d'intéressantes rencontres.

– Tu ne crois pas si bien dire. Fais à ta guise mais montre-toi prudente et, surtout, sois à l'heure.

Il tourna les talons et s'éloigna de sa démarche nonchalante. Sa jeune élève le suivit du regard jusqu'à ce qu'il tourne le coin d'une bâtisse.

Jilano Alhuïn.

Un des plus grands marchombres depuis la création de la guilde.

Un être d'exception qui, déçu par les jeunes gens qui revendiquaient l'honneur d'emprunter la voie, avait décidé voilà longtemps de ne plus accepter d'apprentis. Pour elle, il avait fait une entorse à cette règle. Pour elle, il avait traversé la moitié de l'Empire.

Elle se souvenait parfaitement de la nuit où il avait surgi dans la taverne…

2

– Il y a deux réponses à cette question, comme à toutes les questions. Celle du savant et celle du poète. Laquelle veux-tu en premier ?

Le souffle coupé, Ellana s'assit. Elle ouvrit la bouche pour une question, l'inconnu la prit de vitesse. Il n'avait pas cessé de sourire.

– Je m'appelle Jilano Alhuïn et j'ai traversé la moitié de l'Empire pour te rencontrer.

– Je suis censée croire une telle absurdité ?

Ellana s'était tendue. L'émotion passée, elle était désormais contrariée de s'être laissé berner aussi facilement. Réponse du savant, réponse du poète... le hasard était surprenant, certes, mais n'importe qui pouvait parler ainsi. Elle jeta un coup d'œil autour d'elle.

La salle était bondée. Derrière son comptoir, Hank lui lança un regard mauvais. Elle n'était pas supposée s'asseoir avec les clients et si elle ne se remettait pas très vite au travail, Hank était capable de retenir une partie de son salaire. Déjà qu'elle ne gagnait pas grand-chose... Elle s'apprêta à se lever.

– Je possède peu d'amis, mais j'ai en eux une confiance absolue. Sayanel Lyyant fait partie de ceux-là.

Jilano Alhuïn s'était exprimé d'une voix tranquille, comme s'il poursuivait une conversation engagée depuis longtemps. Ellana interrompit son mouvement.

– Vous connaissez Sayanel ?

– Depuis plus de vingt ans. Je l'ai croisé il y a quelques semaines et il m'a parlé de toi avec un tel enthousiasme que je n'ai eu de cesse de découvrir qui tu étais.

– Je... je...

– Il m'a aussi raconté que tu te posais beaucoup de questions et qu'il t'avait offert un indice pour t'aider à trouver des réponses.

Un indice. Ellana se rappelait parfaitement le dernier mot que lui avait confié Sayanel, comme elle se rappelait la sensation intense que ce simple mot avait déclenchée en elle.

Marchombre.

L'impression qu'une porte s'ouvrait sur une voie nouvelle. La voie qu'elle attendait depuis sa naissance.

Impression fugace. Sayanel parti, elle avait cru que la porte s'était refermée.

Il n'en était rien. La porte était restée entrebâillée. Jilano Alhuïn lui offrait-il la possibilité de la franchir ? Comme s'il lisait dans ses pensées, il hocha la tête.

– Sais-tu ce que sont les marchombres ?
– Non.
– Regarde.

Il tira un stylet de sa manche et, de sa pointe acérée, traça quelques mots dans le bois de la table. Elle se pencha pour les déchiffrer.

Élan de vie
Murs oubliés
Libre.

Ellana demeura immobile un long moment, son cœur battant à grands coups dans sa poitrine. La porte était béante. Six mots. Six flèches s'étaient fichées en elle comme si...

Elle sursauta lorsque la main de Jilano Alhuïn se posa sur la sienne. Chaude, forte et pourtant aussi légère qu'un rêve.

– Celui qui comprend la poésie des marchombres a accès à leur âme. Et peut à son tour arpenter la voie.

Il planta ses yeux de ciel dans le regard noir d'Ellana.

– Sayanel aurait souhaité te prendre comme élève, mais il a déjà Nillem. De mon côté, j'avais juré de ne plus guider personne...

Un bref arrêt, le temps d'une respiration, puis un sourire, et il poursuivit :

– ... mais je ne peux ignorer la force qui émane de toi. La décision doit toutefois rester tienne.

– Quelle décision ?

– Écoute-moi avec attention. Les marchombres arpentent une voie qui leur est propre. Une voie pavée d'absolu mais périlleuse et solitaire. Une voie sans retour. Rares sont ceux qui s'y lancent. Elle ne t'apportera ni richesse ni consécration, elle t'offrira en revanche un trésor que les hommes ont oublié : ta liberté. Si tu le désires, je peux accompagner tes premiers pas.

Ellana ne comprenait pas. Ou alors comprenait trop bien. Elle ne connaissait Jilano Alhuïn que depuis quelques minutes et il lui proposait… que lui proposait-il d'ailleurs ?

Elle l'ignorait mais devait admettre que cela n'avait aucune importance. Elle sentait dans chacune des fibres de son être que la voie des marchombres était sienne et l'envie de s'y engager hurlait en elle. Pourtant…

– Trois ans.

– Que voulez-vous dire ?

– C'est la durée de ton apprentissage. Le prix à payer. Trois années que tu m'offres de ton plein gré. Trois années impitoyables qui te forgeront, parfois dans la douleur, souvent dans le doute, toujours dans la difficulté. Trois années durant lesquelles tu me devras une obéissance absolue, sans autre échappatoire que la mort.

Ellana expira longuement. Elle ne mettait en doute aucune des assertions de Jilano Alhuïn mais elle n'avait pas peur. Au contraire.

– Et si je refuse ? demanda-t-elle néanmoins.

– Je quitte cette taverne et tu ne me reverras plus.

Malgré son envie de crier son accord, elle poursuivit :

– Si je deviens votre élève, vous serez mon maître, non ? Je n'aime guère l'idée d'avoir un maître. Je me suis juré de ne jamais dépendre de personne.

– Alors considère que je suis là pour t'aider à tenir ta promesse.

Le souffle court, Ellana balaya la taverne des yeux.

Hank le tenancier la foudroya du regard. Six mois de travail au service de cet homme borné et cupide lui avaient à peine rapporté de quoi acheter l'oreille d'un cheval, et pas une seule marque de bienveillance.

Elle contempla les clients avachis sur les tables, éructant des obscénités, le nez dans leurs chopes de bière. Combien de semaines, ou de jours, avant qu'un d'entre eux ne décide qu'il était temps d'apprendre la vie à cette jeune serveuse et tente de l'entraîner dans un recoin obscur, l'obligeant à le tuer pour s'en débarrasser ?

Elle revit en pensée les rues d'Al-Far, sordides. Quand les quitterait-elle ?

Son attention revint sur Jilano Alhuïn.

Il attendait. Serein.

Confiant.

La respiration d'Ellana s'apaisa.

La réponse du savant et celle du poète se mêlèrent pour n'en former plus qu'une.

Qu'elle offrit à Jilano Alhuïn.

– Je vous suis.

3

Il ne fallut qu'une minute à Ellana pour récupérer ses maigres possessions. Son arc démonté et rangé dans son sac calé sur ses épaules, elle passa sous le nez de Hank en lui adressant un clin d'œil railleur.

– Où vas-tu ? l'interpella le tenancier.

Elle ne prit pas la peine de lui répondre.

Jilano Alhuïn l'attendait à l'extérieur, adossé contre un mur, les mains croisées derrière la nuque.

– Tu ne regrettes rien ?

– Rien.

Cette affirmation parut le satisfaire et ils se mirent en route. Jilano avançait d'une démarche souple et silencieuse qui rappelait celle de Sayanel. Tous les marchombres se déplaçaient-ils ainsi ? Un frisson de joie anticipée parcourut le dos d'Ellana lorsqu'elle songea aux découvertes qui jalonneraient désormais sa vie.

Ils traversèrent une bonne partie de la ville avant que Jilano ne se décide à reprendre la parole.

– La poésie marchombre est faite pour être écrite. Sur du papier, des murs ou sur le vent. Énoncée, elle perd sa force et sa pureté.

Il s'arrêta soudain pour se planter devant Ellana.

– Il existe d'autres moyens que leur poésie pour approcher l'âme des marchombres. Comment te sens-tu ? Non, attends, réfléchis avant de me répondre. Je ne te poserai plus jamais cette question. Tu devras me suivre, où que je t'entraîne. Mais ce soir est un soir particulier, ta décision d'emprunter la voie est très récente et je n'ai pas encore pu te jauger. Comment te sens-tu ?

– En pleine forme, lui répondit Ellana qui ne voyait pas où il voulait en venir.

– Parfait.

Ils s'engagèrent bientôt dans les beaux quartiers d'Al-Far.

Ellana avait très peu eu l'occasion de les parcourir. Ici, les avenues étaient larges, pavées, éclairées à espaces réguliers par des sphères lumineuses créées par les dessinateurs du palais. Pas de détritus sur la chaussée ni d'ivrognes endormis contre les murs. Les bâtisses étaient de pierre taillée, non de bois vermoulu, et l'agitation policée qui régnait dans les rues ne ressemblait en rien à la cohue du quartier des tavernes.

De fines passerelles s'entrecroisaient au-dessus des artères, reliant les tours qui s'élançaient vers le ciel nocturne. De nombreux piétons les arpentaient, abandonnant les rues aux chevaux, aux calèches, ainsi qu'aux clients des commerces de luxe. Dominant la plus haute des tours d'une cinquantaine de mètres, la flèche du palais pointait sa masse sombre vers la lune.

C'est en direction du palais que Jilano Alhuïn entraîna Ellana. Ils empruntèrent une ruelle presque déserte et s'arrêtèrent sous une muraille.

Jilano jeta un coup d'œil attentif autour de lui puis désigna le faîte du rempart d'un mouvement du menton.

– Grimpe.

Ellana retint un sourire. S'il comptait l'intimider, c'était raté. Les joints entre les pierres de la muraille, larges et profonds, offraient des prises nombreuses et faciles. Atteindre le sommet ne serait qu'une formalité.

Elle saisit une aspérité, plaça son pied dans une fente et commença à grimper. Elle mit un point d'honneur à ne marquer aucune hésitation et, en moins de dix secondes, se retrouva juchée sur le faîte du rempart.

– Très bien. Suis-moi.

Ellana sursauta. Elle ne l'avait ni vu ni entendu monter, mais Jilano se tenait près d'elle. De toute évidence, il était même arrivé avant elle.

– Waouh, souffla-t-elle.

Il s'était déjà éloigné. Elle courut pour le rattraper.

– Comment avez-vous...

Il plaça un doigt devant sa bouche pour lui intimer le silence puis désigna le palais sur leur gauche. Séparé d'eux par une série de toits pentus, de cours et de jardins, il était illuminé et de nombreuses silhouettes se découpaient en contre-jour sur les balcons ou les terrasses. Le seigneur de la ville donnait une fête.

Jilano montra à Ellana les gardes qui patrouillaient sur les chemins de ronde, dont un à portée d'un jet de pierre.

Ellana hocha la tête pour indiquer qu'elle avait compris.

Jilano sauta avec légèreté sur un toit, gagna une corniche, y grimpa pour la longer jusqu'à une statue monumentale qu'il escalada afin d'atteindre un nouveau rempart. Ellana le suivit, tentant d'imiter son incroyable agilité sans vraiment y parvenir.

Après avoir évité en silence une sentinelle postée derrière un créneau, ils se retrouvèrent plaqués contre la plus haute tour du palais. Impressionnante de loin, elle était, vue de près, confondante de hauteur et de verticalité. Ellana, qui n'avait pourtant aucune idée de ce qu'était le vertige, se prit à espérer que Jilano n'envisageât pas d'y grimper.

Cet espoir tourna court.

– Sois prudente, lui murmura-t-il. Les blocs sont beaucoup plus ajustés que ceux du rempart et, à mi-hauteur, de la mousse rend un passage délicat. Je te suis.

Ellana prit une profonde inspiration et commença à escalader. Pas un instant, elle n'avait envisagé de se dérober. Les trente premiers mètres furent plutôt faciles. Elle progressait avec aisance, profitant de la clarté de la lune pour trouver des prises confortables. Puis, peu à peu, les muscles de ses avant-bras se nouèrent, ses orteils, crispés sur les aspérités de la pierre, se fatiguèrent, son souffle s'emballa.

– C'est parfait, l'encouragea Jilano près d'elle. Où as-tu appris à grimper ainsi ?

Elle jeta un coup d'œil vers lui et retint de justesse une exclamation de jalousie dépitée. Le marchombre se déplaçait à la verticale avec la même aisance qu'il marchait dans la rue. Ses gestes étaient précis, mesurés, efficaces et il ne paraissait pas ressentir la moindre fatigue.

– J'ai... appris dans les... arbres, répondit Ellana.

Son pied glissa. Elle voulut empoigner une prise avec sa main gauche, la rata. Horrifiée, elle se sentit basculer en arrière...

... puis s'immobiliser et retrouver son équilibre.

Jilano avait bondi – comment diable pouvait-on escalader et bondir simultanément ? – et l'avait plaquée contre la tour.

– Nous descendrons plus tard, lui souffla-t-il à l'oreille. Pour l'instant nous montons, d'accord ?

Il y avait tant d'assurance dans sa voix que la peur d'Ellana disparut. Elle reprit sa progression.

Lorsqu'ils atteignirent le sommet de la tour, elle était épuisée. Il lui fallut encore franchir un dernier encorbellement, ce qui faillit être au-dessus de ses forces, puis gravir le toit d'ardoises glissantes jusqu'à l'étroite dalle posée à son faîte.

Jilano l'aida à y prendre pied et la soutint tant qu'elle n'eut pas retrouvé son souffle. Ellana s'était rarement sentie à ce point vidée de ses forces, aussi ne réalisa-t-elle pas tout de suite où elle était arrivée. Elle inspira et expira à plusieurs reprises avant que la réalité ne la frappe dans sa plénitude.

Ils se trouvaient à mi-chemin entre la terre et les étoiles, si haut que les gens sur les passerelles étaient réduits à la taille d'insectes minuscules, si haut que la lune semblait leur tendre les bras, si haut que, soudain, Ellana eut la sensation d'avoir changé de monde.

Malgré la nuit, la vue portait bien au-delà des remparts de la cité, jusqu'à la masse sombre d'Ombreuse au sud, ou à celle de la forêt de Baraïl à l'ouest, tandis que le lacet argenté de la rivière Ombre filait vers le nord comme un serpent magique.

Une bourrasque de vent frais gifla le visage d'Ellana et elle éclata de rire.

Un rire heureux auquel se joignit celui de Jilano.

Il passa un bras autour des épaules de son élève et désigna l'incroyable panorama d'un revers de main.

– Bienvenue chez les marchombres, Ellana.

4

Ellana se retourna sur sa selle pour contempler une dernière fois les murailles d'Al-Far. Le matin était jeune. Des bancs de brume s'élevaient dans l'air frais de cette fin d'hiver, brouillant l'horizon comme des rêves qui auraient refusé de se dissiper. Elle ne discerna que la flèche du palais et une portion insignifiante des murailles sud.

Elle haussa les épaules. Elle ne laissait derrière elle que des souvenirs, aucune attache digne de ce nom, et elle était bien trop pressée de découvrir sa nouvelle vie pour ressentir ne serait-ce qu'une pointe de nostalgie.

Son cheval fit un écart et elle se concentra sur sa route. Sa monture, une petite jument alezane, était de bonne composition mais Ellana n'était pas une cavalière assez aguerrie pour pouvoir se montrer distraite.

Jilano lui avait enseigné les rudiments de la monte, il lui restait à apprendre le reste. Vaste programme qu'elle aurait largement le temps de suivre puisque le voyage pour Al-Jeit, la capitale de l'Empire, prendrait au moins vingt jours.

Elle tenta en vain de trouver une position confortable, et grimaça lorsque son corps se rappela à elle. Elle n'éprouvait pas encore les douleurs aux cuisses et aux fesses que lui avait promises Jilano, mais les muscles de ses bras et ses abdominaux souffraient de l'entraînement qu'il lui avait fait subir la veille...

Elle était son élève depuis trois mois et, s'il ne lui avait rien révélé sur la mystérieuse guilde des marchombres, il avait tenu sa promesse : son enseignement était impitoyable !

– Tu possèdes un vrai potentiel, lui avait-il dit le soir où ils s'étaient rencontrés. Je serai donc plus exigeant avec toi que je ne l'ai été avec aucun de mes élèves.

Ils logeaient au sommet d'une tour, dans un appartement lumineux, meublé avec sobriété. Chaque matin avant que le soleil se lève, il la réveillait et ils couraient. Qu'il vente, pleuve ou neige, Jilano se montrait intraitable.

Ils couraient quand l'eau des fontaines était prise par la glace, quand le vent arrachait les cheminées ou quand les rues étaient inondées par les averses torrentielles qui s'abattaient avec régularité sur la ville.

Ils couraient jusqu'à ce que, poumons en feu et muscles tétanisés, elle crie grâce.

Il ne s'estima satisfait que lorsqu'elle fut capable de courir trois heures à bonne allure sans manifester le moindre signe de fatigue. Il cessa alors de lui imposer cet exercice, mais Ellana y avait pris goût et elle poursuivit de son plein gré ce qu'il appelait le décrassage matinal.

Après leur rituelle course à pied, Jilano l'entraînait dans l'escalade d'une tour ou de n'importe quel autre édifice pourvu qu'il soit haut et escarpé. S'il était glissant et surveillé par des gardes, c'était encore mieux. Arrivés au sommet, ils enchaînaient côte à côte des séries de mouvements fluides et harmonieux. La gestuelle marchombre. Le moyen de se libérer des tensions pour trouver la sérénité.

L'équilibre parfait.

Ellana en ressortait apaisée et saturée d'une énergie positive qui la faisait vibrer de bien-être.

Le reste de la journée se partageait entre d'intenses leçons d'arts martiaux, des séances de tir à l'arc ou de lancer de couteau, des exercices d'assouplissement éreintants et une multitude de mises en situation durant lesquelles Ellana devait réinvestir l'intégralité de son savoir nouvellement acquis.

Elle risquait ainsi sa vie plusieurs fois par jour sous l'œil impassible de Jilano. Lorsqu'elle échouait devant une tâche trop ardue, il n'élevait pas la voix, ne se mettait pas en colère ni ne montrait le moindre signe de déception. Il lui demandait simplement de recommencer et elle s'exécutait.

Elle qui avait, aussi loin que remontaient ses souvenirs, toujours fait preuve d'un étonnant dynamisme sentait désormais son corps baigner dans une tonicité inédite qui l'émerveillait.

Elle fut néanmoins heureuse quand Jilano lui annonça leur départ.

– Al-Far est une cité intéressante, mais il est temps que tu découvres Al-Jeit.

Ellana se rengorgea.

– Cela signifie-t-il que je suis devenue une marchombre ?

Jilano la dévisagea avec surprise.

– Au bout de trois mois ?

– Je suis capable d'escalader toutes les tours de la ville, de défaire à mains nues n'importe quel adversaire, de toucher une cible à quinze mètres avec un poignard et à cent avec une flèche, je sais crocheter une serrure, me déplacer en silence, je peux...

– Tu fais surtout preuve de prétention.

Ellana s'empourpra. Elle aurait volontiers changé de sujet, mais il ne lui en laissa pas l'opportunité.

– Les tours d'Al-Far ne sont pas si hautes que ça et tu ne connais rien à l'escalade en falaise. Tu te débrouilles face à un adversaire du genre pilier de taverne ou tire-bourse éméché mais tu n'as jamais affronté un combattant digne de ce nom. Tu es habile au tir, c'est vrai. Uniquement dans des conditions idéales. Toucherais-tu ta cible dans une mêlée ou, mieux, de nuit et dans la précipitation ? Les serrures que tu as ouvertes étaient d'une ridicule simplicité et ce que tu appelles silence est aussi bruyant que le mugissement d'une tempête aux oreilles de celui qui sait écouter.

C'était la première fois que Jilano lui parlait aussi durement et Ellana se recroquevilla. Il la toisa avec sévérité.

– Tu es douée, et je ne peux que te féliciter de tes progrès. Sache néanmoins que la voie des marchombres est longue, très longue, et que tu te tiens juste à son orée. La légende d'Ellundril Chariakin, chevaucheuse de brume, rapporte les derniers mots qu'elle aurait prononcés avant de disparaître : « Je vais enfin commencer à apprendre. »

Il lui souleva le menton, l'obligeant à le regarder dans les yeux.

– N'oublie jamais, celui qui croit savoir n'apprend plus.

Cette première leçon se grava en lettres de feu dans la mémoire d'Ellana.

Pour l'heure toutefois, occupée à trouver une position moins douloureuse sur sa selle, elle n'y pensait guère. Elle se cala de son mieux contre le sac et la couverture roulée qui étaient fixés derrière elle, et observa le paysage.

Ils chevauchaient vers l'est, suivant une piste peu fréquentée qui les conduirait en quelques jours jusqu'au Pollimage. Ellana avait hâte de découvrir ce fleuve si large qu'on pouvait, disait-on, le confondre avec l'océan. Elle n'avait jamais vu l'océan autrement qu'en rêve mais était persuadée que le spectacle serait grandiose.

Deux semaines plus tôt, Jilano avait esquissé à son intention une carte sommaire de Gwendalavir. Il avait placé les quatre villes principales, Al-Jeit la capitale, Al-Chen, Al-Vor et Al-Far, puis dessiné le fleuve Pollimage qui traversait l'Empire du nord au sud comme une formidable colonne vertébrale.

En le voyant utiliser la pointe de son couteau pour tracer la carte, elle lui avait demandé s'il possédait le don du dessin, ce don auquel elle ne comprenait rien et qui pourtant semblait si répandu. Sa réponse l'avait rassurée :

– Ce don n'est pas si répandu que ça, même si certains dessinateurs sont extraordinairement puissants. Non, je ne le possède pas. À vrai dire, rares sont les marchombres à le posséder. C'est comme si notre voie et celle des dessinateurs n'étaient pas destinées à se croiser.

Ellana avait hoché la tête. Si les tours de Ghuin l'avaient amusée, elle n'aimait guère l'idée que quelqu'un crée quelque chose simplement en l'imaginant. Et les méandres de la pensée lui semblaient fades à côté des joies de l'action.

Ils mangèrent dans un petit village niché au creux d'un vallon et reprirent leur route après avoir acheté quelques provisions.

En fin de journée, ils atteignirent une rivière tumultueuse dégringolant des hauteurs proches, encore enneigées malgré les premières incursions du printemps. Un pont permettait de la franchir mais Jilano ne l'emprunta pas. Il longea le courant bouillonnant, scrutant les rochers arrondis sur lesquels l'eau s'écrasait avec des jaillissements d'écume jusqu'à ce qu'un sourire satisfait éclaire son visage.

Il sauta à terre et se tourna vers Ellana.

– Voici le moment venu de ta première véritable leçon, jeune apprentie.

5

Sans attendre sa réaction, Jilano saisit une corde dans ses fontes et noua une boucle à son extrémité. Il se jucha sur un rocher au bord de la rivière et la lança avec adresse. Au premier essai, la boucle se referma autour d'une souche plantée sur l'autre rive. Jilano tendit la corde de manière à ce qu'elle frôle la surface de l'eau et l'attacha au rocher. Il se tourna ensuite vers Ellana.

– Suis-moi.

Étonnée, elle obtempéra. Ils remontèrent le courant sur une cinquantaine de mètres puis Jilano s'arrêta. Du doigt il désigna la rivière.

– Je veux que tu imagines que cette rivière est l'univers, son courant la vie et ses remous la multitude de pièges et d'obligations qui attendent chaque homme. Tu y parviens ?

– Oui. Je crois que oui, répondit Ellana après un instant de réflexion.

– Bien. Que se passe-t-il si tu plonges dans cette rivière ?

– L'eau doit être glacée.

– Là n'est pas ma question et je suis parfaitement sérieux.

De nouveau, Ellana réfléchit.

– Le courant est trop fort. Même si j'ai pied, je serai entraînée.

– Et les remous ?

– Je suppose qu'ils me feront boire la tasse.

Jilano acquiesça.

– Ton analyse est bonne. C'est en effet ce qui attend l'homme qui se risque dans cette rivière. Être entraîné, aspiré, boire la tasse et, s'il percute un rocher, se tuer.

– Je ne vois pas où vous voulez en venir, avoua Ellana.

Jilano semblait toutefois penser qu'il en avait assez dit. Il se détourna et, au grand étonnement d'Ellana, entreprit de se dévêtir.

– Qu'est-ce qui te surprend ? lui demanda-t-il. Que je me mette nu ?

– Oui, un peu, convint-elle.

Il sourit.

– Je n'éprouve aucun plaisir particulier à m'exhiber, n'aie crainte, mais je n'ai aucune honte à me montrer et, compte tenu que la nuit sera fraîche, je n'ai aucune envie de mouiller mes vêtements.

– De... mouiller vos... vêtements ?

Jilano avait déjà mis un pied dans la rivière. Il avança sans frémir et ne ralentit pas lorsque l'eau glacée atteignit ses cuisses, puis son ventre.

– Les forces qui bousculent la vie des hommes sont sans effet sur un marchombre, cria-t-il pour couvrir le fracas de l'eau autour de lui.

Ellana le contemplait, les yeux écarquillés par la stupéfaction. Alors qu'il aurait dû être balayé comme un fétu de paille, il se jouait de la rivière et de ses pièges, se déplaçant dans le milieu liquide déchaîné avec la même aisance qu'il marchait sur la terre ferme ou escaladait les tours. Il remonta le courant sur quelques mètres, glissa le long d'un rocher, évita un remous puis un deuxième, s'offrit le luxe de s'immerger entièrement et revint vers Ellana en nageant une brasse tranquille.

S'apercevoir qu'il claquait des dents et avait les lèvres bleuies par le froid ne tempéra pas l'admiration qui avait envahi Ellana.

– Comment faites-vous ça ? le questionna-t-elle alors qu'il se séchait dans une couverture. C'est extraordinaire.

– Voir ne t'a pas suffi pour comprendre ?

– Euh... non.

Jilano se vêtit avant de répondre.

– Un marchombre a conscience des forces qui l'entourent et qui agissent sur son environnement. Tous les environnements. Toutes les forces. Il les perçoit, les utilise, s'immerge en elles pour les renverser. Comprends cette notion de force, visualise les courants qui agitent le monde, ils se plieront alors à ta volonté.

– Et la rivière ?

– Elle est forte. Comme un guerrier bardé de fer monté sur un destrier de combat. Fou celui qui tente de l'arrêter. Un marchombre se rit du guerrier, il joue avec lui, pénètre son centre, lui vole sa force et, si besoin est, prend sa vie. Va jouer avec la rivière. Comprends-la.

– Vous voulez que...

– Oui.

Ellana avala sa salive avec difficulté.

– Maintenant ?

– Oui.

– L'eau est glacée et...

Elle se tut. Le regard bleu de Jilano était bien plus glacé que l'eau.

Avec un soupir résigné, elle se déshabilla.

Lorsqu'elle mit le pied dans la rivière, elle eut l'impression qu'un étau de feu lui broyait la cheville. Elle serra les dents et poursuivit sa progression. Quand l'eau atteignit son ventre, elle crut qu'elle allait défaillir.

Elle n'en eut pas le temps.

Le courant la happa et l'entraîna sans qu'elle puisse opposer la moindre résistance.

Bousculée, renversée, à moitié noyée, elle se crut perdue puis, alors qu'elle ouvrait la bouche pour un hurlement, elle sentit une pression contre sa nuque. La corde. La corde qu'avait installée

Jilano ! Elle tendit le bras, s'y accrocha avec l'énergie du désespoir et, puisant dans ses dernières forces, se tracta jusqu'à la berge.

Jilano l'attendait, un sourire énigmatique sur les lèvres.

– Je... je... c'est impossible ! balbutia-t-elle en grelottant.

– Ta deuxième tentative sera moins difficile.

Ellana se raidit.

– Il n'est pas question que je retourne dans cette rivière !

– Détrompe-toi, jeune fille, tu vas y retourner et pas plus tard que tout de suite.

Aucune menace dans sa voix mais une certitude inébranlable.

Ellana entra six fois dans la rivière et six fois elle fut balayée par le courant, incapable de lui résister plus de trois secondes et encore plus incapable de comprendre les forces dont lui avait parlé Jilano.

Son sixième essai la laissa à moitié morte sur la berge, le corps endolori par les chocs contre les rochers, si épuisée qu'elle ne sentait même plus le froid. Jilano l'enroula dans une couverture et la frictionna jusqu'à ce qu'elle cesse de claquer des dents.

– Je... je... je n'y arrive pas, bredouilla-t-elle.

– Ne t'inquiète pas, la rassura Jilano, personne n'y parvient le premier jour et beaucoup abandonnent bien avant toi. Il est temps de nous remettre en route, maintenant. Un village nous attend à une demi-heure de cheval d'ici. Tu as mérité un repas chaud et un bon lit.

Malgré sa fatigue, Ellana sentit une vague de gratitude l'envahir. Elle en avait fini avec cette maudite épreuve. La suite des paroles de Jilano lui fit l'effet d'une douche aussi froide que l'eau qu'elle venait de quitter :

– Demain nous recommencerons. C'est fou le nombre de rivières qui coulent entre Al-Far et Al-Jeit !

6

Une nuit, peu de temps avant d'atteindre les rives du mythique Pollimage, Ellana fut réveillée par une étrange sensation.

Elle était loin de posséder les sens affûtés de Jilano, mais son ouïe était suffisamment aiguisée pour qu'elle soit certaine que ce n'était pas un bruit qui l'avait tirée du sommeil. Non, c'était plutôt le contraire. Une absence de bruit. Elle saisit au moment où elle se dressait sur un coude. Jilano ne se trouvait plus à ses côtés.

Elle ne s'inquiéta pas. Ce n'était pas la première fois que le marchombre s'absentait et il lui avait fait clairement comprendre que si la relation maître-élève impliquait une franchise totale, elle excluait aussi toute curiosité mal placée. De la part de l'élève bien entendu.

Ellana s'assit néanmoins pour regarder autour d'elle. Le feu n'était plus que braises moribondes et les écharpes de brume annonciatrices de l'aube s'enroulaient autour des arbres. Par une trouée entre les troncs, elle aperçut au sommet d'une éminence la silhouette de Jilano se découpant sur le ciel nocturne. Debout, les bras écartés, le marchombre ne bougeait pas, comme s'il scrutait un invisible horizon et que ce travail de vigie nécessitait une immobilité parfaite.

Un sourire malicieux naquit sur les lèvres d'Ellana. En une semaine, Jilano lui avait fait subir cinq fois l'épreuve de la rivière et, à cinq reprises, elle avait failli se noyer. Cela n'avait pas paru inquiéter son maître, et ni ses claquements de dents ni les ecchymoses qui constellaient son corps n'avaient réussi à l'attendrir. Si elle parvenait à le surprendre ou même, rêve délicieux, à le faire sursauter, elle s'estimerait vengée au centuple.

C'est en se concentrant sur cette pensée réjouissante qu'elle se leva et se glissa entre les buissons. Elle avait toujours su se déplacer sans bruit, mais depuis que Jilano l'avait prise sous son aile, le silence était devenu une seconde nature chez elle.

Aucune feuille ne bruissa sur son passage, aucune brindille n'émit le moindre craquement. Ombre imperceptible, elle gagna la base de l'éminence où se tenait Jilano. Elle s'accroupit et poursuivit sa progression à quatre pattes puis en rampant jusqu'à se trouver à moins d'un mètre de sa cible.

Un vent léger se leva alors. Chassée par son souffle, la volute de brume qui errait près du campement se referma sur Jilano et la silhouette du marchombre s'estompa. Une poignée de secondes s'écoulèrent puis une nouvelle rafale rabattit la brume vers la forêt. Ellana écarquilla les yeux.

Jilano avait disparu.

Avec un juron étouffé, la jeune fille se redressa. C'était impossible. Elle était trop proche de lui pour qu'il se soit esquivé sans qu'elle le remarque, tout marchombre qu'il était. Il devait y avoir un trou. Oui, c'était ça, un trou. Conscient qu'elle l'épiait, il s'y était caché et s'apprêtait à en surgir pour la surprendre. Elle fit un pas en avant au moment précis où, dans son dos, retentissaient le bruit sourd d'une chute et une imprécation sonore :

– Fiente de Ts'lich ! Encore raté !

Ellana se retourna d'un bond.

Jilano se tenait là, assis dans l'herbe, occupé à masser son postérieur endolori. Il se figea en l'apercevant.

– Par les yeux de la Dame, qu'est-ce que tu fiches ici ?

– Je… je… Et vous ?

– Comment ça, et moi ?

– Vous étiez là, devant moi, à moins d'un mètre, puis cette écharpe de brume s'est refermée sur vous et vous avez disparu comme si…

Ellana se tut. Jilano était debout. Elle ne l'avait pas vu bouger.

Le poignet droit du marchombre cingla l'air et un fouet jaillit de sa paume. Sa lanière claqua sèchement avant de s'enrouler autour du cou d'Ellana. Elle poussa un cri de douleur quand le cuir mordit sa peau puis chancela lorsque, d'une secousse, Jilano l'attira à lui.

Le marchombre fixa sur elle son regard de glace.

– Ne t'avise plus jamais de m'espionner, cracha-t-il.

Dans ses yeux, Ellana lut la colère. Une colère terrible. Elle faillit s'excuser mais la lanière du fouet l'étranglait et elle suffoquait. Ses remords moururent sous la douleur et le manque d'air, une rage sauvage les remplaça. Jilano avait tenté elle ne savait quel exploit, avait échoué et lui faisait payer son humiliation. Elle ne l'accepterait pas.

Elle porta la main à son poignard, mais avant qu'elle ait pu s'en saisir Jilano lui bloqua le bras d'une poigne de fer.

– N'y songe même pas.

Ellana ouvrit la bouche pour une malédiction.

Son cri resta coincé dans sa gorge.

Son regard fixait la main droite de Jilano et elle peinait à accepter ce qu'elle voyait. Le fouet ne comportait pas de manche, sa lanière sombre sortait directement de la paume du marchombre. Il faisait partie intégrante de son corps.

Jilano perçut sa surprise. Il haussa les épaules et d'un geste brusque la libéra. Avec un chuintement, le fouet se rétracta avant de disparaître dans sa main. Ellana porta les doigts à son cou et les retira maculés de sang.

– Ce que tu as fait est grave, fit Jilano d'une voix qui, bien que dure, avait retrouvé son calme. Un élève n'espionne jamais son maître. Jamais. Tu as découvert cette nuit deux secrets que tu n'aurais jamais... Que fais-tu ?

Ellana avait tourné les talons et descendait à grands pas vers le campement.

– Arrête-toi !

L'ordre avait claqué. Écrasant d'autorité. Ellana poursuivit sa route sans broncher. Elle atteignait les restes du feu lorsque Jilano se dressa devant elle.

– Tu vas m'écouter, jeune folle... commença-t-il.

– Non, c'est vous qui allez m'écouter, rétorqua Ellana en lui faisant face. Je me suis battue quand vous m'avez dit de me battre, j'ai grimpé quand il a fallu grimper, j'ai plongé quand vous m'avez ordonné de plonger, j'ai couru, sauté, nagé, sans émettre la moindre protestation. Depuis presque quatre mois, je vous ai obéi. En tout.

– Tu m'as espionné.

– C'est faux ! Si vous ne vouliez pas que je vous voie, il fallait vous éloigner, je ne vous aurais pas suivi. Mais là n'est pas le problème. Je me fiche complètement que vous ayez tenté de chevaucher la brume, car c'est bien ce que vous faisiez, non ? Et je me fiche aussi de ce fouet qui peut jaillir de votre main. Je ne voulais pas d'un maître, vous m'avez convaincue que vous seriez un guide. Ce sang prouve que vous avez menti.

Elle brandit sous son nez ses doigts écarlates.

— Tu ne crois pas que tu dramatises un peu ? lança Jilano sur un ton qu'il ne parvint pas à rendre léger.

Ellana le foudroya de ses yeux noirs.

— Vous vous êtes montré injuste, et en vous montrant injuste vous avez perdu mon respect. Je ne vous suis plus.

Elle le contourna et, en quelques gestes précis, sella sa jument.

— Que crois-tu faire ? demanda Jilano.

— Je ne crois pas faire, répondit-elle en sanglant son sac, je fais. Je m'en vais. Si j'accepte aujourd'hui que vous me fouettiez parce que vous avez un accès de mauvaise humeur, que serai-je obligée d'accepter demain ? Vous m'avez dit que la voie des marchombres était longue et difficile. J'ignore si l'un d'entre nous la foule, mais une chose est sûre, nous n'arpentons plus la même.

D'un mouvement fluide, elle se jucha sur sa monture.

— Tu m'as offert trois années de ta vie, lui rappela Jilano.

— Faux. Vous n'êtes pas l'homme à qui je les ai offertes.

— Et tu oublies que la seule échappatoire est la mort !

Ellana haussa les épaules. Jilano se saisit de son arc et encocha une flèche. Elle ne lui accorda pas un regard.

— Ellana, je ne le répéterai pas !

Sans se retourner, elle claqua de la langue et sa jument se mit en marche.

Corde tendue jusqu'à sa joue, Jilano attendit sans bouger qu'elle ait disparu. Il expira alors longuement, rangea la flèche dans son carquois et entreprit de raviver le feu.

Une dizaine de minutes plus tard, assis sur une pierre, il buvait une décoction de plantes en regardant le jour se lever.

Il souriait.

7

Ellana tira sur les rênes avec une telle violence que sa jument, surprise, se cabra. Elle ne lui prêta aucune attention. Elle fixait l'immensité liquide qui s'étendait devant elle. Et elle n'en revenait pas.

Ce ne pouvait pas être un fleuve. Un fleuve n'était pas aussi large, ni aussi impressionnant, il n'y avait pas de vagues à sa surface... Pourtant, à bien y regarder, le doute était impossible. Une rive opposée, à peine discernable mais réelle, un courant puissant charriant des troncs énormes. Un fleuve. Le Pollimage.

Elle poussa un sifflement admiratif et sauta à terre.

Après la querelle qui l'avait opposée à Jilano, elle avait galopé une heure à bride abattue, puis sa monture avait manifesté des signes inquiétants d'épuisement et sa colère s'était brusquement dissipée.

Tout en marchant à côté de sa jument qui récupérait, Ellana s'était interrogée. Ne s'était-elle pas montrée excessive en quittant le campement sur un coup de tête ? Certes, Jilano avait été injuste mais elle n'avait pas été très maligne en s'emportant. Elle avait failli rebrousser chemin afin de s'expliquer avec lui, puis s'était ravisée. Elle n'était pas complètement calmée et il serait toujours temps de le retrouver. Pour l'instant elle désirait s'approcher du Pollimage.

Elle avait donc poursuivi sa route vers l'est, ne remontant en selle que lorsque sa jument avait cessé de souffler comme une forge. La journée était bien avancée quand elle avait touché au but.

La berge du fleuve, plantée de roseaux, était marécageuse. Ellana était couverte de boue avant d'avoir atteint l'eau. Elle persista néanmoins, ce qui lui permit de se nettoyer sommairement et de découvrir, à sa droite, une digue rocheuse avançant dans le fleuve et quelques maisons basses bordant un port. Une ville se dressait à proximité.

Ellana décida sur-le-champ de s'y rendre. Elle avait sur elle l'argent gagné lors de l'expédition des Itinérants et celui économisé sur sa paie de serveuse. Elle pouvait s'offrir une soirée de détente et un lit confortable. Après un repas copieux et une nuit de sommeil, il lui serait plus facile de retrouver Jilano et de repartir avec lui sur de bonnes bases.

Elle retourna vers sa jument, maculant à nouveau ses vêtements de boue, et se dirigea vers la ville en longeant le fleuve.

Hanlang était un gros bourg qui avait poussé de manière anarchique. Les murs des maisons basses et ventrues étaient décrépits, les rues étroites, mal entretenues, et les habitants peu avenants.

– Où puis-je dénicher une taverne capable de m'offrir un bon repas et un lit dépourvu de vermine? demanda-t-elle à un jeune garçon qui poussait une carriole remplie de poissons à l'aspect peu engageant.

– Sur les quais, répondit-il en s'arrêtant pour la dévisager. Le *Cochon d'eau* sert les meilleurs repas de la ville. Pour la vermine, je ne garantis rien. M'est avis qu'à Hanlang, il est préférable de ne pas trop rêver. Des bestioles, y en a toujours eu partout et y en aura toujours partout.

Comme pour prouver ses dires, il entreprit de se gratter avec application. Ellana le remercia avec une grimace et talonna son cheval.

Dissimulé sous un porche, Jilano la regarda prendre la direction du port. Cette fille était incroyable. Une perle rare parmi l'élite. Tous les élèves s'effondraient à un moment de leur formation. Tous. Sauf elle. Alors qu'un des objectifs des maîtres marchombres était de conduire les élèves à leur point de rupture, et qu'ils y parvenaient le plus souvent en quelques jours, elle avait tenu bon.

Il n'avait pourtant pas lésiné sur les difficultés, se montrant plus dur avec elle qu'il ne l'avait été avec aucun de ses précédents élèves. Elle l'avait suivi, si parfaitement marchombre qu'il s'était avéré incapable de déceler une seule faille en elle.

En revanche, elle s'était engouffrée dans la première de ses failles à lui, n'hésitant pas à lui jeter au visage ses propres incohérences et à l'abandonner sur la route. La route. La voie des marchombres. Il avait deviné au premier regard qu'elle y cheminerait plus loin que quiconque avant elle. Il commençait juste à comprendre à quel point elle s'y était déjà avancée...

Elle n'avait pas marqué la moindre surprise lorsqu'il lui avait parlé du chant des marchombres, avait à peine tiqué en découvrant le fouet-greffe et deviné sans difficulté qu'il avait tenté de chevaucher la brume. Il lui restait bien sûr des choses à apprendre, mais serait-il à la hauteur pour les lui enseigner ?

C'est sur cette amusante pensée qu'il se mit en marche vers le port.

8

Ellana descendit les quelques marches luisantes d'humidité qui conduisaient à la taverne et poussa l'épaisse porte de chêne bardée de fer. Une salle basse s'ouvrit devant elle, sombre, bruyante et enfumée. Une faune patibulaire y buvait un mauvais alcool en jouant aux cartes ou aux dés.

Elle se fraya un passage entre les habitués et s'installa à une table près du mur du fond.

Un mur est un ami versatile.

S'il surveille tes arrières, il les verrouille et limite ton espace.

Seul le sot se fie au mur.

Elle commanda une bière à un serveur à la mine revêche et s'adossa à sa chaise. Elle se rappelait à la perfection la taverne de Hank, si semblable, et savait qu'elle n'aurait pas à attendre longtemps.

Elle venait de porter son verre à ses lèvres lorsqu'un homme s'assit devant elle. Malgré la chaleur étouffante qui régnait dans la salle, il était vêtu d'une fourrure miteuse et portait un bonnet de laine. Une balafre boursouflée courait sur son visage, de son œil caché par un bandeau jusqu'à sa bouche, étirant ses lèvres en un rictus impressionnant. De ses dents ne subsistaient que trois chicots noirâtres et son haleine exhalait une odeur fétide capable de faire fuir une horde de Raïs.

– Alors, ma belle, ricana-t-il, tu cherches l'aventure ?

– Non, je suis ici pour jouer.

L'homme éclata d'un rire mauvais.

– Et à quoi veux-tu jouer, mignonne ? À la marelle ? À la poupée peut-être ? À moins que ce ne soit au papa et à la maman !

Son regard torve évalua les courbes de la jeune fille. Comme bien d'autres avant lui, il se leurrait sur son âge.

– Remarque, poursuivit-il, si c'est ce que tu cherches tu ne pouvais pas mieux tomber. Je suis celui qui...

– Haman Lô !

Elle n'avait pas placé d'intonation particulière dans sa voix, pourtant son interlocuteur se figea, la rebutante grivoiserie de ses traits remplacée par un air froid et calculateur.

– Tu es sûre de toi, petite ? Le Haman Lô se joue avec de l'or. Uniquement de l'or.

En guise de réponse, elle tira de sa poche une bourse de cuir qu'elle entrouvrit. L'éclat qui s'en échappa ne laissait aucun doute sur son contenu. Une lueur de convoitise s'alluma dans les yeux de l'homme.

Soudain fébrile, il jeta sur la table une cordelette de cuir sur laquelle étaient enfilées une vingtaine de pièces triangulaires dorées.

– Lurt, apporte-nous un Haman Lô! tonitrua-t-il.

La requête généra une impressionnante agitation dans la salle. Lorsque le serveur revint avec le jeu, il dut se faufiler au milieu d'une vingtaine de clients qui se bousculaient pour assister à la confrontation. Lurt déploya le plateau d'Haman Lô puis passa derrière chacun des deux joueurs pour lui lier solidement une main dans le dos. Lorsque ce fut fait, il dénoua le sachet de soie qu'il avait apporté et éparpilla sur la table une kyrielle de pierres brillantes, la moitié rouge, l'autre bleue. Il plaça ensuite devant lui un sablier de verre.

– Une minute! lança-t-il d'une voix forte. Vous avez une minute pour constituer une figure qui devra s'adapter au plateau et prendre le pas sur celle de votre adversaire. Jingars prend les rouges, la demoiselle les bleus. Vous êtes prêts?

Le dénommé Jingars dégrafa sa veste, laissant apparaître un lourd collier d'acier qui semblait rivé à son cou. Son visage était rouge, sa respiration haletante.

– Prêt! cracha-t-il.

Ellana se contenta d'un hochement de tête. Sur le plateau, une multitude d'alvéoles formaient un labyrinthe complexe. Créés par de talentueux dessinateurs, les tracés des Haman Lô se modifiaient après chaque partie, rendant impossibles les stratégies prédéterminées et les tactiques figées. Un bon joueur devait faire preuve d'intuition et de dextérité, tout en s'adaptant au jeu et à la technique de son adversaire.

Ellana n'avait jamais joué mais connaissait parfaitement les règles pour avoir souvent assisté à des rencontres lorsqu'elle servait chez Hank. Si elle ignorait pourquoi elle avait jeté ce défi, elle se savait capable de gagner. Il ne lui restait qu'à le prouver.

Lurt renversa le sablier et les deux adversaires se lancèrent. Leurs mains libres se mirent à voler au-dessus de la table, saisissant les pierres colorées qu'ils plaçaient avec habileté dans les alvéoles du plateau.

Des formes complexes commencèrent à s'agencer devant eux, des formes qu'ils modifiaient sans cesse en fonction de ce qu'ils devinaient de la création de l'autre. Tâche difficile puisque les bons joueurs de Haman Lô ne dévoilaient leur dessin qu'à l'ultime seconde et qu'ils étaient d'évidence tous les deux d'excellents joueurs.

Lorsque le sable eut achevé sa course dans le sablier, Lurt claqua des mains. Un murmure étonné s'éleva du rang des spectateurs. Jingars avait tracé un bateau à aubes criant de ressemblance, un dessin qui valait son lot de points, pourtant aucun regard ne s'y attardait. Tous étaient fixés sur...

Un dragon.
Elle avait dessiné un dragon.

Dans ses moindres détails, ailes ouvertes, gueule béante, le scintillement des pierres lui donnant jusqu'à l'illusion de la vie.

Une figure que seuls les grands maîtres maîtrisaient et qu'ils n'utilisaient qu'au cours de parties bien plus longues.

– Elle a triché! hurla Jingars.

– C'est faux, rétorqua calmement Ellana.

Elle perçut le sentiment de la foule avant qu'il ne naisse. Personne, dans cette taverne, n'accepterait sa victoire. Une inconnue, trop jeune, trop différente...

Comme pour lui donner raison, une voix s'éleva :

– Tricheuse!

Des cris jaillirent en écho.

– Tricheuse! Tricheuse!

– Fichons-la dehors!

Puis un cri de Jingars.

– Non!

Le silence se fit.

Monstre à têtes multiples doué d'une conscience unique et rudimentaire, la foule sentait que Jingars allait offrir un merveilleux présent à sa lâcheté et, par avance, elle s'en délectait.

– Non, reprit Jingars, nous ne la jetterons pas dehors.

De sa grosse pogne sale, il cloua sur la table le poignet de celle qu'il considérait comme sa proie.

– Elle a triché. Nous allons nous occuper d'elle. Je veux que...

Sa phrase s'interrompit dans un bruit écœurant d'os brisés. Ellana venait de lui envoyer son poing en pleine figure, lui explosant le nez et ses derniers chicots.

Le poing qui était censé être attaché dans son dos !

Personne n'eut le temps de s'interroger. Alors que Jingars, le visage en sang, tombait en arrière, elle se leva d'un bond et, avec une force que sa fine silhouette ne laissait pas présager, renversa la table sur les spectateurs. Des hurlements de douleur et de colère retentirent dans la taverne. En un instant, elle fut cernée par une meute de gaillards résolus à lui faire payer son audace.

Chuintement feutré. Un poignard apparut dans la main d'Ellana. Une arme lourde au tranchant acéré. Impressionnante.

La foule se figea.

– Je n'ai pas triché. Vous le savez. Je vais sortir de cette taverne et, si vous tenez à la vie, vous ne vous y opposerez pas.

Aucun tremblement dans cette voix juvénile. Pas la moindre trace de peur ou d'hésitation. Les hommes les plus proches reculèrent imperceptiblement.

Jingars, la main plaquée sur son nez ruisselant de sang, invectiva ses comparses.

– Vous n'allez pas laisser une gamine vous dicter votre conduite, non ? Par les tripes du roi des Raïs, montrez-lui qui commande ici !

Des grommellements approbateurs lui répondirent. Le cercle se resserra autour d'Ellana. Jingars tira le couteau qu'il portait à la ceinture et fit un pas en avant.

Un seul.

Un sifflement retentit dans la taverne. Un trait sombre, presque invisible, fusa au-dessus des têtes. Jingars fut projeté en arrière et plaqué avec violence contre un pilier. Une longue flèche noire, passant comme par magie entre son cou et son collier d'acier, venait de le clouer au poteau.

Puis un chant s'éleva. Bas, monocorde, presque inaudible. L'assemblée se pétrifia.

Jilano Alhuïn.

Le chant des marchombres. Ce chant dont il avait parlé à Ellana mais qu'elle n'avait jamais entendu. Ce chant capable de figer sur place un guerrier thül en colère !

Le marchombre s'approcha de son élève sans qu'une seule tête pivote dans sa direction, sans que son passage provoque la moindre réaction. Il ne tenait pas d'arc, mais un gant de soie noire était passé à sa main gauche.

– Alors, demoiselle ?

Jilano Alhuïn avait cessé de chanter pour parler. Les clients de la taverne s'ébrouèrent. Le chant reprit, ils s'immobilisèrent à nouveau.

– Tout va bien, mentit-elle avec effronterie. Je m'apprêtais à quitter cet accueillant établissement.

– Tu n'es plus fâchée ?

Elle fit mine de réfléchir, puis sourit.

– Non, je ne suis plus fâchée.

Du menton, il désigna le poignard qu'elle tenait toujours serré dans son poing. Elle rougit et rangea l'arme dans son fourreau.

– C'est mieux, acquiesça-t-il. Ces balourds ne méritent pas l'acier d'une marchombre. Achève ce que tu as commencé, je t'attends à l'extérieur.

Il avait une nouvelle fois arrêté de chanter et un frisson parcourut la foule.

Elle savait qu'il pouvait en reprendre le contrôle quand il voulait. Elle savait aussi qu'il n'en ferait rien. C'était un test. Encore un. Elle avait choisi la voie, à elle de s'en montrer digne.

Elle inspira profondément et se plaça en garde.

Lorsque les premiers hommes se jetèrent sur elle, elle était prête.

La lune était haute lorsqu'elle rejoignit Jilano Alhuïn assis sur une marche dans la ruelle. Le marchombre hocha la tête avec gravité et se mit en route. Elle le suivit sans un mot.

Dans la taverne, au milieu d'un fouillis indescriptible de tables et de chaises fracassées, une vingtaine d'hommes s'assirent en gémissant. Plusieurs avaient des os cassés, quelques-uns saignaient, tous souffraient. Dans leur corps et, surtout, dans leur amour-propre.

Une légende était en train de naître.

9

– Quel âge as-tu vraiment ?

Ellana réfléchit une seconde avant de répondre. Ils avaient traversé le Pollimage quatre jours plus tôt, puis le Gour, son principal affluent, la veille. Ils chevauchaient maintenant vers le sud en direction d'Al-Jeit.

– Je dirais quinze ans, à quelques mois près. Puis-je moi aussi poser une question ?

Jilano acquiesça avec gravité. Après leur querelle, ils avaient repris leur route comme si rien ne s'était passé entre eux, pourtant quelque chose avait bel et bien changé. Leur relation s'était épurée. Ellana filait sur la voie des marchombres comme une flèche d'argent et lui, pour nourrir cet irrésistible élan, s'était ouvert, acceptant pour la première fois de se livrer entièrement. C'était à ce prix que son enseignement lui resterait utile.

– Je t'écoute.

– Arrêtez-moi si je vous parais indiscrète mais, l'autre jour, vous avez épinglé Jingars à un poteau de la taverne avec une flèche ?

Toujours cet humour, à la limite de l'insolence. Un trait de caractère dont elle ne se débarrasserait sans doute jamais. À lui de l'accepter.

– Oui.

– Pourtant vous n'aviez pas votre arc avec vous.

Jilano tergiversa. Apprentie depuis quelques mois à peine, elle en savait déjà davantage sur les secrets de la guilde que bien des marchombres confirmés. N'était-il pas prématuré de lui parler du gant ?

– Pourquoi refuses-tu de me tutoyer ?

Ellana esquissa un sourire devant cette piètre tentative de changer de conversation. Elle répondit néanmoins à la question, sa voix pour une fois dépourvue de la moindre trace d'ironie.

– Parce que vous êtes mon maître, et que j'ai pour vous plus de respect que vous ne pouvez sans doute l'imaginer.

Jilano n'avait aucun moyen de savoir qu'il serait l'unique personne qu'Ellana vouvoierait dans sa vie. Toutes les autres, l'Empereur compris, auraient droit au tu familier.

Il hocha la tête, à la fois comblé et surpris par la réponse.

– Et cet arc ?

Il soupira. Si les membres du Conseil avaient vent des secrets qu'il lui révélait, il devrait négocier avec habileté pour éviter qu'ils ne l'écharpent.

Après une brève hésitation, il tira d'une poche intérieure le gant de soie noire qu'Ellana avait remarqué dans la taverne.

– Le gant d'Ambarinal, dit-il simplement.

– Quel rapport avec un arc ?

Jilano prit une profonde inspiration et Ellana, ravie, se cala sur sa selle. Elle adorait qu'il lui raconte des histoires, qu'il lui parle de la guilde, de ses légendes et il se prêtait au jeu trop peu souvent à son goût.

– Tu as rarement eu l'occasion de croiser des dessinateurs, commença-t-il, et je t'ai expliqué que leur art était à l'opposé du nôtre. Il faut que tu saches que certains d'entre eux sont très puissants et indispensables à la survie de l'Empire. Les Sentinelles, par exemple, surveillent les frontières et tiennent nos ennemis à distance.

– Si j'en crois le nombre de Raïs qui se baladent en Gwendalavir, ces Sentinelles ne sont pas très efficaces.

– Détrompe-toi. Le peuple raï n'est pas le plus grand danger qui nous menace et l'efficacité des Sentinelles est indéniable. Là n'est toutefois pas mon propos. Le Don du Dessin, lorsqu'il est développé, permet de réaliser des miracles. Un dessinateur mythique, le plus grand de tous, Merwyn Ril' Avalon, nous a laissé en héritage une multitude de créations dont la moindre est une pure merveille. D'autres ont suivi sa voie. Ambarinal fut de ceux-là.

– Ambarinal était un dessinateur ?

– Oui. Un dessin ne possède qu'une durée de vie très courte, mais certains dessinateurs sont assez puissants pour contourner cette limite. Ce gant existe depuis plus de trois siècles et, à ma connaissance, il est inusable, indéchirable, indestructible. Il a généré plus de convoitises que le plus gros diamant du monde.

– Parce qu'il ne s'abîme pas ?

– Non, parce qu'Ambarinal l'a lié à une autre dimension et que, dans cette dimension, ce gant est un arc. C'est donc un arc que tient celui qui l'enfile et, comble de l'efficacité, il a à sa disposition une quantité inépuisable de flèches.

– Je ne suis pas sûre de comprendre.

– Alors essaie-le.

Jilano lui tendit le gant. Après une imperceptible hésitation, Ellana le passa à sa main gauche. Elle ne perçut d'abord rien, puis elle ferma le poing et la sensation déferla dans son bras. Elle tenait un arc ! Invisible, immatériel et pourtant réel. Index et majeur droits crochetèrent une corde inexistante et l'amenèrent jusqu'à sa joue.

Elle libéra son souffle et ouvrit les doigts. Une longue flèche noire jaillit du néant et fusa, presque invisible, jusqu'à un arbre distant d'une trentaine de mètres dans lequel elle se ficha profondément.

– Incroyable !

– C'est le mot qu'on utilise souvent la première fois qu'on utilise le gant d'Ambarinal.

– Les flèches sont aussi des dessins ?

– Non, elles sont réelles. Cela dit, si le gant d'Ambarinal s'ajuste parfaitement à la main de son propriétaire, il ne fait pas de lui un tireur émérite.

— Peu importe ! s'exclama Ellana. C'est l'arme la plus redoutable que je connaisse. Je n'ose pas imaginer ce qu'elle donnerait entre les mains d'un homme malveillant...

— C'est pour cette raison que le gant d'Ambarinal appartient aux marchombres.

Ils chevauchèrent encore un long moment et abordèrent de nombreux autres sujets avant qu'Ellana ne revienne sur ce dernier point.

— Les marchombres ne sont jamais malveillants ?

— Non.

— Ils sont donc toujours bienveillants ?

— Non plus. La voie du marchombre évite les notions de bien et de mal. Seule compte la liberté.

— La quête de cette liberté ne conduit-elle pas les marchombres à empiéter sur celle des autres ? Et donc à verser dans le mal ?

Jilano lui jeta un long regard scrutateur. Elle parvenait à le surprendre alors que, sachant à quel point elle était exceptionnelle il était prêt à tout entendre.

— C'est un risque en effet, convint-il. D'autant plus tangible que les marchombres détiennent des pouvoirs importants. C'est pour cette raison qu'existe le Pacte.

— Le Pacte ?

— Le Pacte des marchombres. L'engagement à n'utiliser ses pouvoirs que pour progresser sur la voie et en aucun cas pour dominer les autres. Le Conseil est là pour rappeler la règle.

– Tous les marchombres respectent le Pacte ?
– Tous.

Ellana sentit que la réponse était partielle. Le visage de Jilano s'était toutefois assombri comme s'il ruminait de moroses pensées et elle n'insista pas. Il parlerait lorsqu'il l'aurait décidé et pas avant.

Ce ne fut qu'à la tombée de la nuit, alors que les crépitements de leur feu donnaient la réplique aux grillons, qu'il se décida :

– Le Pacte est la lumière qui éclaire la voie des marchombres. Si la plupart d'entre nous suivent cette lumière, tu dois savoir que certains décident de lui tourner le dos pour s'enfoncer dans l'obscurité.

– Mais l'obscurité ne nous fait pas peur, s'étonna Ellana.

– Ce n'est pas dans le sens de nuit que j'utilise le mot obscurité.

– Je comprends. Et que deviennent ces renégats ?

– Ils possèdent les mêmes pouvoirs que nous, mais les utilisent à des fins diamétralement opposées. Ils sont impitoyables, immoraux et rêvent d'assujettir les Alaviriens à leur soif de puissance. Pour cela, ils se sont regroupés au sein d'une guilde qui place au rang de vertus la haine, la violence et le meurtre. Une guilde qui, depuis des années, s'oppose à la nôtre…

Il se tut et un frisson d'appréhension parcourut le dos d'Ellana. Frisson qui devint trait de glace lorsqu'il poursuivit dans un souffle :
— Les mercenaires du Chaos.

10

Au sortir d'une forêt d'yeuses et d'érables qu'ils avaient mis deux journées entières à traverser, ils découvrirent Al-Chen, mais leurs regards ne s'y attardèrent pas.

L'étendue d'eau qui la bordait était en effet si vaste que la cité, pourtant la deuxième de l'Empire par sa taille et son importance, en devenait minuscule.

– Le lac Chen, expliqua Jilano.

Les deux voyageurs avaient beau se trouver en hauteur et dominer la ville et les environs, ils avaient du mal à discerner l'extrémité occidentale du lac.

– Il est immense ! s'exclama Ellana.

– Immense et profond. Personne n'a jamais réussi à le sonder. À vrai dire, les spécialistes alaviriens de la question se disputent depuis des années pour savoir s'il s'agit d'un lac ou d'une mer intérieure.

– Et votre avis ?

– Peu importe la catégorie dans laquelle il se range, répondit Jilano avec un sourire. Il est là et il est beau. Cela me suffit.

À la grande déception d'Ellana, ils ne gagnèrent pas Al-Chen et les rives du lac. La piste filait droit vers le sud en direction de la capitale à travers une série de collines boisées et Jilano n'avait pas l'intention d'effectuer un détour.

– Nous visiterons Al-Chen une autre fois, lui dit-il. Nous avons un rendez-vous à Al-Jeit et je n'ai aucune envie de le rater.

– Un rendez-vous ? s'étonna Ellana. Avec qui ?

Comme souvent quand il n'avait pas envie de répondre, Jilano demeura silencieux.

Malgré ses efforts, Ellana n'apprit rien de plus.

Au fil des jours, le paysage se transforma.

Les étendues sauvages se peuplèrent de villages dont la taille allait croissant. Les forêts disparurent au profit de vastes champs entretenus avec soin qui jouxtaient désormais la piste, large et pavée.

Ellana contemplait avec surprise l'opulence de la région et de ses habitants, si éloignée des conditions de vie d'Al-Far. Comment l'Empereur pouvait-il tolérer de pareilles disparités entre ses sujets ? Elle s'en ouvrit à Jilano qui prit le temps de réfléchir avant de répondre :

– Les raisons sont sans doute multiples. Sil'Afian, l'Empereur, est monté sur le trône il y a peu de temps, et il est confronté à de gros problèmes de frontière au nord.

– Son père était empereur avant lui, non ? Et, à ma connaissance, les Raïs tentent depuis des siècles d'envahir Gwendalavir...

– Oui, bien sûr. Sache cependant que l'Empire n'existe que depuis mille cinq cents ans et qu'il a été bâti sur des ruines.

– Que voulez-vous dire ?

– Avant l'Empire, Gwendalavir a traversé une période noire, l'Âge de Mort, qui a duré cinq siècles. Cinq siècles durant lesquels une race d'êtres maléfiques a maintenu les hommes en esclavage, allant jusqu'à les élever dans des fermes pour s'en nourrir.

Ellana grimaça, voulut poser une question... Jilano ne lui en laissa pas le temps.

– Lorsque les Alaviriens, menés par le dessinateur mythique que j'ai déjà évoqué...

– Merwyn Ril' Avalon ?

– Oui. Lorsque les Alaviriens ont réussi à se libérer, ils ont dû tout rebâtir. Les dessinateurs sont certes puissants, les Alaviriens courageux et leurs empereurs efficaces, la tâche était et demeure toujours écrasante. L'Empire s'est d'abord développé au sud-est et la différence entre Al-Jeit et Al-Far n'est pas près de s'estomper.

– Je comprends, fit Ellana. Ces êtres maléfiques dont vous avez parlé... Ce sont les Ts'liches ?

– Oui. Un danger bien plus redoutable que les Raïs. N'oublions jamais notre chance qu'ils aient disparu !

Au matin du vingt et unième jour, Al-Jeit apparut.

La cité se dressait au centre d'une plaine verdoyante, si merveilleuse qu'Ellana crut d'abord qu'elle rêvait. Elle arrêta sa monture et se tint immobile, le souffle court, se repaissant en silence du spectacle inouï.

Bastion inexpugnable, un éperon rocheux jaillissait de la plaine et s'élevait à la verticale sur une cinquantaine de mètres. Bâtie à son sommet, comme un songe accompli, la capitale de l'Empire n'était que lumière et défis à la pesanteur, audaces miroitantes et magie des formes.

Une multitude de tours effilées s'élançaient vers le ciel, certaines de verre, d'autres d'or, de jade ou de nacre, des centaines de passerelles arachnéennes s'entrecroisaient en formant un délicat écheveau tandis que d'incroyables coupoles coiffaient des constructions oniriques.

On accédait à la cité par une rampe déliée qui filait droit vers une brèche ouverte au faîte du plateau rocheux. La rampe, comme taillée dans une améthyste géante, étincelait de mille feux oscillant du mauve pâle au violet soutenu. Juste avant d'atteindre la brèche, elle passait sous une impressionnante cascade tombant des hauteurs de la cité.

L'eau rebondissait sur un invisible écran qui la protégeait et, captant la moindre nuance violine, parme ou rosée, jaillissait sur les côtés avant d'achever sa chute lumineuse dans la rivière qui courait autour du plateau.

Comme si la magnificence de la cité avait découragé les bâtisseurs, aucune construction ne s'élevait dans la plaine. Al-Jeit se dressait seule, admirable et hiératique.

Ellana prit conscience que Jilano lui parlait et que, subjuguée par la beauté de la ville, elle n'avait rien entendu.

– J'ai connu un homme qui est resté deux jours entiers à la contempler, répéta le marchombre. Et quand il a eu fini de la contempler, il est mort. Heureux.

Ellana soupira et se tourna vers lui. Elle aurait voulu parler, partager l'émotion qui s'était emparée d'elle... Elle n'y parvint pas.

Jilano hocha la tête. Il comprenait ce qu'elle ressentait. En aurait-il eu besoin, il aurait trouvé dans les yeux embués d'Ellana et dans son silence la confirmation qu'elle était destinée à devenir marchombre.

Élan infini, devenu humain
Émoi devant le parfait équilibre
Larme.

Il ne dit rien. Gage de pureté, la poésie marchombre s'enlaçait aux mots tracés, jamais aux mots prononcés.

11

Ils franchirent au pas la porte d'Améthyste.

Ellana, les yeux écarquillés par l'admiration, rentra la tête dans les épaules en passant sous la cascade et ne put retenir un cri d'émerveillement en arrivant dans la cité.

Une place immense pavée de dalles mauves s'ouvrait devant eux, surplombée par des passerelles de cristal qui s'entrecroisaient et permettaient d'atteindre les niveaux supérieurs des tours. Sur la place, des commerçants volubiles avaient dressé des étals colorés où ils vendaient étoffes chamarrées, pierres précieuses, oiseaux exotiques, épices, livres rares et bijoux travaillés. Une foule bigarrée se pressait dans les allées et sur les avenues aux proportions parfaites qui partaient en étoile de la place.

Jilano confia leurs chevaux à un garçon d'écurie qui venait de lui proposer ses services.

– Nous nous déplacerons plus facilement à pied, expliqua-t-il à Ellana.

Il lança une pièce au garçon et entraîna son élève dans les rues de la capitale.

Ellana baignait dans une douce euphorie. Elle se rappelait sa stupéfaction lorsqu'elle avait découvert Al-Far... Al-Jeit était mille fois plus belle, mille fois plus surprenante, mille fois plus bouleversante.

Elle se laissa guider, le nez en l'air, tâchant de tout voir, de tout sentir, consciente que c'était impossible, qu'une vie ne suffirait sans doute pas à découvrir les innombrables merveilles de la cité. Elle ne consentit à revenir sur terre que lorsque Jilano la poussa dans une taverne dont la porte de bois rouge était surmontée d'une enseigne proclamant : *Le Siffleur fou*.

Le brouhaha de la rue fut remplacé par le bruit feutré de conversations paisibles, émaillées par quelques rires et par les ordres brefs que le patron donnait à son personnel. La taverne, éclairée par les globes lumineux qu'Ellana connaissait bien désormais, était fort différente de celles qu'elle avait eu l'occasion de fréquenter. Pas d'ivrogne ronflant dans les coins, d'odeurs nauséabondes ou de couche de crasse incrustée sur le plateau des tables. Les clients n'avaient rien à voir avec les rustres qui fréquentaient l'établissement d'Hank à Al-Far, la plupart d'entre eux se trouvaient là pour manger et non pour boire, et ce qu'on leur servait sentait bon. Vraiment très bon.

Ellana prit conscience de son ventre qui gargouillait, mais avant qu'elle en ait fait part à Jilano, celui-ci avait adressé un signe de tête à un serveur. L'homme, un grand échalas au crâne rasé, répondit en désignant le fond de la taverne.

Jilano et Ellana descendirent quelques marches et pénétrèrent dans une arrière-salle dont un mur entier était constitué par un seul et unique aquarium. Des poissons multicolores, certains énormes, y nageaient avec indolence tandis que des crustacés aux pinces redoutables se faufilaient entre les roches bleues disposées au fond.

De l'aquarium, mis en valeur par un astucieux éclairage indirect, émanait une lumière tamisée aux reflets mouvants. C'est sans doute pour cette raison, mais aussi parce que son attention était captivée par la ronde des poissons, qu'Ellana ne reconnut pas aussitôt l'homme qui s'était levé à leur arrivée et s'approchait d'eux. Elle tressaillit néanmoins en entendant sa voix :

– Alors, demoiselle, as-tu trouvé la réponse à ta question ?

Ellana se retourna d'un bond.

– Sayanel !

Le marchombre lui adressa un clin d'œil. Il se délectait visiblement de sa surprise et ne résista pas au plaisir de la provoquer un peu.

– Je suis heureux de constater que tu n'es pas enrhumée ! Mon vieil ami Jilano m'a parlé de ta manie des bains glacés, ce qui m'a, je dois te l'avouer, fort étonné. Tu m'avais caché cette... particularité.

Le juron d'Ellana fut couvert par l'éclat de rire de Jilano. Les deux marchombres s'étreignirent avec force, si heureux de se retrouver que la colère d'Ellana s'évanouit.

Elle les observa avec attention. Si Jilano, plus grand et plus large d'épaules, portait les cheveux longs tandis que ceux de Sayanel étaient ras, si l'un avait un regard bleu pâle et l'autre les yeux noisette, si un visage était large avec des pommettes saillantes et l'autre fin et pointu, les deux hommes se ressemblaient pourtant de manière étonnante.

Au-delà de leurs vêtements assez similaires et de leurs voix, calmes et posées, il se dégageait d'eux la même tranquille assurance et leurs mouvements partageaient une fluidité confondante.

Les gens pouvaient-ils vraiment ignorer qu'ils avaient affaire à des marchombres alors que tout en eux le clamait ?

– Venez vous asseoir, fit Sayanel. Nous avons commandé pour vous.

Nous ?

Ellana tourna la tête vers la table que leur désignait Sayanel et son souffle s'accéléra. Comment ne l'avait-elle pas remarqué ? De quelques années plus âgé qu'elle, il était grand, les épaules larges, mais c'était surtout son visage qui attirait l'attention. Des traits réguliers et harmonieux, de longs cheveux d'un blond presque doré, retenus en arrière par un lacet de cuir noir et qui mettaient en valeur un étonnant regard bleu cobalt, un menton volontaire, une bouche bien dessinée... Ellana avait rarement rencontré un garçon aussi beau.

Non.

Elle n'avait jamais rencontré personne d'aussi beau.

Sa réaction n'échappa pas à Sayanel dont les lèvres esquissèrent un sourire discret.

– Ellana, je te présente Nillem, que je tente de guider sur la voie. Nillem, tu connais déjà Jilano, voici Ellana son élève.

Nillem se leva de sa chaise pour s'incliner avec grâce. Un frisson étrange parcourut le dos d'Ellana et elle sentit ses jambes trembler. Elle était pourtant certaine de ne pas être malade... Elle détourna les yeux et se glissa à table, près de Jilano.

Sayanel s'enquit de ce qu'elle avait fait entre le moment où il l'avait quittée et celui où Jilano l'avait trouvée à Al-Far.

– J'ai voulu m'acheter un cheval, lui répondit-elle, mais tu avais raison. Avec ce que j'avais gagné en travaillant pour les Itinérants, j'étais loin du compte.

Elle se tut et Sayanel lui jeta un regard surpris.

– C'est tout ?

– C'est tout ce que j'ai envie de raconter, oui.

Le marchombre n'insista pas. La conversation roula sur les voyages, la politique de l'Empire et l'action des Sentinelles. En les entendant parler des dessinateurs, Ellana comprit tout à coup comment Sayanel s'était débrouillé pour être au courant des moindres détails de sa formation.

– Ce sont les dessinateurs qui vous permettent de rester en contact! s'exclama-t-elle. Ils vous transportent d'un bout à l'autre de l'Empire grâce à leur pas sur le côté.

Jilano secoua la tête d'un air amusé.

– À ce que je sais, il n'y a en Gwendalavir qu'une vingtaine de dessinateurs capables d'effectuer le pas sur le côté et je ne pense pas qu'ils aient une seule fois mis leur pouvoir au service d'un marchombre.

– Mais…

– Le pas sur le côté est réservé à l'Empereur et aux seigneurs des grandes cités. Les dessinateurs ont toutefois mis en place un réseau de communication qui permet d'envoyer et de recevoir des messages dans tout l'Empire. C'est moins extraordinaire qu'un pas sur le côté, en revanche n'importe quel Alavirien peut l'utiliser.

En fin de repas, la formation des deux apprentis fut évoquée. Nillem, qui n'avait presque pas ouvert la bouche, sourit en entendant Jilano raconter l'épisode de la rivière.

– Ainsi tu as eu droit toi aussi aux séances de bain forcé ? s'exclama-t-il.

– Forcé et gelé, rétorqua Ellana en lui rendant son sourire.

– Et l'escalade des tours ?

– Uniquement la nuit quand il pleuvait. Sayanel t'a-t-il fait subir l'épreuve des dix serrures ?

– À ouvrir en dix secondes ? Tous les matins pendant trois mois ! Le lancer de couteau dans le noir ?

– Toutes les nuits depuis trois mois ! Et…

Un raclement de gorge les interrompit. Sayanel et Jilano les regardaient, bras croisés, une lueur amusée dans les yeux.

– Seriez-vous en train de vous plaindre ? demanda Sayanel. Je dois vous avertir que de la part d'élèves en qui nous avons placé quelque espoir, ce serait malvenu !

Nillem rougit, mais Ellana ne se démonta pas.

– Nous ne nous plaignons pas. Nous comparons simplement nos expériences afin de juger l'originalité de nos professeurs. Je dois avouer que je suis un peu déçue !

Sayanel se tourna vers Jilano.

– Tu n'as pas réussi, n'est-ce pas ?

– À lui enseigner mesure et humilité ? Non. Sur ce plan-là, j'admets un échec complet.

– Et le reste ?

– Plutôt bien. Et toi ?

– Ça va.

Ellana et Nillem échangèrent un regard de connivence, mais se gardèrent d'un quelconque commentaire. Les deux maîtres marchombres avaient beau se montrer avares de compliments, ni l'un ni l'autre ne parvenait à dissimuler sa fierté devant les qualités de son élève.

Jilano attendit que le serveur qui débarrassait leur table s'éloigne pour reprendre la parole. Ses traits s'étaient durcis et Ellana comprit que les mots qu'il s'apprêtait à prononcer seraient importants.

– L'amitié qui nous lie, Sayanel et moi, ne justifie pas à elle seule notre présence ici aujourd'hui.

Les maîtres marchombres sont responsables de l'enseignement qu'ils offrent à leurs élèves. Nul n'a un droit de regard sur sa forme ou son contenu. En revanche, quand un maître marchombre considère que son élève a effectué ses premiers vrais pas sur la voie, il doit le présenter au Conseil qui valide son choix et autorise l'élève à poursuivre son apprentissage. Il y a deux mois, Sayanel a présenté Nillem...

Il se tut quelques secondes comme pour ménager son effet, puis poursuivit :

– Ellana, je te présenterai ce soir.

12

Un silence étonné succéda à l'annonce de Jilano.

Ellana jeta un bref coup d'œil à Nillem. Sourcils froncés, il se mordillait les lèvres. La nouvelle l'avait pris au dépourvu. Sayanel affichait en revanche l'air serein de ceux qui sont informés. Elle ouvrit la bouche pour une question, Jilano la devança :

– Je n'ai pas fini. S'il est possible à tout moment de lui présenter un élève, le Conseil ne se réunit en séance plénière qu'une fois par an. Pour l'Ahn-Ju. Ellana, ce soir tu seras présentée au Conseil. Immédiatement après, Nillem et toi passerez les épreuves de l'Ahn-Ju.

Remarquant la mine troublée des deux apprentis, Sayanel prit la relève :

– L'autorisation du Conseil de la guilde est nécessaire pour qu'un élève continue à recevoir un enseignement. C'est un sauf-conduit qui atteste les qualités de l'élève en question, et il est très rare que le Conseil le refuse. En ce qui concerne Ellana, je n'ai aucune crainte. L'Ahn-Ju en revanche est beaucoup plus complexe.

Ellana et Nillem s'étaient penchés vers lui et, concentrés à l'extrême, buvaient ses paroles.

– Lors de l'Ahn-Ju, les apprentis sont évalués par des maîtres marchombres. Ce jury se montre intraitable, pousse les candidats dans leurs derniers retranchements, et ne néglige aucune faille potentielle afin que seuls les meilleurs réussissent.

– Que deviennent ceux qui échouent ? demanda Nillem. Sont-ils tenus de quitter la voie ?

– Non, seul le Conseil de la guilde détient le pouvoir d'interdire la voie et, je te l'ai dit, il est très rare qu'il en fasse usage

– À quoi sert alors l'Ahn-Ju ?

– Sache d'abord qu'il n'est pas obligatoire. Ceux qui ne se présentent pas ou qui se présentent mais échouent sont et restent des marchombres. Sache ensuite que chaque année, des élèves, parmi les meilleurs, y laissent la vie.

Ellana poussa un sifflement.

– Facultatif et mortel ! Qu'est-ce que cet Ahn-Ju a de particulier pour qu'on prenne le risque de s'y présenter ?

– Un marchombre doit avoir passé avec succès les épreuves de l'Ahn-Ju s'il veut obtenir, un jour, le rang de maître et guider à son tour des élèves sur la voie. C'est un moyen efficace de ne pas brader l'enseignement marchombre.

Ellana hocha la tête.

– Ça me semble cohérent.

– Ce n'est pas tout, reprit Sayanel. L'Ahn-Ju est le seul moyen d'accéder à la greffe.

Il s'était exprimé d'une voix tranquille, pourtant ses mots percutèrent la mémoire d'Ellana avec tant de force qu'elle sursauta.

La greffe.

En un éclair, elle revit le fouet jaillissant de la paume de Jilano, sa lanière cinglant l'air avant de se rétracter et de disparaître avec un chuintement feutré.

Était-ce cela la greffe ?

Face à elle Nillem avait marqué la même surprise et dévisageait Sayanel avec une lueur dans les yeux qui ressemblait fort à de la vénération. Ellana se demanda brièvement à quelle scène il avait assisté pour que le mot de greffe le mette dans cet état. Jilano lui offrit un élément de réponse :

– Vous avez tous les deux une idée de ce qu'est la greffe. Une idée très réductrice mais il n'appartient ni à Sayanel ni à moi de vous en révéler davantage. Je vous citerai juste une phrase que l'on prête à Ellundril Chariakin : « La greffe est l'ultime porte sur la voie du marchombre. »

Sayanel sourit devant leurs mines déconfites.

– Nous ne rentrerons pas dans les détails de la greffe, pas avant l'Ahn-Ju. Nous pouvons en revanche répondre à des questions... générales, du moins si vous en avez.

Nillem hocha la tête.

– Toutes les greffes sont-elles semblables à... à la tienne ? s'enquit-il.

– Non. La greffe est en harmonie totale avec le marchombre. Toutes sont différentes puisque chaque marchombre est unique.

– Pourquoi nous présenter aujourd'hui à l'Ahn-Ju ? demanda Ellana. J'ignore depuis quand Nillem suit la voie mais, en ce qui me concerne, marchombre était, il y a quelques mois, un mot vide de sens soufflé par Sayanel une seconde avant qu'il ne disparaisse...

– Il y a trois raisons à cette décision, commença Jilano. La première c'est que la greffe, et donc l'Ahn-Ju, n'est accessible que durant la formation d'un marchombre.

– Une formation qui dure trois ans, le coupa Ellana.

– J'ai dit trois raisons, rétorqua Jilano sans tiquer. La deuxième, c'est que la valeur d'un élève marchombre ne s'évalue pas à l'aune de la durée de sa formation. L'Ahn-Ju est périlleux et un maître a conscience du risque qu'il fait courir à son élève en le poussant dans cette direction. Si nous vous y présentons ce soir, c'est que nous ne doutons pas de votre valeur.

– Et la troisième raison ?

– Elle est plus complexe. La voie du marchombre est, par essence, solitaire. En théorie, un marchombre ne se préoccupe pas de son voisin et ne cherche pas à se mesurer à lui. Seule compte sa propre progression.

– En théorie ? intervint Nillem.

– Oui. Dans les faits, c'est un peu différent. Un apprenti marchombre est d'abord présenté au Conseil. Simple formalité certes, mais premier barrage. Il doit ensuite choisir d'affronter ou non l'Ahn-Ju. Deuxième barrage. Et s'il se présente, il peut très bien échouer. Troisième barrage. Ce fonctionnement qui n'a rien d'injuste génère parfois de la jalousie et des inimitiés.

– Des marchombres jaloux d'autres marchombres ? s'étonna Ellana.

Jilano ne répondit pas, mais son regard valait acquiescement.

Sayanel reprit la parole :

– Nous savons, Jilano et moi, que la guilde est entrée depuis quelque temps dans une période inquiétante. Le Conseil cherche ses marques, des individualités aux aspirations troubles grappillent des miettes de pouvoir, de vieilles rancunes remontent à la surface. N'y voyez aucune prétention mais parmi les marchombres je suis un des meilleurs, et Jilano est encore meilleur que moi. Nous bénéficions d'une renommée flatteuse qui, comme toutes les renommées, possède un revers : les élèves que nous présentons à l'Ahn-Ju subissent des épreuves particulièrement ardues. Nombreux sont ceux qui aimeraient nous blesser en humiliant nos apprentis, ou pire, nous humilier en les blessant.

– Raison de plus pour attendre que nous soyons prêts, non ? s'étonna Ellana.

– Mais vous êtes prêts. La troisième raison de Jilano, à laquelle je me rallie entièrement, est qu'il vaut mieux prendre de court ceux qui ne souhaitent pas que vous réussissiez.

– Ils sont si nombreux que ça ? intervint Nillem.

– Nous l'ignorons encore.

Ellana et Nillem restèrent songeurs un instant, puis Ellana s'ébroua comme pour ordonner ses idées.

– Si j'ai bien suivi, l'Ahn-Ju se déroule ce soir. Il consiste en une série de tests terribles que nous feront passer des marchombres résolus à ce que nous échouions. Un succès, pour incertain qu'il soit, nous ouvrirait l'accès à cette fameuse greffe. Il ne vous reste plus qu'à nous expliquer en quoi consiste cette greffe, comment elle se déroule, où, quand et…

Jilano la fit taire en levant la main.

– Du calme, jeune apprentie. Réussir les épreuves de l'Ahn-Ju ne signifie pas que l'on bénéficiera de la greffe mais simplement que l'on aura le droit d'y prétendre. Chaque chose en son temps. Illustrez-vous ce soir, nous reparlerons plus tard de la greffe.

– Nous n'avons pas droit à un indice ?

Jilano fit mine de réfléchir.

– Si, dit-il. Un seul. L'épreuve de la greffe relègue l'Ahn-Ju au rang d'enfantillage !

13

– Pourquoi ne passons-nous pas l'après-midi avec Sayanel et Nillem ?

– Parce qu'un marchombre, même s'il a des amis, est avant tout un solitaire.

– C'est une règle ?

– En quelque sorte.

Ellana évita avec souplesse un garde impérial qui fendait la foule sans le moindre égard pour ceux qu'il bousculait. Tentée de lui faire un croche-pied, elle s'abstint, non par crainte de quelconques représailles mais parce que la réponse de Jilano la chiffonnait et qu'elle désirait des éclaircissements.

– Si liberté et indépendance deviennent des obligations, sont-elles toujours liberté et indépendance ?

– Que veux-tu dire ? s'enquit Jilano.

– Le marchombre est libre de faire ce qu'il veut, n'est-ce pas ?

– Oui, bien sûr.

– Je repose donc ma question : pourquoi ne passons-nous pas l'après-midi avec Sayanel et Nillem ?

Jilano leva les yeux au ciel et soupira.

– Comment une seule et unique élève peut-elle à la fois combler par ses remarquables qualités le plus exigeant des professeurs et, par ses défauts tout aussi remarquables, exaspérer ce même professeur au point de le rendre fou ?

– Je l'ignore, répondit Ellana sans se démonter. Il est cependant de mon devoir de vous avertir que vous n'avez pas répondu à ma question.

– Et je n'y répondrai pas, demoiselle. À mon tour de t'avertir : insiste encore et je te jure que ce que te feront subir ce soir les maîtres marchombres de l'Ahn-Ju ne sera rien en comparaison de ce que je te ferai subir, moi. Compris ?

Ellana hésita à peine. Une ombre de sourire étirait les lèvres de Jilano, mais elle savait qu'il était sérieux et qu'il n'hésiterait pas une seconde à tenir sa promesse.

– Compris !

Ils déambulèrent jusqu'au soir dans les rues d'Al-Jeit. Ellana, bouche bée devant les merveilles que recelait la capitale, pressait Jilano de questions sur tout ce qui l'entourait. Il satisfaisait de son mieux sa curiosité, tout en dissimulant mal sa stupéfaction. Ellana allait subir une série d'épreuves qui avaient fait reculer bon nombre d'apprentis. Il ne doutait pas une seconde qu'elle soit capable de les surmonter mais il était sidéré de ne déceler en elle aucune inquiétude.

Avait-il assez insisté sur les dangers de l'Ahn-Ju ? Était-elle vraiment prête ?

À ces deux questions il savait pouvoir répondre par l'affirmative, pourtant, alors que la journée tirait à sa fin, qu'Ellana continuait à s'extasier sur les beautés d'Al-Jeit, il ne parvenait plus à contrôler sa propre anxiété...

Les rayons du soleil couchant ensanglantèrent les plus hautes tours de la capitale et, par un prodigieux jeu de miroirs, la cité entière se teinta de rouges, d'ors et d'orangés. Les sphères créées par les élèves dessinateurs de l'Académie s'illuminèrent, contrepoints nacrés de la débauche flamboyante qui avait envahi le ciel. Après une dizaine de minutes de féerie colorée, les ombres s'allongèrent, se multiplièrent et Al-Jeit bascula dans sa phase de vie nocturne.

Jilano guida Ellana dans un entrelacs de ruelles sinueuses, ils empruntèrent une série d'escaliers biscornus puis un passage voûté qui déboucha sur une placette décorée d'une sculpture de verre. Ils longèrent ensuite une coursive ajourée, s'enfoncèrent entre deux bâtiments dépourvus de fenêtres, avant de prendre pied sur une étroite passerelle qui s'enroulait autour d'une tour de jade. Ils en redescendirent par une rampe métallique et se retrouvèrent devant une porte massive, bardée de clous d'acier.

Malgré son poids elle pivota sans bruit lorsque Jilano la poussa. Un couloir taillé dans la roche s'enfonçait en pente douce dans l'obscurité mais, dès qu'ils s'y furent engagés, les sphères placées au plafond s'illuminèrent. Ils marchèrent une trentaine de mètres puis Jilano s'arrêta pour glisser la main dans une anfractuosité de la pierre. Un mécanisme joua et, avec un grincement sonore, un pan de mur coulissa, découvrant un escalier dérobé.

Jilano attrapa le bras d'Ellana avant qu'elle ne s'y engage.

– Le sous-sol d'Al-Jeit est truffé de galeries et de salles secrètes dont la plupart ne sont connues que des marchombres. C'est dans ces salles qu'aura lieu la cérémonie de l'Ahn-Ju. Ellana ?

– Oui ?

– Tu es parfaitement capable de t'en sortir et si j'avais eu le moindre doute à ce sujet, je ne t'aurais pas entraînée ici. Sois toutefois très prudente. C'est la première fois qu'une élève aussi jeune passe l'épreuve et cette particularité risque de t'attirer de redoutables inimitiés.

Ellana lui adressa un clin d'œil joyeux, mais lorsqu'elle répondit sa voix était posée.

– J'ai compris. Ne vous inquiétez pas, je ferai attention.

– Une dernière chose. Il y a déjà eu des morts lors de l'Ahn-Ju. Des accidents regrettables que personne n'avait souhaités. Je ne pense pas que quelqu'un tente sciemment de voler ta vie, toutefois si tu as le moindre doute, n'hésite pas. Frappe la première.

– Vous voulez que...
– Oui.
– Et... si je me trompe ?
– Tu es en harmonie avec la voie, Ellana. Davantage que la plupart des marchombres. Tu sauras discerner le vrai danger de l'illusion.

Ils se glissèrent dans l'escalier, laissant le pan de mur se refermer dans leur dos. Ils descendirent une centaine de marches avant d'entrer dans une salle immense taillée dans la roche, brillamment éclairée par des sphères lumineuses et les feux brûlant dans trois cheminées.

Une cinquantaine de personnes se trouvaient là, debout, discutant à voix basse par petits groupes. Une cinquantaine de marchombres et d'apprentis. Ellana aperçut Sayanel et Nillem à quelques mètres d'eux. Nillem leva le bras dans sa direction, mais avant qu'elle les ait rejoints, le bruit des conversations s'éteignit.

Trois hommes et trois femmes pénétraient dans la salle.

○

Le plus jeune était âgé d'au moins soixante-dix ans, pourtant tous se déplaçaient avec une aisance confondante et il ne vint à l'idée de personne de les aider lorsqu'ils se juchèrent sur l'estrade dressée au fond de la salle.

Les mains croisées derrière le dos, ils se campèrent devant l'assemblée et l'observèrent avec attention.

Lorsque leurs regards se posèrent sur Ellana, et bien qu'ils ne se soient pas attardés, elle eut la sensation qu'ils lisaient dans son âme comme dans un livre ouvert.

– Je m'appelle Ehrlime, déclara une des trois femmes. Je suis le membre le plus âgé du Conseil de la guilde, je suis donc sa voix. Aujourd'hui est un jour particulier, aujourd'hui est le jour de l'Ahn-Ju. Huit maîtres marchombres proposent leurs apprentis. Huit apprentis vont suivre la cérémonie.

La vieille femme se tut et balaya une nouvelle fois l'assemblée de son regard noir.

– Toutefois, reprit-elle, nul ne peut prétendre à la cérémonie de l'Ahn-Ju s'il n'a pas été auparavant autorisé par le Conseil à suivre la voie des marchombres. Aujourd'hui est un jour particulier, aujourd'hui est le jour de l'Ahn-Ju mais aujourd'hui est aussi le jour de la présentation. Un maître marchombre propose son apprentie. Une apprentie se présente devant le Conseil. Maintenant.

Ellana sentit à peine la main de Jilano effleurer son dos.

La gorge nouée, elle s'avança.

14

Ellana se plaça devant l'estrade. Un vide s'était créé autour d'elle et, bien qu'elle sentît sur sa nuque le poids de cinquante regards curieux et eût aimé prendre des forces dans celui de Jilano, elle ne se retourna pas.

Son attention était braquée sur les six marchombres qui la dévisageaient, impassibles.

Leurs visages sillonnés de rides, la blancheur de leurs cheveux ou leurs silhouettes émaciées ne parvenaient pas à gommer la vitalité qui se dégageait d'eux. Ils portaient les vêtements de cuir souple qui, sans être des uniformes, semblaient coutumiers chez les marchombres.

Ehrlime avait fait un pas en avant lorsqu'elle s'était exprimée un instant plus tôt. Ellana ne fut donc pas surprise lorsqu'elle reprit la parole :

– Offre ton identité au Conseil, jeune apprentie.

La voix était douce, l'ordre sans appel.
- Je m'appelle Ellana Caldin.
- Ton âge.

Ellana hésita une fraction de seconde. Elle ignorait son âge exact mais, surtout, se demandait si elle n'avait pas intérêt à se vieillir. Les apprentis qu'elle avait discernés dans l'assemblée étaient tous plus âgés qu'elle, le Conseil ne risquait-il pas de la considérer comme une enfant ? Les yeux noirs d'Ehrlime fixés sur elle la dissuadèrent de chercher à la tromper.

- J'ai quinze ans.

Des murmures étonnés s'élevèrent dans son dos.

Imperturbable, Ehrlime poursuivit son interrogatoire.

- Offre-nous le nom de ton maître.
- Jilano Alhuïn.

Les murmures, qui s'étaient tus, reprirent. Plus marqués.

Ehrlime leva une main pour exiger un silence qu'elle obtint immédiatement.

- Jeune Ellana, je vais te poser une série de questions. À ces questions, tu devras répondre dans l'instant, sans réfléchir, en laissant les mots jaillir de toi comme une cascade vive. Les mots sont un cours d'eau, la source est ton âme. C'est en remontant tes mots jusqu'à ton âme que je saurai discerner si tu peux avancer sur la voie des marchombres. Es-tu prête ?

- Oui.

Une esquisse de sourire traversa le visage ridé d'Ehrlime.

– Qu'y a-t-il au sommet de la montagne ?
– Le ciel.
– Que dit le loup quand il hurle ?
– Joie, force et solitude.
– À qui s'adresse-t-il ?
– À la lune.
– Où va la rivière ?

L'anxiété d'Ellana s'était dissipée. Les questions d'Ehrlime étaient trop imprévues, se succédaient trop rapidement pour qu'elle ait d'autre solution qu'y répondre ainsi qu'on le lui avait demandé. Impossible de tricher. Cette évidence se transforma en une onde paisible dans laquelle elle s'immergea, laissant Ehrlime remonter le cours de ses mots jusqu'à son âme, puisque c'était ce qu'elle désirait.

– Remplir la mer.
– À qui la nuit fait-elle peur ?
– À ceux qui attendent le jour pour voir.
– Combien d'hommes as-tu déjà tués ?
– Deux.
– Es-tu vent ou nuage ?
– Je suis moi.
– Es-tu vent ou nuage ?
– Vent.
– Méritaient-ils la mort ?
– Je l'ignore.
– Es-tu ombre ou lumière ?
– Je suis moi.
– Es-tu ombre ou lumière ?
– Les deux.
– Où se trouve la voie du marchombre ?
– En moi.

Ellana s'exprimait avec aisance, chaque réponse jaillissant d'elle naturellement, comme une expiration après une inspiration. Fluidité. Le sourire sur le visage d'Ehrlime était revenu, plus marqué, et une pointe de jubilation perçait dans sa voix ferme.

– Que devient une larme qui se brise ?
– Une poussière d'étoiles.
– Que fais-tu devant une rivière que tu ne peux pas traverser ?
– Je la traverse.
– Que devient une étoile qui meurt ?
– Un rêve qui vit.
– Offre-moi un mot.
– Silence.
– Un autre.
– Harmonie.
– Un dernier.
– Fluidité.
– L'ours et l'homme se disputent un territoire. Qui a raison ?
– Le chat qui les observe.
– Marie tes trois mots.
– Marchombre.

Ehrlime se tut. Son sourire avait disparu et son regard noir indéchiffrable était toujours braqué sur Ellana. Pendant un long moment le silence régna sur la pièce, puis la vieille femme s'inclina. Avec respect.

– Sois la bienvenue, jeune Ellana. Puisses-tu longtemps arpenter la voie des marchombres.

15

– Je proteste !

La voix s'était élevée dans l'assemblée. Forte et assurée.

Les regards se tournèrent vers l'homme de haute taille vêtu avec ostentation de cuir gris et d'une cape de soie noire qui venait de parler. Il portait un fin collier de barbe et ses cheveux étaient soigneusement plaqués en arrière. Âgé d'une quarantaine d'années, il dégageait une indéniable assurance et ses gestes comme ses paroles étaient empreints d'une autorité naturelle impressionnante.

– Je proteste, répéta-t-il, comme s'il se délectait de l'attention générale que ses paroles avaient suscitée. Depuis quand le Conseil se prononce-t-il après une misérable série de questions ? Depuis quand la voie est-elle ouverte à des gamines sans cervelle ni expérience ?

Plus que le silence qui succéda à la tirade, Ellana remarqua le discret mais éloquent déplacement des groupes dans la salle. Si la plupart des marchombres présents s'étaient reculés de manière à laisser le champ libre à l'orateur, certains s'étaient au contraire rapprochés de lui, marquant implicitement leur accord avec ses paroles.

Jilano, lui, n'avait pas bougé. Un sourire moqueur flottait sur ses lèvres et il se permit même d'adresser un clin d'œil complice à Ellana.

Les membres du Conseil demeuraient silencieux.

Sous le crâne d'Ellana, c'était la tempête. Qu'était-elle censée faire ? Dire ? Le Conseil l'avait autorisée à arpenter la voie. Devait-elle s'estimer insultée par les paroles du marchombre inconnu et réagir en conséquence, ou laisser le Conseil répondre puisqu'il était contesté ?

Sauf que le Conseil ne semblait pas disposé à agir. Ses membres se tenaient immobiles et silencieux, et, n'eussent été leurs regards qui sondaient l'assemblée, on aurait pu les croire statufiés.

– N'importe qui a donc le droit de se prétendre marchombre ? insista l'homme aux cheveux plaqués en arrière. Y compris la soi-disant élève d'un pseudo-marchombre ? Quelques réponses ineptes aux questions insensées d'un Conseil qui verse dans la sénilité et l'affaire est dans le sac ? Est-ce que...

Un éclat de rire lui coupa la parole.

Haut et clair. Suffisamment pour que l'attention générale se focalise sur son auteur.

Jilano.

– Ellana, lança-t-il, l'homme qui, en trois phrases, a réussi l'exploit de t'insulter, de me provoquer, de porter outrage au Conseil et de se ridiculiser une fois de plus aux yeux de ses pairs, cet homme s'appelle Riburn Alqin. Pour t'aider à comprendre le sens de ses aboiements, sache que, lorsqu'il se tenait à ta place, le Conseil a délibéré pendant trois heures avant de l'autoriser à ramper sur la voie. Depuis, Riburn n'a de cesse de chercher chez les autres la médiocrité qu'exsude chacun de ses pores.

– Jilano ! s'exclama Riburn Alqin. Tu dépasses les limites !

Jilano se tourna avec lenteur vers lui. Lorsqu'il parla, ses mots avaient perdu toute légèreté pour se charger d'une mortelle froideur.

– Tu as dépassé les limites, dit-il en insistant sur le tu. Et le temps est venu d'assumer ta stupidité. Ellana, le Conseil a entériné ton rang d'apprentie. Tu as donc le droit d'exiger des excuses. Je pense, quant à moi, que tu en as le devoir.

Ses yeux se fichèrent brièvement dans ceux de sa jeune élève, achevant de lui transmettre en silence ses dernières consignes.

Ellana le comprit à la perfection.

Elle s'avança.

Elle nota d'abord que les groupes avaient de nouveau bougé. Les marchombres qui, par leur présence près de Riburn Alqin, avaient paru lui apporter leur soutien, s'étaient reculés avec discrétion. Il était isolé lorsqu'elle se planta devant lui.

Il la dépassait de deux bonnes têtes et, bien que le revirement de situation semblât l'avoir perturbé, il n'en demeurait pas moins impressionnant. Pourtant, la voix d'Ellana ne vacilla pas lorsqu'elle l'interpella.

– Mon maître a été insulté, j'ai été insultée. J'exige des excuses.

Riburn Alqin blêmit.

– Des excuses ? À une gamine misérable qui brigue une position qu'elle n'atteindra jamais ? Tu rêves !

Du coin de l'œil, Ellana vit Jilano hocher la tête. Ses ultimes scrupules s'évanouirent.

– J'ai du respect pour le Conseil et de l'admiration pour Jilano Alhuïn, dit-elle. Toi tu n'es rien à mes yeux. Je ne t'avertirai donc qu'une fois. J'exige des excuses immédiates. Ou j'irai les chercher dans ton sang.

De pâle, Riburn Alqin devint livide. Il leva les yeux au ciel, comme stupéfait d'une pareille outrecuidance et, dans le même temps, tira un poignard de sa manche et frappa. Son geste était parfaitement calculé. Rapide et précis, il aurait dû éventrer Ellana.

Il ne l'effleura pas.

Ellana avait toujours été un être à part et, depuis des mois, elle s'entraînait avec un marchombre dont les capacités ne le cédaient que devant la légendaire Ellundril Chariakin. Sans en avoir vraiment conscience, elle s'était enfoncée loin sur la voie des marchombres. Très loin.

Après les cours de Jilano, le mouvement de Riburn Alqin lui parut grotesque de lenteur et d'approximation.

Elle évita sans peine la lame qui filait vers son ventre, glissa comme une ombre le long du bras tendu et frappa trois fois.

Du tranchant de la main, du poing et du pied.

Le poignet de Riburn Alqin se brisa avec un bruit sec. Il ouvrit la bouche pour crier, l'air refusa d'entrer dans ses poumons, bloqués par deux côtes qui venaient de céder. Frappées derrière les genoux, ses jambes flanchèrent et il chut lourdement sur le dos.

Déjà Ellana se tenait au-dessus de lui, un poignard plaqué contre sa gorge. Nul n'avait eu le temps d'esquisser le moindre geste. Riburn Alqin écarquilla les yeux en sentant l'acier mordre la chair de son cou.

– Tu devrais l'épargner.

Ellana suspendit son geste.

Un petit homme se tenait accroupi près d'elle. Un visage pointu, une moustache fine, un regard perçant, il avait l'air soucieux et ses mots contenaient un véritable avertissement.

– Je m'appelle Jorune, reprit-il, et si Riburn a mérité ce qui lui arrive, sa mort ne t'apporterait que des ennuis. Tu peux me croire.

Ellana inspira profondément. Tuer Riburn lui apparaissait soudain dénué d'intérêt. Avec un reniflement dédaigneux, elle se redressa.

– Tu ne le regretteras pas, fit Jorune.

Ellana ne l'écoutait plus. Elle chercha Jilano des yeux, mais avant qu'elle ait pu le trouver son regard croisa celui d'Ehrlime. Derrière le masque ridé de la vieille marchombre, elle lut une grande satisfaction. Et une fierté tout aussi grande.

– Le Conseil énonce mais les marchombres vivent, déclara Ehrlime. Et si nul n'impose à un marchombre sa manière de vivre, nul ne fait revenir le Conseil sur ses décisions. Aujourd'hui est un jour particulier, aujourd'hui est le jour de l'Ahn-Ju. Huit maîtres marchombres proposent leurs apprentis. Huit apprentis vont suivre la cérémonie.

Elle prit le temps de balayer l'assemblée de son regard noir avant de poursuivre :

– Les apprentis se présentent devant le Conseil. Maintenant !

16

Ellana ferma les yeux, laissant son ouïe devenir le cœur de son être. C'était sans doute sa seule chance de s'en sortir vivante.

Tout avait pourtant commencé de manière assez classique. Les trois maîtres marchombres qui la testaient l'avaient entraînée dans les profondeurs de la cité, s'enfonçant par des couloirs pentus et des escaliers biscornus loin au-dessous de la surface. Autour d'eux, les sphères lumineuses placées à intervalles réguliers avaient éclairé un décor de plus en plus sauvage jusqu'à ce que murs bâtis et marches polies soient remplacés par des boyaux et des salles creusés dans la pierre par des rivières depuis longtemps disparues.

Les premières épreuves avaient été élémentaires. Escalader, sauter, ramper... Rien qui l'ait mise en réelle difficulté.

On lui avait alors demandé de récupérer un foulard noué à la pointe d'une stalactite loin au-dessus de leurs têtes, à vingt mètres de la plus proche paroi. Un exploit qui aurait paru irréalisable si la présence du foulard n'avait attesté le contraire.

Quelqu'un était monté là-haut pour le fixer, elle pouvait faire la même chose. C'est en se concentrant sur cette idée qu'Ellana était passée à l'action. Elle avait d'abord utilisé sa prodigieuse souplesse pour se hisser comme une danseuse le long d'une concrétion géante luisante d'humidité. Puis elle s'était retrouvée accrochée au plafond et avait dû solliciter l'intégralité de ses forces pour progresser. Afin d'éviter que ses muscles se tétanisent, elle avait alterné les moments où elle avançait à la force des poignets, jambes dans le vide, et ceux où elle coinçait talons ou orteils dans les anfractuosités du plafond, se transformant en mouche humaine.

Elle avait enfin atteint la stalactite. Suspendue d'une main à une prise infime, elle avait dénoué le foulard du bout des doigts, l'avait glissé à sa ceinture avant de jeter un coup d'œil vers le bas. Trente mètres en dessous d'elle, les trois marchombres l'observaient, impassibles. Ils savaient qu'une chute serait mortelle mais aucune trace d'inquiétude ne se lisait sur leur visage. Ils se contentaient d'analyser ses gestes, de jauger son assurance... de la tester.

Elle avait regagné le sol, partagée entre la fierté et l'épuisement. Elle s'était gardée de manifester ses sentiments et avait attendu la suite des réjouissances en faisant jouer ses doigts endoloris.

Les trois marchombres se concertaient à voix basse. Ellana en avait profité pour les observer, se demandant en son for intérieur si, à sa place, ils auraient été capables d'aller récupérer le foulard. Les capacités de Jorune ne faisaient aucun doute. Les mouvements du petit marchombre dégageaient un étonnant mélange de puissance et d'agilité. C'était sans doute lui qui avait noué le foulard à la stalactite. Les deux autres, un homme et une femme, paraissaient moins brillants. Il devait pourtant s'agir de marchombres de renom puisque seuls ceux qui avaient réussi les épreuves de l'Ahn-Ju étaient habilités à tester les apprentis.

La femme, une certaine Ryanda, s'était finalement tournée vers Ellana.

– Nous sommes satisfaits et prêts à t'accorder le droit de tenter la greffe. Tu dois toutefois réussir une dernière épreuve.

Elle avait attendu quelques secondes avant de poursuivre :

– La voie du marchombre est complexe et ardue, souvent obscure. Reflet de ta progression sur cette voie, tu dois regagner, seule et sans aide, la pièce où siège le Conseil. Et pour faire la preuve que tu mérites l'honneur que tu sollicites, tu marcheras...

Ellana avait compris avant que la marchombre ait achevé sa phrase. Elle avait regardé autour d'elle, tentant de graver dans son esprit les détails de l'immense salle au relief chaotique où ils se trouvaient, tentant de se remémorer l'itinéraire complexe qu'ils avaient suivi, tentant de...

– ... dans le noir ! avait achevé Ryanda.

Les sphères lumineuses s'étaient éteintes, plongeant la scène dans l'obscurité totale que seuls connaissent les explorateurs des mondes souterrains.

Ellana avait beau s'y attendre, pendant une folle seconde d'angoisse elle avait perdu pied avec la réalité. Parcourir le chemin du retour dans ce noir absolu ! L'épreuve était-elle réalisable ? Une vague de découragement avait failli la submerger, puis elle s'était reprise, s'invectivant mentalement pour cet accès de faiblesse.

Les trois marchombres s'étaient esquivés sans qu'elle ait pu noter la direction qu'ils empruntaient. À tâtons, elle s'était mise en marche, butant contre les pierres et redoutant à tout instant de tomber dans une crevasse sans fond. Le silence était presque aussi absolu que l'obscurité. Seuls résonnaient le bruit de ses pas et celui des gouttes d'eau tombant du plafond.

Un silence écrasant que le sifflement du poignard, fusant à travers la nuit vers la gorge d'Ellana, avait fait voler en éclats.

Elle avait à peine eu le temps de bouger, la lame avait tracé une ligne de feu sur sa joue avant de se perdre loin derrière elle. Ellana s'était figée, guettant le moindre son, le moindre indice annonçant une nouvelle attaque. Elle n'avait rien entendu. Les mots de Jilano avaient surgi de sa mémoire : « Je ne pense pas que quelqu'un tente sciemment de voler ta vie, mais si tu as le moindre doute n'hésite pas. Frappe la première. »

Ce n'était plus un test. Quelqu'un était résolu à l'éliminer. Et si elle n'agissait pas, il ou elle avait de bonnes chances d'y parvenir. Qui souhaitait sa mort ? Jorune, Ryanda, ou Salvarode, le troisième marchombre ? C'était obligatoirement l'un d'eux, à moins que…

Ellana avait frémi en songeant qu'ils pouvaient très bien avoir décidé ensemble de la supprimer. Elle ne pensait pas que Jorune soit capable d'une telle félonie, il paraissait trop avancé sur la voie des marchombres pour cela, mais ignorer cette éventualité était impossible. Et si c'était le cas, elle se trouvait dans une situation vraiment délicate.

Ellana ferma les yeux, laissant son ouïe devenir le cœur de son être. C'était sans doute sa seule chance de s'en sortir vivante.

Le souvenir de l'ouverture de l'Ahn-Ju s'imposa à elle.

Les huit apprentis se tenaient face au Conseil.

Riburn Alqin avait quitté la salle sur une malédiction proférée dans sa barbe, tandis que les spectateurs se déployaient en demi-cercle derrière les candidats. Nillem s'était glissé près d'Ellana.

– Bien joué, lui avait-il soufflé à l'oreille.

Puis un des membres du Conseil, un homme à la belle prestance, s'était avancé près d'Ehrlime et le silence était devenu total.

– L'Ahn-Ju obéit à trois règles, commença le vieux marchombre d'une voix forte. La première est qu'un maître ne peut en aucun cas tester son élève. La deuxième est que ceux qui testent sont libres de choisir le contenu des épreuves et ne doivent donc de comptes à personne, même en cas de décès d'un candidat. La troisième est que le candidat peut abandonner à tout moment. Il a la vie sauve, toutefois l'Ahn-Ju lui devient à jamais inaccessible. À ceux qui réussissent est confié le secret de la greffe. Rappel est fait que réussir l'Ahn-Ju ne signifie pas obtenir la greffe, mais uniquement le droit de la solliciter.

Un murmure s'était élevé dans l'assemblée et le vieux marchombre avait attendu qu'il s'éteigne pour poursuivre :

– Rappel est fait que, parmi les candidats à l'Ahn-Ju, peu sont élus. Rappel est fait que, parmi ceux-là, peu parviennent jusqu'à l'endroit où se déroule la greffe. Rappel est fait, enfin, que parmi ces derniers peu obtiennent ce qu'ils ont sollicité.

Ellana prit conscience de ses muscles roides et de son souffle court. Tout en s'efforçant de se décontracter, elle jeta un coup d'œil aux autres candidats. Ce qu'elle vit la rassura : ils étaient aussi tendus qu'elle. Peut-être plus.

– L'Ahn-Ju dure deux heures et peut se dérouler n'importe où, reprit le vieil homme. Le candidat est tenu d'obéir aux trois maîtres marchombres qui le testent, tout défaut d'obéissance équivaut à un échec. Le premier candidat est Nillem Ouhl, élève de Sayanel Lyyant. Qui souhaite le tester ?

Ellana retint son souffle. Elle s'attendait à ce que Jilano se propose, mais il n'en fut rien. Deux hommes et une femme s'avancèrent, déclinèrent leur identité au Conseil avant de se tourner vers Nillem. Il les suivit sans un mot.

Deux autres candidats furent appelés avant que ne vienne le tour d'Ellana. Jilano ayant refusé de tester Nillem, elle savait que Sayanel ferait de même pour elle.

– La quatrième candidate est Ellana Caldin, élève de Jilano Alhuïn. Qui souhaite la tester ?

Trois marchombres s'avancèrent. Ellana reconnut Jorune, qui avait intercédé pour que Riburn Alqin ait la vie sauve. Le petit marchombre lui adressa un sourire amical qui la rasséréna.

Ryanda, une jeune femme aux cheveux blonds coupés court, se contenta d'un signe de tête neutre.

Salvarode, le troisième marchombre, faisait partie de ceux qui s'étaient regroupés autour de Riburn Alqin lorsqu'il avait interpellé le Conseil. Dans ses yeux, Ellana discerna une lueur malveillante qui lui fit froid dans le dos. Lorsqu'ils se mirent en route, elle les suivit néanmoins sans hésitation.

Jorune ? Ryanda ? Salvarode ? Les trois ?

Ellana souffla profondément et reprit sa progression. Fermer les yeux ne changeait rien à sa situation, mais elle avait le sentiment en agissant ainsi que son ouïe et, à moindre égard, son sens du toucher gagnaient en acuité.

Elle se glissa entre deux rochers ronds qu'elle avait remarqués à l'aller, sa tête frôla une paroi, un caillou roula sous ses pieds... Comment diable l'assassin qui en voulait à sa vie se déplaçait-il dans cette obscurité et surtout comment parvenait-il à la repérer ?

Elle pressentait qu'une deuxième attaque allait se produire. C'était une question de secondes.

Ellana se figea.

Un bruit infime, à deux ou trois mètres d'elle.

Pas plus.

Un bruit de respiration.

17

Ellana s'aplatit au sol.

Aussi silencieuse qu'un rêve, elle rampa de manière à placer un gros rocher entre elle et la source du bruit. Elle soupçonnait que celui ou celle qui la traquait était capable de voir dans le noir. Comment, sinon, aurait-il ajusté son tir avec autant de précision ?

Son cerveau fonctionnait à une vitesse folle. L'assassin savait qu'elle était là. Pour l'instant il ne la distinguait pas mais il suffisait qu'il se décale d'un mètre pour qu'elle devienne une cible impossible à rater.

Agir. Il fallait agir.

Consciente qu'elle jouait sa vie, elle se redressa lentement.

Jamais elle n'avait écouté avec autant d'intensité.

L'univers se résumait désormais à une bulle de silence. Du bruit le plus infime elle devait tirer un indice lui permettant d'appréhender le monde invisible qui l'entourait. Une goutte d'eau explosa sur une dalle derrière elle. Un caillou roula. Trop loin pour qu'elle lui accorde une bribe de son attention. Un souffle. À sa droite. Pareil à celui que créerait un bras se préparant à un lancer.

Ellana bondit.

Au jugé.

Au même instant, le sifflement caractéristique d'un poignard fendant l'air retentit. Ellana vrilla son corps, sentit une douleur aiguë à son côté gauche et atterrit sur le tireur. Emmêlés, ils roulèrent à terre.

Ellana reçut un coup sur la tempe, un autre dans les côtes qui faillit la faire hurler de douleur, mais elle tint bon. Elle était agrippée à son adversaire et n'avait aucune intention de le lâcher. À son tour elle frappa, du poing et du genou. Au hasard. À son immense satisfaction, elle perçut un grognement de souffrance et sentit nettement un doigt craquer. L'assassin voulut se lever pour fuir. Elle crocheta ses chevilles et il retomba. De nouveaux coups plurent, plus nombreux qu'efficaces. L'un d'eux atteignit toutefois Ellana au côté gauche, à l'endroit précis que le poignard avait touché, puis un autre la cueillit sous le menton. Elle se sentit défaillir.

À moitié inconsciente, elle réussit à dégager une main que la poigne de l'autre broyait, saisit le manche de son poignard, le dégaina et, dans le même mouvement, frappa.

Sa lame s'enfonça dans de la chair.

Avec une violente secousse, son adversaire se dégagea et bondit sur ses pieds. Ellana utilisa ses dernières forces pour l'imiter. Elle brandit son arme dans un dérisoire geste de défense. Que pouvait-elle contre un adversaire qui voyait dans le noir ? Pourtant, le coup qu'elle attendait ne vint pas. Au contraire, un bruit de fuite parvint à ses oreilles.

Sans prendre le temps de réfléchir, elle se lança à la poursuite de son adversaire.

Incapable de se diriger, elle heurta un rocher, s'écorcha un genou, et perdit presque immédiatement sa trace. Il lui avait toutefois offert un précieux indice sur la direction à prendre. Serrant les dents pour juguler la douleur qui irradiait de son flanc, elle continua à avancer.

※

Impossible de compter le nombre de fois où elle tomba, se releva pour tomber encore. Et encore. Elle avait l'impression que son corps entier était devenu une seule et unique ecchymose, mais c'était surtout la blessure à son côté qui l'inquiétait. À travers la déchirure de sa tunique, elle en avait palpé les dimensions, grimaçant lorsqu'elle avait senti un liquide chaud ruisseler sous ses doigts. Elle avait déchiré une de ses manches et l'utilisait comme un pansement de fortune. Qui très vite s'imbiba de sang.

Ellana avançait, guettant le moindre bruit, le moindre frémissement de l'air. Elle savait que si l'assassin revenait à l'attaque, elle avait très peu de chances de s'en tirer, pourtant quelque chose lui soufflait qu'il n'y aurait pas d'autre tentative.

Il l'avait agressée dès que les sphères s'étaient éteintes, comme s'il ne pouvait se permettre d'arriver dans la salle du Conseil trop longtemps après les autres, ce qui aurait signé sa culpabilité. Assassin mais pas fou.

Qu'il n'y ait pas d'autre tentative ne signifiait pas qu'elle était tirée d'affaire. Elle se tordit une cheville entre deux rochers, tomba à genoux, poussant un cri bref lorsqu'une pierre s'enfonça entre ses côtes. En gémissant elle se releva, recommença à marcher.

Elle ignorait depuis combien de temps ce cauchemar avait débuté, ou plutôt si, elle le savait. Depuis une éternité.

Elle avançait.

Dans le noir.

La souffrance était comme une formidable horloge dont les monstrueux battements pulsaient à travers tout son corps.

Elle avançait.

Pour la centième fois, elle se cogna à un rocher, glissa, tomba. Elle ne parvint pas à se relever. Elle devait se reposer. Cesser de bouger pour recouvrer des forces. Elle rampa pour s'écarter de l'angle vif qui lui meurtrissait la nuque.

Angle vif?

Elle tendit la main, palpa la pierre taillée avec soin, parfaitement plane.

Une marche.

La première marche de l'escalier qui conduisait à la salle du Conseil. À son salut.

Jamais elle ne sut comment elle avait atteint le sommet. De l'ascension elle ne conserva que le souvenir brumeux d'une souffrance terrible teintée d'un désir non moins terrible de renoncement. Lâcher prise. Abandonner.

Elle continua.

Les premiers rais de lumière l'aveuglèrent, l'obligeant à s'arrêter pour laisser le temps à sa vue de retrouver sa place parmi ses sens. Lorsqu'elle fut capable de regarder autour d'elle sans cligner des yeux, elle reprit sa route, s'appuyant aux murs pour ne pas s'écrouler.

L'unique regard qu'elle avait jeté à sa blessure lui avait suffi pour comprendre qu'elle avait de la chance d'être encore en vie et qu'elle ne le resterait pas longtemps si elle ne trouvait pas très vite de l'aide.

Des bruits de voix parvinrent à ses oreilles. Se pouvait-il qu'elle soit arrivée ? Elle gravit une dernière volée de marches avec le sentiment d'escalader une montagne et atteignit le seuil de la salle du Conseil.

La plupart des marchombres qui avaient assisté au début de l'Ahn-Ju se trouvaient là, plongés dans une discussion houleuse.

– Non ! vociférait Ehrlime. Tu n'as pas le droit de partir à sa recherche !

– Nul ne décide de mon droit, rétorqua Jilano. J'y vais et je déconseille à quiconque de se mettre en travers de mon chemin !

Ellana ouvrit la bouche pour l'appeler mais seul un gémissement inaudible sortit de ses lèvres desséchées.

– Elle est là !

Jorune, qui avait crié, courait dans sa direction.

– Non !

Le hurlement de Jilano vrilla l'air. Le marchombre tendit devant lui un poing ganté de noir et une flèche jaillit du néant. Elle traversa la salle en vrombissant et se ficha dans une poutre à dix centimètres de Jorune qui s'arrêta net.

– Non ! répéta Jilano sur un ton qui n'admettait aucune réplique. Je tue le premier qui l'approche !

Ellana le vit arriver vers elle en courant. Du coin de l'œil, elle aperçut Sayanel et Nillem prendre position pour couvrir ses arrières, puis un frisson glacial parcourut son corps et elle se sentit basculer dans le noir.

Encore le noir.

Jilano eut juste le temps de tendre les bras pour la rattraper.

18

Elle traverse un bois de bouleaux dont l'écorce blanche accroche les rayons de lune, longe un étang à la surface étale où des centaines de grenouilles se donnent la réplique en coassant, puis débouche sur une prairie d'un gris uniforme qui descend en pente douce vers un ruisseau et l'orée d'une nouvelle forêt.

Les vestiges d'une dizaine de chariots se dressent là, affaissés sur leurs essieux brisés, leurs timons pointant vers le ciel comme autant de malédictions muettes. Des haillons de toile pendent aux arceaux, se balançant doucement dans la brise nocturne, parant la scène d'une touche de désespoir lugubre.

Elle passe la main sur le bois rongé par les intempéries du premier chariot. Son regard se perd dans les hautes herbes, cherchant un improbable indice de présence humaine. Elle ne découvre rien. Personne ne vit ici.

Elle avance encore, longeant les carcasses des chariots et les misérables restes qu'ils contiennent, débris de caisses, outils brisés, un pot de terre miraculeusement intact...

Puis elle se fige.

Sur un plancher ravagé, une trappe béante retenue par son ultime charnière hurle vers elle un appel silencieux. Un appel mille fois entendu. Mille fois écouté. Irrésistible.

Elle se hisse sur le chariot et, en bloquant son souffle, s'approche de la trappe. Elle s'ouvre sur un compartiment tout en longueur, à peine assez grand pour contenir un enfant.

Une petite fille.

Elle s'y glisse pourtant sans difficulté, goûtant un étrange réconfort à sentir la dureté du bois sous sa nuque. Profitant de la sérénité qui s'est installée en elle, une vérité s'approche de son esprit. Doucement, presque en rampant. Une vérité essentielle. Une vérité primordiale. La vérité.

Alors qu'elle ne se trouve plus qu'à une infime distance de sa raison, la trappe se referme avec un claquement lugubre, plongeant le compartiment dans le noir.

Le noir.

Elle ouvre la bouche pour hurler, le noir s'engouffre en elle, la réduisant au silence, s'infiltrant dans chacune de ses cellules, distillant un froid terrible, un froid de mort.

Noir.

Lumière.

Une main s'est posée sur son cœur, une autre sur son front.

La trappe s'ouvre, disparaît, comme disparaissent les chariots, la prairie grise et la nuit.

Une voix s'élève, douce et assurée, chassant les dernières volutes de noir :

– *Elle est tirée d'affaire, mais vous êtes arrivés à temps. À dix minutes près, je déroulais mon rêve sur un cadavre.*

Une deuxième voix se fait entendre, anxieuse, celle de Jilano :

– *Quand sortira-t-elle de l'inconscience ?*

– *Elle n'est plus inconsciente. N'est-ce pas, demoiselle ?*

Ellana ouvre les yeux.

✱

Plus tard, alors qu'Ellana contemplait, incrédule, la fine ligne blanche qui courait sur son flanc, unique trace de la blessure qui avait failli l'emporter, la porte de sa chambre s'ouvrit. Jilano entra.

– Profites-en bien, lui lança-t-il. Demain elle aura disparu.

– Ces hommes, ces rêveurs comme vous les appelez, sont des magiciens !

– Non, jeune apprentie, ils possèdent certes un don mais, au-delà de ce don, ils étudient beaucoup et suivent une voie qui leur est propre : la voie du rêve. C'est le rêve de l'un d'eux qui t'a sauvée et non une quelconque magie. Les rêveurs sont capables de guérir la plupart des blessures.

Ellana jeta un coup d'œil à la chambre sobre mais confortable où ils se trouvaient. À son réveil, Jilano ne lui avait pratiquement pas parlé et l'homme qui, à trois reprises, était entré pour s'enquérir de son état n'avait pas prononcé deux mots.

– Si vous me racontiez tout ?
– Ce sera vite fait. Tu as perdu connaissance dans la salle du Conseil et ta blessure était trop sérieuse pour que quiconque, autre qu'un rêveur, puisse te sauver. Je t'ai emmenée à Fériane.
– Fériane ?
– C'est la confrérie principale de la guilde des rêveurs. Elle se dresse à une soixantaine de kilomètres au nord-est d'Al-Jeit.
– Soixante kilomètres ? Je croyais que j'étais mourante !
– Tu l'étais. J'ai convaincu un dessinateur du palais de te transporter grâce à un pas sur le côté.
– Mais vous m'avez expliqué que le pas sur le côté était réservé à...

Jilano posa la main sur son bras pour lui intimer le silence. Il fixa sur elle ses yeux bleu pâle.

– Tu es mon élève, Ellana. L'élève que j'ai attendue pendant plus de vingt ans. L'Empereur lui-même n'aurait pu m'empêcher de te sauver !

Elle resta silencieuse, consciente que si Jilano venait de lui offrir son cœur, il n'apprécierait pas un commentaire, quel qu'il soit. Ce fut donc lui qui reprit :

– Ce que je craignais s'est produit. Un des marchombres qui te testaient a tenté de te tuer et a bien failli y parvenir. Je n'ai pas réussi à savoir qui, mais il faut dire à ma décharge que je n'ai pas eu l'opportunité de me pencher sur la question.

– Nous nous sommes battus. Il est blessé. Il doit avoir un doigt cassé et j'ai réussi à le toucher avec mon poignard.

– Pas assez gravement pour que cela se remarque.

– Notre combat a duré un moment. Sont-ils arrivés ensemble dans la salle ?

– Oui.

– Se pourrait-il alors qu'ils soient tous les trois de mèche ?

– Possible mais peu probable. Les épreuves qu'ils t'ont imposées étaient difficiles mais réalisables. Si, ensemble, ils avaient voulu ta mort, ils auraient exigé de toi un exploit impossible, tu te serais brisé le cou et personne n'aurait pu protester. Non, je crois que celui qui a agi a agi seul. Celui ou celle.

– Il voit dans le noir.

Jilano demeura pensif un instant.

– C'est un indice intéressant qui ne suffit malheureusement pas, déclara-t-il enfin. Jorune, Ryanda et Salvarode ont tous les trois été greffés. Outre que les marchombres révèlent rarement la nature de la greffe qu'ils ont reçue, plus de la moitié des changements qui lui sont dus affectent les yeux. Tu as noté autre chose ?

– Non, mis à part que Salvarode semblait proche du marchombre que j'ai affronté devant le Conseil.

– Riburn Alqin ? Oublie-le ! Il est puant mais guère plus dangereux qu'une larve. Je crains que nous ne devions patienter pour élucider ce mystère.

– Nous ne rentrons pas à Al-Jeit ? s'étonna Ellana. Je suis parfaitement remise. Je peux…

– Non, la coupa Jilano. Nous mettrons la main plus tard sur celui qui a tenté de te tuer et nous trouverons par la même occasion les raisons de son geste. Pour l'instant, une tâche plus importante t'attend.

– Je ne comprends pas.

– Huit apprentis se sont présentés à l'Ahn-Ju. Trois ont réussi les épreuves.

– Seulement trois ?

– La greffe se mérite, jeune fille. Tu fais désormais partie des rares élèves qui peuvent y prétendre.

Il sourit avant de poursuivre :

– Il te faut maintenant gagner le Rentaï.

– Le Rentaï ?

– C'est l'endroit où la greffe est accordée aux marchombres qui la méritent. Tu vas devoir franchir les montagnes de l'Est, passer la Grande Faille, traverser le désert des Murmures jusqu'au Rentaï, l'escalader et demander ton dû.

Ellana poussa un sifflement.

– Jolie balade. Heureusement que les rêveurs m'ont remise sur pied. Quand devons-nous partir ?

– Les maîtres n'accompagnent jamais leurs apprentis.

Nouveau sifflement, marqué d'une pointe d'inquiétude.

– Intéressant ! Quand dois-je partir ?

– Dans une dizaine de jours. Ta blessure est certes refermée mais les rêveurs ont insisté pour que tu prennes du repos avant de te lancer dans une quelconque aventure. Sayanel s'est fait prêter une maison à une dizaine de kilomètres de la confrérie. Nous l'y rejoindrons cet après-midi.

– Sayanel ?

– Oui. Nillem a réussi l'Ahn-Ju lui aussi. Vous voyagerez ensemble vers le Rentaï.

19

Le soleil était proche de son zénith. Les champs cultivés avaient cédé la place à des prés sauvages constellés de bosquets qui peu à peu devenaient forêt. Assise sur un rocher couvert de lichen blanc, Ellana humait avec délices les effluves printaniers qui lui rappelaient son enfance chez les Petits. Nillem dut répéter trois fois sa question pour qu'elle lui accorde son attention.

– Jilano t'a-t-il montré une carte du sud-est de Gwendalavir ?

– Oui.

– Et t'a-t-il expliqué pourquoi nous ne franchissions pas les montagnes plus au sud ?

– Non.

Nillem grimaça.

– On ne peut pas dire que tu sois curieuse. La Grande Faille est un canyon qui longe la face est des montagnes puis bifurque pour rejoindre la mer des Brumes. La Voleuse, une rivière judicieusement nommée, collecte les eaux qui descendent des sommets avant de se jeter dans la Grande Faille. C'est une des raisons de l'existence du désert des Murmures.

Ellana haussa les épaules, avant de mordre dans le pain d'herbes garni de viande de coureur qu'elle tenait à la main.

– Jolie leçon de géographie, se moqua-t-elle en souriant. Où veux-tu en venir ?

– Au simple fait que si nous redescendions vers Al-Jeit avant de nous lancer dans la traversée des montagnes, nous n'aurions à franchir que la Voleuse et non la Grande Faille. Une rivière plutôt qu'un canyon. Tu me suis ?

– Très bien. Et toi, tu me suis ?

– Que veux-tu dire ?

– Que la pause est finie.

Ellana se leva. Sa blessure ne la faisait plus souffrir, pourtant, comme les rêveurs l'avaient prédit, elle n'avait pas encore recouvré l'ensemble de ses forces. Loin de là. Affaiblie, elle rageait de devoir attendre alors qu'elle rêvait de partir à l'assaut de cet énigmatique Rentaï mais elle avait bien trop confiance en Jilano pour ne pas écouter ses incitations à la patience et à la prudence…

Le maître marchombre avait repris l'entraînement de sa jeune élève dès qu'ils avaient quitté Fériane. Il avait d'abord insisté sur la souplesse, veillant à ne pas solliciter son abdomen blessé, lui imposant en guise de traitement de longues séances de gestuelle marchombre et d'exercices de respiration qui, étrangement, la laissaient à la fois revigorée et épuisée. Le troisième jour, elle avait enfin retrouvé son arc et son poignard puis, le lendemain, elle avait eu droit à son premier combat à mains nues.

La maison, prêtée par un ami de Sayanel, était une bâtisse massive, ceinte d'un haut mur de pierre blonde et ombragée par les épaisses frondaisons de six charmes bleus impressionnants. Elle se dressait dans une combe, à l'est de Fériane et, bien qu'elle fût entourée de vignes et d'arbres fruitiers, elle semblait avoir été conçue davantage comme un lieu de villégiature que comme une ferme. Le maître de maison étant absent, les deux marchombres et leurs élèves profitaient seuls de son espace et de sa fraîcheur.

Nillem s'était joint à Ellana et Jilano dès le premier jour, alors que, debout sur une barre rocheuse dominant un champ de cerisiers en fleur, ils enchaînaient côte à côte des séries de mouvements dont la lenteur n'avait d'égale que la fluidité. Jilano l'avait accueilli sans un mot et Nillem s'était immédiatement immergé dans la gestuelle marchombre, son rythme se calquant à la perfection sur celui de ses amis.

L'harmonie de la gestuelle n'avait pas vacillé, pourtant Ellana avait senti confusément quelque chose d'important se modifier. Pour la première fois, un étranger s'immisçait dans la relation tissée avec Jilano.

Les jours suivants avaient confirmé ce sentiment.

Nillem et elle avaient désormais deux professeurs. Jilano et Sayanel avaient désormais deux élèves. Rien n'était plus pareil.

Elle n'était plus seule.

La situation l'avait d'abord gênée, elle avait l'impression que le lien lumineux qui l'unissait à Jilano pâtissait de cette promiscuité, puis elle avait changé d'avis. Sayanel était un marchombre extraordinaire, Nillem un compagnon idéal et, surtout, sa relation avec Jilano était trop solide pour se trouver menacée.

Elle avait voyagé avec Sayanel. Elle le connaissait et l'appréciait beaucoup. Avec Nillem, elle découvrait les joies de la compétition et la force de l'émulation. Au fil des jours, leurs entraînements s'étaient transformés en défis sans cesse plus audacieux.

Nillem sortait la plupart du temps vainqueur de ces joutes amicales. Il était brillant. À la fois vif et puissant, souple et robuste, intuitif et réfléchi, il réussissait avec aisance des exploits qui émerveillaient Ellana.

– Ce n'est pas juste, lui disait-il souvent, tu es blessée. Lorsque tu seras remise, je suis sûr que tu feras aussi bien que moi.

Ellana se contentait de sourire. Elle avait beau ne pas être au sommet de sa forme, elle avait conscience que Nillem la surpassait dans de nombreux domaines.

Elle n'en éprouvait toutefois aucun ressentiment. Elle savait qu'elle progressait chaque jour un peu plus, ce qui suffisait à la combler. Elle savait également que Nillem ne pensait pas vraiment ce qu'il disait lorsqu'il prétendait qu'elle était aussi forte que lui. Et cela, en revanche, la gênait un peu...

Le matin même, Sayanel les avait interpellés.

– J'ai vu passer un vol de crissanes dorées au lever du soleil. Elles se dirigeaient vers les collines là-bas. En partant maintenant vous pouvez être de retour pour qu'on en mange une à midi.

Nillem avait haussé les sourcils.

– Toute cette marche pour une volaille !

Les traits de Sayanel étaient restés impénétrables lorsqu'il avait répondu.

– Les crissanes ne sont pas des volailles mais du gibier. Un gibier rare à la chair savoureuse. Un gibier difficile et retors. Seuls les meilleurs pisteurs sachant se déplacer avec la plus grande discrétion peuvent espérer en tirer une et seuls les meilleurs archers peuvent espérer en toucher une.

Un immense sourire avait barré le visage de Nillem.

– Alors nous aurons de la crissane au déjeuner ! avait-il annoncé.

Ellana avait levé les yeux au ciel.

– Je n'aime pas particulièrement la volaille, même rare et savoureuse. Je suppose toutefois que je n'ai pas le choix et que je dois quand même partir chasser la crissane dorée ?

Un hochement de tête avait été la seule réponse à laquelle elle avait eu droit.

Nillem et Ellana avaient marché plusieurs heures avant que, fatiguée, elle ne demande une pause. Il la lui avait accordée de bon cœur en s'excusant d'avoir oublié sa blessure et en avait profité pour lui faire part à nouveau de ses inquiétudes sur le trajet qui les attendait lorsqu'ils partiraient pour le Rentaï.

– Je ne comprends pas, insista-t-il lorsqu'ils se furent remis en route. Passer au sud aurait été plus facile que traverser les montagnes à hauteur de Tintiane. Tu es sûre que Jilano ne t'a pas expliqué les raisons de son choix ?

– Certaine. Elles sont trop évidentes pour qu'il se soit donné cette peine.

Nillem s'arrêta brusquement.

– Que veux-tu dire ?

– Le troisième apprenti à avoir réussi l'Ahn-Ju s'appelle Urjik. Il empruntera certainement un des cols au sud de l'Empire et remontera la Voleuse jusqu'au niveau du Rentaï, ce qui représentera un voyage beaucoup plus facile que celui qui nous attend.

– C'est bien ce que je m'éreinte à t'expliquer. Il ne…

– Sauf que personne n'a cherché à le tuer pendant les épreuves ! le coupa Ellana d'une voix plus dure qu'elle ne l'aurait voulu. Peu lui importe que son trajet soit prévisible par quiconque sait où se trouve le Rentaï. Personne n'en veut à sa vie. Il ne risque rien. Ce n'est pas mon cas et sans doute pas le tien non plus. Jilano et Sayanel ont prévu un itinéraire qui interdira les embuscades.

Nillem s'empourpra. La raison du détour que leur imposaient leurs professeurs était, en effet, on ne peut plus limpide. S'être montré incapable de la deviner le faisait passer pour un imbécile aux yeux d'Ellana et il...

Un trait doré filant au-dessus de leurs têtes lui offrit une diversion inespérée. Avec une rapidité ahurissante, il encocha une flèche et banda son arc. Trop tard. La crissane, si c'était bien une crissane, avait disparu derrière les arbres.

Toute gêne oubliée, Nillem et Ellana échangèrent un sourire complice et, arcs à la main, se glissèrent comme deux ombres entre les troncs.

20

Pendant dix minutes ils évoluèrent dans le sous-bois, leurs sens en éveil, prêts à décocher une flèche mortelle. Ils se faufilaient sous les buissons avec aisance, se plaquaient contre les fûts les plus épais pour écouter les bruits sylvestres avant de reprendre leur progression, souples et silencieux.

Par un accord tacite, ils s'étaient écartés l'un de l'autre, à la fois pour augmenter leurs chances de surprendre leur proie mais aussi parce que, sans qu'ils l'aient projeté, leur chasse avait pris rang de défi. Ils ne doutaient pas être capables d'abattre une crissane. Ils se demandaient seulement qui y parviendrait le premier.

De temps à autre, par une trouée entre les arbres, Nillem jetait un coup d'œil à Ellana. C'était la première fois qu'il la voyait se déplacer dans une forêt et il en restait stupéfait. Comment parvenait-elle à se couler dans les buissons avec une telle fluidité ? Marcher sur ces branches mortes sans qu'aucune ne craque ? Qui lui avait enseigné cette discrétion animale ? À la voir, il se trouvait presque balourd, alors qu'il n'entretenait pourtant aucun doute sur ses capacités.

Lorsque Ellana se glissa sous les frondaisons basses d'un rougeoyeur, le cœur de Nillem se serra.

Elle était belle.

Beaucoup plus belle qu'il ne l'avait remarqué jusqu'alors.

Il caressa des yeux sa silhouette élancée. Tout en elle était grâce et énergie sauvage. Ses muscles fins et déliés, sa peau hâlée, ses cheveux noirs et brillants ramassés en une longue natte qui lui battait les épaules et, surtout, sa manière de se mouvoir. Parfaite.

Il infléchit sa progression pour la rejoindre. Alors qu'il n'était plus qu'à cinq mètres d'elle, Ellana pivota, mit un genou à terre, pointa son arc vers le haut et lâcha une flèche. L'action n'avait pas duré une seconde.

Nillem leva la tête : une crissane basculait de la haute cime où elle s'était perchée, immobile, silencieuse et presque invisible. Au même instant, un reflet doré sur sa droite attira son attention. Un mouvement entre les branches. Une deuxième crissane avait jailli et filait à toute vitesse vers le ciel. Déjà loin. Trop loin. Nillem tira quand même. Un tir acrobatique, un angle improbable, une distance rédhibitoire... Sa flèche traversa le cou de l'oiseau.

Il poussa un cri de joie et bondit par-dessus les buissons pour aller chercher son gibier. Il revint vers Ellana, un immense sourire barrant son visage.

– Tu as touché la tienne la première, mais la mienne est plus grosse, remarqua-t-il.

– C'est vrai, lui accorda-t-elle, et ton tir a été impressionnant. Je ne pensais pas que tu l'atteindrais.

– Ton tir aussi était formidable.

Il la dévorait du regard, une lueur nouvelle dans les yeux qui, soudain, la mit mal à l'aise.

– Allez, grand chasseur, lança-t-elle pour se donner une contenance. Si nous arrivons en retard, Sayanel ne s'estimera pas satisfait !

Il lui répondit par une grimace qui la fit rire et se mit en marche. Rassérénée, elle lui emboîta le pas. Elle le détailla de la tête aux pieds alors qu'il avançait devant elle, cherchant le passage le plus court pour sortir de la forêt. Grand, bien bâti, il portait les mêmes vêtements de cuir souple qu'elle et il émanait de ses gestes un mélange de finesse et de force qu'elle trouvait fascinant. Miroir masculin de ce qu'elle-même dégageait, il était la première personne de son âge avec qui elle pouvait tout partager. Toute réticence oubliée, elle se réjouit de l'avoir rencontré.

Sayanel avait raison. La chair de crissane était délicieuse. Pendant le repas, Nillem fit l'éloge des qualités d'Ellana et lorsqu'elle lui rendit la pareille, il s'inclina avec grâce.

– Je tire peut-être mieux à l'arc que toi, convint-il, mais tu te déplaces en forêt avec beaucoup plus d'aisance que je n'en fais preuve. Je vais devoir travailler ce point si je veux te surpasser.

– La comparaison de vos qualités respectives vous est-elle vraiment nécessaire ? s'enquit Jilano en saisissant une aile de crissane dans le plat.

Ellana haussa les épaules pour montrer le peu d'importance qu'elle accordait à ce type de comparaison mais Nillem prit la question très au sérieux.

– Bien sûr, répondit-il après avoir jeté un coup d'œil à Sayanel. J'ai eu l'occasion de croiser quelques apprentis marchombres et il est évident qu'Ellana est beaucoup plus avancée qu'eux sur la voie. Me mesurer à elle est une chance. Je peux ainsi cerner mes faiblesses. Continuer à progresser. Sans notre balade de ce matin, je n'aurais sans doute pas compris que j'avais tant de choses à apprendre sur la manière de me déplacer dans les bois. Maintenant je vais travailler jusqu'à devenir meilleur qu'elle.

– Ellana ? questionna Jilano en tournant la tête vers son élève.

– Les défis que nous nous jetons depuis une semaine, Nillem et moi, ne sont que des jeux.

– Mais encore ?

La voix du marchombre avait perdu sa légèreté et Ellana se tendit. Elle n'avait pas envie d'analyser la relation qui commençait à se bâtir entre eux, elle se sentait bien avec lui, cela lui suffisait, mais puisque Jilano insistait…

– Il n'y a qu'une personne à laquelle j'ai envie et besoin de me mesurer, et ce n'est pas Nillem.
– Qui alors?
– Moi.
Sayanel hocha la tête.
– J'aimerais en entendre davantage.
– C'est difficile à expliquer.
– Essaie.
Ellana soupira puis se lança :
– Nillem tire mieux à l'arc que moi. Si je me fixe comme but de devenir plus forte que lui, j'y parviendrai peut-être, mais qu'adviendra-t-il ensuite? Quel rival chercherai-je à dépasser lorsque je serai la plus grande archère au monde?
– Devenir la meilleure au monde ne te semble pas un objectif suffisant? s'étonna Nillem.
– Non, parce qu'il est accessible et marque donc une fin, alors que la voie des marchombres est infinie. Si, en revanche, je cherche à devenir meilleure que moi-même, je ne m'arrêterai jamais.
Jilano prit la parole, une flamme douce dans ses yeux bleu pâle.
– J'ai pourtant l'impression lorsque je t'entraîne que tu tentes de m'égaler. Peut-être même de me surpasser...
– Non, répondit Ellana avec ferveur. Ce n'est pas vrai. Pas vous! Vous me guidez sur la voie et je vous suis. Vous croyez en moi et je progresse. Je... je...
Sa voix se brisa.
Ce qu'elle ressentait se situait au-delà des mots, si fort, si vrai, et elle rageait de ne pas pouvoir l'exprimer.

Ce fut Sayanel qui lui tendit un stylet. Elle le saisit avec un regard reconnaissant et, sans réfléchir, traça trois lignes sur le bois de la table.

Force lumineuse et bienveillante
Gratitude infinie pour celui qui guide
Respect.

Jilano porta la main droite à son cœur. Aucun mot ne sortit de sa bouche.

Seuls ses yeux parlèrent.

21

Trois jours s'écoulèrent. Ellana avait parfaitement récupéré et se demandait avec un brin d'impatience ce qui incitait Jilano à sans cesse repousser le moment du départ. La demeure était certes agréable, le cadre idyllique, et le marchombre appréciait la compagnie de son vieil ami Sayanel, mais jamais elle ne l'avait vu tergiverser autant.

Il lui offrit un élément de réponse un matin où, Sayanel et Nillem étant partis gravir une falaise proche, il l'entraînait à affronter à mains nues un adversaire armé. Il s'était taillé pour l'occasion un bâton long d'un mètre dans une branche de palissandre et l'avait poli jusqu'à le rendre aussi lisse que du verre.

Depuis plus de deux heures, il l'attaquait sans relâche, variant la forme et la puissance de ses coups pour l'amener à percevoir avec son corps entier le rythme d'un escrimeur et à réagir avec efficacité.

– C'est bien, la félicita-t-il lorsque, pour la quatrième fois consécutive, elle fut parvenue à éviter son sabre de bois et à toucher sa poitrine du bout des doigts.

Il baissa son arme de fortune, lui montrant ainsi qu'elle avait droit à une pause. Elle marcha jusqu'à une fontaine proche pour se rafraîchir le visage et but une longue goulée d'eau. Jilano, qui l'avait suivie, l'imita avant de se tourner vers elle.

– Il y a deux raisons qui, en fait, n'en forment qu'une, lui dit-il.

Elle ne fut pas surprise. Jilano aimait s'exprimer par phrases sibyllines et, au fil du temps, elle avait appris à décoder ses paroles. Elle savait de quoi il parlait.

– Je n'ai posé aucune question, répondit-elle néanmoins.

– Je sais et c'est pour cela que je t'offre une réponse.

– Dans ce cas je vous écoute.

Jilano s'assit sur le bord de la fontaine.

– Qu'on le veuille ou non, réussir l'Ahn-Ju est indispensable à qui veut arpenter la voie. Les apprentis qui ne se risquent pas à passer l'épreuve ou qui échouent peuvent devenir de bons marchombres mais ils ne goûteront jamais la saveur du vent ni ne percevront le murmure de la brume.

Debout devant lui, Ellana l'écoutait avec attention.

– L'épreuve du Rentaï n'a rien à voir avec l'Ahn-Ju et je n'essaierai même pas de te la décrire. Ce que tu dois savoir c'est qu'il n'y a aucune différence de valeur entre les marchombres qui ont obtenu la greffe et ceux à qui elle a été refusée. Le Rentaï modifie en profondeur tous ceux qui l'approchent. En profondeur et de manière irrémédiable.

Un sourire amer étira ses lèvres.

– Tu mourras peut-être pendant ton voyage. C'est pour cette raison que je prends mon temps avant de t'envoyer de l'autre côté du désert des Murmures. Pour cette raison et parce que si tu ne meurs pas, tu ne seras plus jamais la même.

Sayanel et Nillem revinrent peu de temps après.

Jilano lança son bâton à Nillem qui l'attrapa avec adresse.

– Cinq attaques, fit le marchombre. Un point pour toi si tu touches Ellana, un point pour elle si elle parvient à s'emparer de ce lacet.

Il saisit un lien de cuir dans sa poche et le noua sur le devant de la tunique de Nillem qui se mit aussitôt en garde. Ellana se contenta de reculer d'un pas. Si en dix jours elle s'était entraînée à de multiples reprises avec Nillem, jamais encore elle ne l'avait affronté en combat singulier. Elle n'en avait pas envie et ne comprenait pas pourquoi Jilano avait eu cette idée.

Imperturbable, le marchombre n'accorda aucune importance à son regard interrogateur et frappa dans ses mains.

– C'est parti ! annonça-t-il.

Nillem passa immédiatement à l'attaque. La pratique de l'escrime ne faisait pas partie de l'enseignement marchombre et sa manière de tenir son sabre de bois aurait fait sourire un guerrier expérimenté mais il était rapide et résolu. L'extrémité du bâton toucha l'épaule d'Ellana avant qu'elle ait songé à réagir.

– Un point, déclara Jilano sans que sa voix révèle la moindre émotion.

Il frappa à nouveau dans ses mains. Vif comme l'éclair, Nillem se mit en mouvement. Ellana voulut esquiver mais le bâton suivit son déplacement et la percuta entre les côtes, lui coupant le souffle.

– Ça va ? s'inquiéta Nillem en s'approchant.

Ellana hocha la tête. Pourquoi donc était-elle aussi lente ? Nillem maniait le sabre de bois avec mille fois moins de brio que Jilano, elle aurait dû lui arracher ce fichu lacet sans aucune difficulté.

– Deux points.

Rassuré de ne pas l'avoir blessée, Nillem la fixait maintenant de son regard bleu cobalt où brillait une tranquille assurance. Lorsque Jilano frappa une troisième fois dans ses mains, il attaqua avec fougue.

Son bâton fouetta le vide. L'assaut était fini.

Pivotant sur ses hanches, Ellana avait laissé passer le sabre de bois à un millimètre de sa peau puis, tendant le bras, elle s'était emparée du lien de cuir. Avec une facilité presque insultante.

– Deux à un.

Troublé, Nillem se remit en garde. Au claquement de mains, il...

... ne fit rien. Avec une rapidité inouïe, Ellana était passée à l'action, se glissant sous le bâton et lui arrachant le lacet avant qu'il l'ait vue arriver.

– Deux à deux.

Le cinquième et dernier assaut fut explosif.

Nillem était résolu à ne plus se laisser surprendre. Son sabre de bois décrivit une courbe horizontale si serrée qu'Ellana dut se jeter à terre pour l'éviter, mais lorsqu'il plaça un coup d'estoc, elle s'était déjà relevée d'une pirouette et il dut reculer avec précipitation pour retrouver une distance propice à l'attaque. Elle esquiva à nouveau, bondit, vrilla son buste pour échapper à un revers, tendit le bras...

La main gauche de Nillem bloqua son poignet.

Lorsqu'il frappa de la droite, les doigts d'Ellana se refermèrent sur le manche du sabre, immobilisant sa course.

Pendant un instant, ils restèrent immobiles, tentant en vain de faire ployer l'autre tout en échappant à sa prise. Puis Nillem, plus musclé, prit l'avantage. Le bâton entama une descente inexorable vers l'épaule d'Ellana. Elle tenta de faucher son adversaire au niveau des chevilles, échoua et n'eut d'autre solution que se plaquer contre lui.

Nillem tressaillit.

Liés dans le même effort, leurs visages n'étaient plus qu'à quelques centimètres l'un de l'autre.

Les yeux de nuit d'Ellana étaient plongés dans les siens, sa peau mate à l'aspect si doux, ses lèvres... Le combat perdit soudain tout intérêt et plus rien d'autre n'exista pour lui que ce corps souple pressé contre le sien.

Ellana perçut le changement. La tension qui changeait de centre et de cible. Elle sut qu'elle avait gagné. Elle se laissa couler au sol, passa sous le sabre et bondit en arrière.

En laissant le lacet de cuir accroché à la tunique de Nillem.

— Pourquoi n'as-tu pas cherché à gagner ?
— J'ai gagné.

Jilano et Ellana étaient assis dans l'obscurité, sous les frondaisons d'un des majestueux charmes bleus de la propriété. La lune se reflétait à la surface étale d'un bassin non loin d'eux tandis qu'un crapaud solitaire jouait la sérénade aux étoiles.

Le maître marchombre hocha la tête.

— C'est vrai, tu as gagné.

Le crapaud eut le temps de longuement chanter sa passion avant que Jilano poursuive :

— Dis-moi, Ellana, que ressens-tu pour Nillem ?
— Pourquoi cette question ?
— Nous avons beaucoup hésité, Sayanel et moi, à vous faire effectuer ensemble le voyage vers le Rentaï.

Il se tut et Ellana comprit qu'elle n'en apprendrait pas davantage.

– Je pense que Nillem sera un marchombre extraordinaire, commença-t-elle. Il est intelligent, rapide, précis, souple. Tellement brillant ! Tout semble lui être si facile...

– C'est vrai, acquiesça Jilano. Je te demande toutefois ce que tu ressens, pas ce que tu penses.

Ellana rassembla ses idées.

– Je ne le connais pas encore très bien, mais je sais que je peux avoir confiance en lui. Il a beau chercher à être le meilleur en tout, jamais il ne me causera de mal. Ce que je ressens... ce que je ressens pour lui, je crois, s'approche de ce qu'on peut ressentir pour un grand frère.

– Un grand frère ?

– Oui.

Aucune hésitation dans cette réponse, aussi claire que de l'eau de roche.

La nuit dissimula le sourire de Jilano.

Un long moment s'écoula, paisible, puis le maître marchombre reprit la parole.

– Vous partez demain pour le Rentaï.

22

Ellana se leva et ajusta son sac sur ses épaules. Nillem l'imita en admirant une fois de plus sa grâce.

Ils s'étaient mis en route très tôt, alors que le soleil n'était pas encore levé. Jilano et Sayanel les avaient accompagnés jusqu'au moment où le terrain était devenu trop escarpé pour continuer à cheval. Les deux marchombres leur avaient alors souhaité bonne chance et, feignant l'indifférence, avaient fait demi-tour avec les montures. Ellana et Nillem avaient poursuivi à pied.

Ils s'étaient arrêtés un moment pour manger quand, au sortir d'une épaisse forêt de conifères, ils avaient atteint un plateau planté d'herbe rase dont la faible déclivité tranchait avec l'ascension qu'ils venaient d'effectuer. Si haut, les arbres ne poussaient plus. L'herbe elle-même finissait par céder la place aux rochers et, encore plus haut, aux neiges éternelles. Pourtant, malgré l'altitude, il ne faisait pas froid. Le soleil, presque estival, frappait fort, et ils avaient été heureux de pouvoir plonger leur visage dans l'eau fraîche d'un ruisseau.

Ils reprirent leur marche, chacun de leurs pas faisant jaillir des nuées de sauterelles colorées. La terre, gorgée d'eau, était spongieuse, l'herbe grasse et le ciel d'un bleu qui flirtait avec le violet. Ellana sentait ses muscles échauffés par la longue montée jouer avec aisance, son cœur battre avec régularité. Il ne restait pas la moindre trace de sa blessure.

Le souvenir de Nahis surgit soudain de sa mémoire, comme un nuage assombrissant l'éclat de cette journée radieuse. Un rêveur aurait sauvé la fillette. À cette époque, Ellana ne connaissait pas les rêveurs et, les aurait-elle connus, elle n'aurait pas su comment les contacter, mais cela ne changeait rien à la réalité de sa mort. Peut-être la voie du rêve était-elle plus lumineuse que celle des marchombres...

Ellana se secoua. Qu'allait-elle imaginer là !

En milieu d'après-midi, ils surprirent une harde de siffleurs. Plus petits mais aussi vifs que leurs cousins des plaines, les gracieux herbivores s'égaillèrent en bondissant et en poussant les sifflements stridents qui les caractérisaient. Nillem eut toutefois le temps de saisir son arc. D'une flèche ajustée à la perfection, il abattit une bête à cent mètres de distance.

Peu après, ils quittèrent le plateau pour gravir un col qui passait entre deux imposantes aiguilles de roc et de glace. Nillem, qui avait chargé le siffleur sur son dos, avait conservé son arc à la main et jetait de fréquents coups d'œil autour de lui.

– Tu crains un danger ? s'étonna Ellana. Je veux dire un danger autre que les bêtes sauvages qui rôdent sans doute dans la région ?

Il prit un air gêné.

– Non. Bien sûr que non. C'est juste que...

– Oui ?

– C'est juste que je connais mal la montagne, reprit-il après une brève hésitation. J'ai passé mon enfance au bord du lac Chen et si j'ai appris à nager avant de savoir marcher, j'avais plus de quinze ans la première fois que j'ai vu la neige. Sayanel m'a affirmé qu'il n'y avait rien à craindre avant la Grande Faille mais je suis tout de même un peu... inquiet. Je n'aime pas me retrouver dans une situation que je ne maîtrise pas. C'est ridicule, non ?

Il s'était exprimé sur un ton enjoué, pourtant Ellana perçut la tension dans sa question et elle retint la boutade qui lui montait aux lèvres.

– Je n'ai vu le lac Chen qu'une fois, le rassura-t-elle, et de loin. Je t'assure toutefois que si on me jetait dedans, je me sentirais vraiment très mal.

La réponse parut satisfaire Nillem, et la conversation bascula tout naturellement sur leurs enfances respectives. Nillem, fils et petit-fils de pêcheurs, aurait dû hériter de l'embarcation familiale et poursuivre le travail de ses ancêtres mais, plus forte que son amour de l'eau et des bateaux, sa soif d'aventures l'avait jeté sur les routes alors qu'il n'avait pas quatorze ans. Pendant deux années entières il avait voyagé, traversant la moitié de Gwendalavir en vivant d'expédients et goûtant l'incroyable saveur de la liberté.

Il s'apprêtait à entrer en pays faël lorsque son chemin avait croisé celui de Sayanel. Le marchombre avait toutefois attendu qu'il revienne de son expédition, à moitié mort de faim et d'épuisement, pour lui proposer de le guider sur la voie. Ils ne s'étaient plus quittés.

– Pourtant, lorsque j'ai fait la connaissance de Sayanel, tu n'étais pas là, lui fit remarquer Ellana, et l'expédition avec les Itinérants a duré plusieurs mois.

– C'est vrai, convint Nillem. À cette époque, je faisais route vers la Citadelle des Frontaliers au nord de l'Empire avec une caravane de marchands. C'est la première, et pour l'instant l'unique mission que m'a confiée Sayanel. Il voulait que je me forge une expérience en dehors de son enseignement.

– Je pensais que maître et apprenti étaient inséparables, s'étonna Ellana.

– Il n'y a pas de règle, lui expliqua Nillem. Un marchombre qui prend en charge un élève est libre de choisir la formation qu'il va lui offrir. Toi et moi avons la chance inouïe de bénéficier de l'enseignement de deux des plus grands marchombres que Gwendalavir ait connus depuis Ellundril Chariakin, si du moins elle a existé. Te rends-tu compte de ce que subissent les apprentis de Riburn Alqin ?

Ellana ne put retenir un éclat de rire en se rappelant le marchombre qui l'avait provoquée.

– Je doute que Riburn Alqin ait réussi les épreuves de l'Ahn-Ju, dit-elle lorsqu'elle se fut calmée, et donc qu'il ait des élèves.

En son for intérieur, elle se demanda si Riburn Alqin méritait seulement le titre de marchombre. Elle l'avait trouvé si lent, si maladroit…

– Et toi ? lui demanda Nillem. Où as-tu grandi ?

Ellana resta songeuse un instant. Elle n'avait plus pensé à Oukilip et Pilipip depuis si longtemps. Que devenaient ses deux pères adoptifs ? Ils étaient sans doute en train de cueillir des baies en se disputant, ou alors de se disputer en cueillant des baies…

Et le grand Boulouakoulouzek ? Et le conseil des sages ? Et Humph le trodd ? Un frisson de nostalgie la parcourut.

– Eh bien ? insista Nillem. Tu n'es pas bavarde !

Presque malgré elle, Ellana opta pour une demi-vérité. Elle parla de ses parents tués par une horde raï, mais elle tut son enfance dans la Forêt Maison des Petits. Les quelques mois qu'elle avait vécus à Al-Jeit devinrent des années lorsqu'elle les évoqua pour Nillem.

Plus tard, alors que les flammes du feu dressé pour la nuit commençaient à baisser et que le sommeil arrivait, elle comprit pourquoi elle avait menti par omission.

Ne jamais dépendre de personne et ne laisser personne dépendre d'elle.

Une maxime qui avait guidé ses pas depuis presque deux ans.

Une maxime qui la satisfaisait totalement.

Une maxime qu'elle n'aurait plus respectée en se confiant à Nillem.

Elle l'aimait beaucoup, mais il était hors de question de le laisser s'approcher trop près.

23

Au matin du troisième jour, ils franchirent le dernier col.

Le ciel limpide leur offrait une visibilité parfaite et ils découvrirent, se déployant devant eux jusqu'à l'horizon, l'immensité ocre du désert des Murmures, une succession de dunes qui semblait ne jamais s'achever. Du sable, partout du sable. Pourtant, à la limite de leur champ visuel, l'air surchauffé ondoyait, formant un manteau de brume argentée autour de ce qui ne pouvait être qu'un massif montagneux.

– Crois-tu que ce soit le Rentaï ? demanda Ellana.

– C'est probable, répondit Nillem.

– À vue d'œil, il se dresse à une soixantaine de kilomètres d'ici. La suite de notre voyage risque d'être moins plaisante...

Ils contemplèrent un instant en silence le prodigieux panorama puis Nillem désigna, presque à leurs pieds, une étroite bande de végétation luxuriante qui bordait les contreforts de la montagne.

– Nous devrons d'abord traverser la Grande Faille qui se dissimule là en bas.

Il leur fallut une demi-journée pour atteindre la forêt. Plantée d'essences qu'Ellana n'avait encore jamais rencontrées, elle était dense et touffue, envahie de plantes grimpantes, de ronciers et de taillis inexpugnables. S'y frayer un passage était presque impossible.

Après avoir mis plus d'une heure pour parcourir une misérable distance, Ellana demanda une pause.

– Fatiguée ? s'étonna Nillem.

Elle secoua la tête.

– Non, mais je déteste perdre mon temps. Si tu n'y vois pas d'inconvénient, nous allons passer par le haut.

– Par le haut ?

Elle sourit devant l'étonnement de son compagnon.

– C'est ce qu'il y a de mieux à faire quand le bas est impraticable, non ?

Sans attendre de réponse, elle saisit une branche et, en quelques mouvements précis, se hissa au sommet d'un arbre. Nillem la rejoignit juste à temps pour la voir bondir, s'agripper à un tronc haut et frêle, l'utiliser pour s'élancer plus loin, crocheter un fût, sauter à nouveau, empoigner une liane, s'y pendre et traverser une incroyable distance jusqu'à un nouvel arbre. En moins d'une minute, elle avait parcouru une centaine de mètres.

– Viens, lui cria-t-elle. C'est facile !

Il hésita un instant. Il n'était pas sujet au vertige et était rompu à l'escalade, pourtant le spectacle de haute voltige auquel il venait d'assister le laissait sans voix. Comment Ellana pouvait-elle se déplacer avec une telle facilité d'arbre en arbre ?

– Essaie, l'encouragea-t-elle, tu vas adorer !

Nillem prit une profonde inspiration et se lança dans le vide.

Il faillit rater son premier appui, se rattrapa de justesse, se força à continuer et parvint enfin à la hauteur d'Ellana, essoufflé mais hilare.

– Génial, fit-il. C'est grisant. Dangereux mais grisant. Encore un talent que je vais devoir travailler si je veux devenir…

– … meilleur que moi. Ça devient une manie !

– Disons alors que je te trouve extraordinaire et que j'ai juste envie de t'imiter. Où as-tu appris à te déplacer dans les arbres ?

– Secret marchombre !

Elle éclata de rire et tendit la main vers une nouvelle liane. À cet instant, un grondement sauvage s'éleva de la forêt. Ellana suspendit son geste.

– Qu'est-ce que c'est ? souffla Nillem.

Le grondement retentit à nouveau, chargé de violence. Effrayant.

– Je n'en sais rien, chuchota-t-elle en retour. Ça ressemble au cri d'un ours élastique, mais un ours élastique capable de hurler si fort pèserait pas loin d'une tonne et ça, ça n'existe pas ! On continue, d'accord ?

Nillem opina et ils reprirent leur progression dans les arbres en direction de l'est.

Pendant presque une heure, ils n'entendirent plus rien. Nillem avait compris comment se déplacer de branche en branche et, s'il était loin d'être un acrobate comme Ellana, il avait gagné en assurance, ce qui leur permettait d'avancer assez rapidement. Ils commençaient à croire qu'ils avaient semé le mystérieux animal lorsque le hurlement retentit, tout proche d'eux.

Ils tournèrent la tête au même instant et aperçurent une silhouette grise massive bondir du sommet d'un arbre à un autre. Elle disparut dans le feuillage mais ce qu'ils en avaient discerné était suffisant pour qu'ils se fassent une idée de sa taille.

– C'est monstrueux, lâcha Nillem abasourdi.

– Un ours élastique, fit Ellana. Trois fois plus gros que le plus gros que j'aie jamais rencontré !

Elle jeta un coup d'œil en direction du sol. La végétation s'était éclaircie, signe qu'ils approchaient de la lisière de la forêt, donc de la Grande Faille.

– On descend, décida-t-elle. J'ignore s'il en a après nous mais vu la manière dont ces animaux se déplacent dans les branches, je préfère me trouver à terre au cas où nous devrions l'affronter.

Joignant le geste à la parole, elle se laissa glisser le long du tronc. Arrivée à cinq mètres du sol, elle sauta et atterrit souplement sur ses pieds. Une fois de plus Nillem la suivit.

Au-dessus de leurs têtes, les branchages s'agitèrent furieusement. Le cri retentit à nouveau, si fort et agressif que le doute ne fut plus permis. L'animal qui le poussait était un prédateur.

Et ils étaient sa proie.

– On fonce ! s'exclama Ellana.

Ils se ruèrent en avant, slalomant entre les troncs, bondissant par-dessus les fourrés, utilisant la moindre ressource de leur prodigieux entraînement pour filer le plus vite possible.

Derrière eux le choc sourd d'une masse énorme touchant le sol se fit entendre, puis le bruit d'une course pesante. Sans prendre le risque de se retourner, Ellana et Nillem accélérèrent encore.

Pendant un moment, ils crurent qu'ils allaient réaliser l'impossible et distancer leur poursuivant.

La forêt s'arrêta.

Nillem qui courait devant battit des bras pour ne pas basculer dans le gouffre qui s'ouvrait sous ses pieds.

La Grande Faille !

Large d'une centaine de mètres et profonde de cinquante, pareille à un titanesque coup de couteau dans le paysage, la grande faille était un canyon démesuré qui filait à perte de vue à gauche et à droite. Infranchissable.

– Qu'est-ce qu'on…

Un hurlement terrifiant dans son dos lui coupa la parole. Ils firent volte-face en tirant leurs poignards.

Avec un fracas effrayant, les buissons se déchirèrent.

24

Pendant une folle seconde, Ellana et Nillem restèrent pétrifiés par l'effroi.

L'animal qui leur faisait face était un ours élastique monstrueux de quatre mètres de haut, au corps massif protégé par une fourrure drue et grisâtre. Il se tenait debout sur deux pattes épaisses comme des troncs d'arbre et son torse voûté était colossal. Ses bras musculeux touchaient presque terre, ses griffes jaunâtres fouillaient le sol alors que ses pieds, griffus eux aussi, s'y enfonçaient de plusieurs centimètres.

Son corps était certes effrayant mais c'était sa tête qui avait figé Nillem et Ellana. Un front fuyant garni de touffes de poils éparses, de petits yeux cruels enfoncés dans leurs orbites, un museau aplati et, surtout, une mâchoire inférieure prognathe d'où dépassaient deux crocs démesurés dont la fonction était claire : déchiqueter !

L'ours élastique se balançait d'un côté à l'autre avec cette étonnante souplesse qui lui avait donné son nom, un grognement sourd montant de sa poitrine. Nillem porta la main à son arc.

– Non, souffla Ellana, une flèche n'en viendra pas à bout.

– Tu as une autre idée ?

Elle tourna brièvement la tête en direction du gouffre qui s'ouvrait dans leur dos. Sa paroi était lisse et verticale. Vertigineuse. Pour être sûre, une désescalade aurait nécessité une analyse minutieuse afin de trouver le meilleur itinéraire possible. Ils n'en avaient pas le temps.

– On descend, fit-elle en rengainant son poignard.

– Mais...

À cet instant, l'ours élastique se dressa de toute sa taille. En poussant un rugissement terrifiant, il chargea.

Nillem et Ellana se précipitèrent vers la Faille. Avec des mouvements que la peur rendait fébriles, ils se lancèrent dans la désescalade. Ils progressaient à une allure folle, pourtant, lorsque l'animal darda la patte dans leur direction, ses griffes ne ratèrent le crâne de Nillem que d'un centimètre. Déséquilibré, ce dernier rata une prise et se sentit partir en arrière. D'une poigne ferme, Ellana le plaqua contre la paroi.

– On reste là, jeta-t-elle.

Puis elle remarqua le teint livide de son compagnon.

– Ça va aller ?

Nillem hocha la tête.

– C'est bon, répondit-il.

Au-dessus de leurs têtes, l'ours élastique poussa un hurlement où se lisaient colère noire et intense frustration.

– Qu'est-ce qu'on fait ? demanda Nillem.

– Je crois que nous n'avons guère le choix.

Elle ficha ses doigts dans une anfractuosité du rocher et recommença à descendre.

Il leur fallut une heure pour atteindre le bas de la falaise. Une heure de prouesses physiques et techniques. Une heure durant laquelle ils faillirent tomber des dizaines de fois et n'échappèrent à la chute que grâce à leur incroyable préparation et à leur coopération.

À plusieurs reprises, Nillem rattrapa Ellana alors qu'elle lâchait prise et, à peine moins souvent, elle lui rendit la pareille.

Lorsqu'ils touchèrent le sol, ils étaient vidés de leurs forces et de leur volonté. Ils titubèrent sur la plage de galets qui bordait la rivière et s'écroulèrent près d'un rocher. Les extrémités de leurs doigts étaient en piteux état, tout comme leurs avant-bras, et ils restèrent un long moment immobiles avant de ramper jusqu'à l'eau pour se désaltérer.

Le soleil ne se coucherait pas avant deux heures, pourtant sa lumière ne parvenait plus au fond de la Faille depuis un bon moment. Ni Ellana ni Nillem ne se sentant le courage de traverser la rivière pour attaquer l'ascension de l'autre versant, et encore moins dans l'obscurité, ils résolurent de passer la nuit à l'endroit où ils se trouvaient.

Il y avait peu de végétation mais ramasser du bois flotté ne posa aucun problème et bientôt un feu crépita. Lorsque Ellana proposa de manger, Nillem accepta avec enthousiasme. Il refusa toutefois de toucher à leurs provisions.

– Mon grand-père ne me pardonnerait jamais de manger de la viande séchée alors qu'une rivière coule à proximité, expliqua-t-il. C'est un pêcheur et un homme de principes.

Il se tailla un épieu dans une branche droite, se posta sur un rocher affleurant et ne bougea plus. Ellana s'apprêtait à lui lancer une boutade lorsque son bras se détendit avec vivacité. L'épieu fusa et quand Nillem le remonta, un poisson de belle taille y était embroché. Ellana ravala son ironie et félicita son ami de bonne grâce.

Plus tard, alors qu'il ne restait du poisson que des arêtes et du feu des braises rougeoyantes, Nillem et Ellana s'enveloppèrent dans leurs ponchos de laine et se calèrent de leur mieux entre les galets.

– Ellana ?
– Oui ?
– Tu avais déjà rencontré un ours élastique ?

– À plusieurs reprises, mais jamais d'aussi gros. Les ours élastiques ne sont habituellement pas dangereux pour les êtres humains. Il y a quelques années, j'ai essayé d'en apprivoiser un en lui offrant des framboises.

– Et tu as réussi ?

– Oui, de justesse. À ne pas me faire dévorer.

– Je croyais que les ours élastiques n'étaient pas dangereux !

– J'avais six ans. Il a dû me prendre pour un lapin.

Un long moment de silence s'écoula. Ellana pensa que Nillem s'était endormi et ferma les yeux.

– C'est étrange, fit-il alors.

– Qu'est-ce qui est étrange ?

– J'ai dix-sept ans, j'ai traversé l'Empire du nord au sud et d'est en ouest, je me suis même rendu en pays faël. J'ai bientôt achevé mon apprentissage et Sayanel, plutôt avare de compliments, affirme que je me débrouille bien. L'Ahn-Ju ne m'a causé aucune difficulté, chaque fois que je me suis mesuré à toi je l'ai emporté et pourtant... j'ai parfois l'impression quand je te regarde, quand je t'écoute, de... de n'être... qu'un débutant.

Il se tourna vers elle, se dressant sur un coude pour approcher son visage du sien.

– Tu es mystérieuse. Belle aussi. Presque... envoûtante.

Ellana se figea. La silhouette de Nillem se découpait sur le ciel nocturne. Si proche. Elle sentit sa respiration s'accélérer tandis qu'un étrange frisson traversait son dos.

– Tu ne l'as pas emporté chaque fois, bafouilla-t-elle sans savoir pourquoi elle prononçait cette phrase stupide.

Nillem ne répondit pas. Du bout des doigts, il chassa la mèche sombre qui barrait le front d'Ellana. Il caressa le velours de sa joue, frôla une veine qui palpitait follement sur son cou, approcha ses lèvres...

– Tu... je... balbutia-t-elle.

– Je l'emporte toujours, lui murmura-t-il à l'oreille d'une voix douce.

Ellana avait l'impression que ses muscles étaient devenus du coton. Elle mourait d'envie que la bouche de Nillem se pose sur la sienne et redoutait par-dessus tout qu'elle le fasse. Elle aurait voulu être à des milliers de kilomètres de là, et pourtant son cœur bondissait à l'idée de se blottir contre lui. Elle glissa une main hésitante derrière sa nuque, l'attira vers elle...

– Toujours, répéta-t-il dans un souffle.

Ce fut le mot de trop.

La caresse d'Ellana devint prise de combat. Profitant de l'effet de surprise, elle le fit basculer en arrière et le cloua au sol d'une clef imparable.

– Non, pas toujours ! s'exclama-t-elle.

La tension qui avait noué son corps s'évacua d'un seul coup et elle éclata de rire. Un rire haut et clair.

Libre.

Le nez dans les cailloux, Nillem mit quelques secondes à l'imiter. Lorsqu'elle le lâcha, il se massa l'épaule, simulant une douleur terrible.

– Tu as triché, gémit-il.
– C'est toi qui as commencé.
Il redevint sérieux.
– Tu n'avais pas envie que... je t'embrasse.
Ellana laissa flotter sur ses lèvres un sourire ambigu.
– Il y a deux réponses à cette question, comme à toutes les questions. Celle du savant et celle du poète.
– Et ?
– Et ce soir, je ne te donnerai ni l'une ni l'autre.

25

La Voleuse était une rivière tumultueuse, pourtant la traverser en sautant de rocher en rocher ne présenta aucune difficulté.

Une fois sur l'autre berge, Ellana et Nillem remontèrent le courant, scrutant la falaise qui les surplombait à la recherche d'une voie praticable. Alors qu'ils parvenaient à la hauteur d'un bassin vaste et profond créé par un éboulement qui avait joué le rôle de barrage, ils découvrirent une fissure qui, de vire en vire, serpentait jusqu'au sommet. À cet endroit, la falaise était absolument verticale, mais la fissure leur offrait des prises sûres et régulières. Ils se mirent d'accord pour tenter l'escalade.

Monter est plus facile que descendre, et comme ils avaient, après une bonne nuit de sommeil, recouvré leurs forces, ils se hissèrent sans encombre le long de la paroi.

Parvenus au sommet, ils contemplèrent le paysage en silence. Pas de végétation exubérante de ce côté de la Grande Faille, mais une frange de buissons rachitiques qui se transformaient très vite en herbe rase avant de disparaître pour laisser la place à du sable.

Du sable. D'un jaune tirant sur l'orangé, dressé d'abord en ondulations puis, plus loin, en dunes.

Du sable à perte de vue.

Avec une pointe d'appréhension, ils commencèrent à marcher.

Leur progression s'avéra vite difficile. Ils s'enfonçaient, glissaient, et perdaient un temps fou à contourner les dunes les plus hautes, impossibles à franchir. En milieu de matinée, la chaleur se mit de la partie.

Jusqu'alors, bien qu'intense, elle avait été supportable, mais lorsque la Grande Faille et la forêt qui s'élevait derrière eux disparurent de l'horizon, elle se fit intenable. Écrasante. Chaque pas était un combat. Bien qu'ils n'aient conservé de leurs vêtements qu'une fine tunique, ils transpiraient à grosses gouttes et chacune de ces gouttes, offerte en tribut au sable, était comme un fragment de vie qui les fuyait. Le soleil était devenu un ennemi. Mortel.

Ellana, un foulard blanc noué sur les cheveux, avançait à pas mesurés. Le massif qu'ils avaient aperçu avant de descendre vers la Grande Faille était bien le Rentaï, elle en avait la certitude.

Malgré le sable et la chaleur, ils l'atteindraient en deux jours de marche puisqu'ils avaient de l'eau en quantité suffisante. Le seul vrai danger qui les menaçait était de se perdre puisque les dunes masquaient l'horizon. Ils avançaient toutefois vers l'est et ne devraient pas avoir trop de difficultés à conserver leur cap.

– Tu as une idée des épreuves qui nous attendent ? demanda-t-elle à Nillem.

Il s'essuya le front avant de répondre.

– Non. J'ai tenté d'interroger Sayanel mais il est resté muet comme une tombe. Tout ce que je sais se résume à deux consignes : atteindre le Rentaï et grimper. Et toi ?

– Jilano ne m'a pas dit grand-chose de plus. Selon lui, en arrivant, nous sentirons ce que nous devons faire.

Nillem leva les yeux au ciel.

– Je n'aime pas les surprises.

– Et moi, je crois que je n'aime pas le sable, rétorqua Ellana.

Ils marchèrent ainsi une bonne partie de la journée.

Ellana percevait d'heure en heure avec davantage d'acuité en quoi une formation de marchombre était essentielle pour survivre au désert.

Écrasant de puissance, il réduisait en poussière ceux qui le défiaient.

Il fallait le comprendre, se fondre en lui, oublier les automatismes les plus courants pour en trouver d'autres, indispensables. Adopter une démarche glissée, accorder de l'importance au moindre geste, lire les lignes invisibles qui parcouraient le sable pour deviner le meilleur chemin qui n'était jamais le plus court.

Alors que sa compréhension s'affinait, Ellana en vint à oublier la chaleur et la soif pour s'ouvrir à la beauté du paysage qui l'entourait. Le galbe épuré des dunes l'émouvait, comme l'émouvaient la pureté de l'air, le silence ou les énigmatiques courbes tracées par le vent dans le sable.

Elle s'en ouvrit à Nillem à l'occasion d'une halte.

– J'ai changé d'avis, lui annonça-t-elle.
– À quel propos ?
– J'aime le sable.

Il la contempla un instant en silence. Les traits marqués par la fatigue, la peau brunie par le soleil, elle était belle. Sauvage et belle. Il faillit tendre la main vers elle, puis renonça. Il n'avait pas envie d'être repoussé une deuxième fois. Alors, du bout du doigt, il traça quelques mots sur le flanc de la dune où ils étaient assis.

Crête de sable à perte de vue
Regards entrelacés
Éternité.

Ellana sourit. C'était la première fois que Nillem se hasardait à la poésie marchombre devant elle. Son propre poème jaillit sans qu'elle ait besoin d'y réfléchir.

Sculpture d'ocre dans le désert
Partage épuré
Éphémère.

Comme pour lui donner raison, un souffle de vent chaud balaya la dune, effaçant les lettres et les mots. Nillem offrit sa main pour l'aider à se lever. Elle la prit et, lorsqu'ils se mirent en marche, elle ne la lâcha pas.

Ils avancèrent en échangeant de rares paroles jusqu'à ce qu'un étrange changement de luminosité les fît s'arrêter et se retourner. Le soleil se couchait avec une majesté presque surnaturelle. Le ciel se para de couleurs merveilleuses et, pendant quelques minutes, le désert lui-même s'embrasa d'écarlate. Puis la nuit fut là, si soudaine qu'Ellana en sursauta presque.

– Que dirais-tu de continuer à marcher? proposa Nillem. Nous ne pouvons pas faire de feu et les nuits, ici, sont réputées glaciales. Avec la lune il y a assez de lumière pour que nous puissions avancer et nous nous guiderons aux étoiles.

– D'accord, répondit-elle.

Nillem avait dit vrai. Bientôt ils enfilèrent leurs ponchos et, malgré la protection qu'ils leur offraient, ils continuèrent à frissonner. Avec la nuit, le désert avait changé d'apparence, gagnant en mystère ce qu'il perdait en somptuosité. Ellana avait le sentiment de se gorger de beauté. Elle avait lâché la main de Nillem mais le savait proche. Elle ne ressentait toujours pas de fatigue et avait perdu toute notion de la distance parcourue. Elle était profondément heureuse.

26

Un peu avant l'aube, alors que le ciel devant eux s'éclaircissait et qu'une brume légère montait du sol, ils décidèrent de prendre un peu de repos. Ils avaient marché toute la nuit, se guidant aux étoiles, pressentant qu'ils vivaient une expérience unique. La fatigue commençait toutefois à se faire sentir et c'est avec un soupir de soulagement qu'ils s'assirent au pied d'une dune et posèrent leurs sacs.

– Crois-tu que nous soyons encore loin de notre but ? demanda Nillem.

– Je ne pense pas, répondit Ellana. Nous avons bien avancé et, a priori, nous ne nous sommes pas écartés de notre route. Nous devrions apercevoir le Rentaï avant midi.

– Je te propose de dormir deux heures. Nous serons plus à même d'affronter ce qui nous attend.

– D'accord pour le repos, mais pas ensemble. Dors. Dans une heure je te réveillerai et je prendrai à mon tour une heure de sommeil.

– Tu crois que quelque chose nous menace ?

– Peu probable mais possible.

Nillem balaya du bras le désert qui s'étendait autour d'eux.

– Que veux-tu que nous risquions ? Il n'y a rien ni personne ici !

Ellana ne répondit pas. Elle fixait le flanc d'une dune voisine. Pendant que Nillem parlait, elle avait surpris un mouvement du coin de l'œil, comme si la surface du sable gondolait légèrement.

– Ellana ?

D'un geste, elle intima le silence à son compagnon. Le phénomène venait de se reproduire, plus marqué. Sur le qui-vive, elle s'accroupit, prête à réagir. À dix mètres d'eux, un pan entier de dune s'éboula. Du cône créé par l'affaissement jaillirent un, puis deux, puis trois tourbillons de sable.

Maintenus en place par la force d'une microtornade invisible, ils oscillèrent un instant puis leurs contours se précisèrent jusqu'à prendre la forme de trois silhouettes humaines. Leur surface s'unifia et durcit. Leurs visages étaient lisses et ne présentaient aucune ouverture, ils ne possédaient ni cheveux ni articulations visibles mais il s'agissait bel et bien de reproductions d'êtres humains.

Ellana et Nillem se levèrent avec une pointe d'anxiété. Un premier rayon de soleil rasa le sommet d'une dune et illumina la scène. Prises dans sa lumière, les trois créatures vacillèrent avant de trouver leur aplomb. Avec un ensemble inquiétant, elles tournèrent la tête vers Ellana et Nillem.

– Elles… elles sont vivantes ! s'exclama Nillem.

Ellana n'eut pas le temps de répondre. Les créatures se mirent en marche dans leur direction. Leur pas, d'abord hésitant, prit très vite de l'assurance et c'est presque en courant qu'elles arrivèrent sur eux.

Elles ne brandissaient aucune arme et n'exhibaient ni crocs ni griffes, mais leur attitude était suffisamment inquiétante pour qu'Ellana et Nillem plongent chacun de leur côté. Ils se relevèrent après un roulé-boulé parfait, Ellana tira son poignard, Nillem encocha une flèche sur l'arc qu'il n'avait pas lâché.

Ils hésitaient encore. Ces créatures de sable, si humanoïdes et pourtant si peu humaines, étaient-elles vraiment menaçantes ? Le doute ne fut plus permis lorsque l'une d'elles, beaucoup plus rapide qu'ils le supposaient, fonça sur Ellana et la frappa. Son poing de sable, aussi dur que de la pierre, l'atteignit au creux de l'estomac, la projetant en arrière avec une violence inouïe.

Il n'était plus temps de tergiverser. Nillem ouvrit les doigts. Sa flèche fusa, parfaitement ajustée. Elle traversa la créature qui menaçait Ellana et se perdit dans le sable à cinquante mètres de là.

Malgré ses difficultés à retrouver son souffle, Ellana évita la deuxième charge en roulant sur le sol. L'acier de son poignard brilla au soleil. La lame, affûtée comme un rasoir, ne rencontra aucune résistance et passa au travers de la jambe de la créature comme si elle n'avait pas eu plus de consistance qu'un banc de brume.

Nillem décocha trois autres flèches avant que deux êtres de sable ne l'obligent à lâcher son arc pour parer leur attaque. Il frappa du poing et du pied. Deux coups puissants qui auraient dû projeter ses adversaires à terre. Ils ne leur causèrent aucun dommage. Celui qu'il reçut, en revanche, diffusa une onde de douleur terrible dans tout son corps et engourdit son bras.

Le soleil avait quitté la ligne d'horizon et s'élevait peu à peu. Comme si elles puisaient de l'énergie dans sa lumière, les créatures devinrent plus rapides, leurs mouvements plus précis. Le rythme de leurs attaques augmenta et, très vite, Ellana et Nillem furent submergés. Ils arrivaient à éviter la plupart des coups, mais ils ne réussissaient à en porter aucun et toute possibilité de fuite leur était interdite.

Luttant contre l'affolement, ils virevoltaient tels deux feux follets, pourtant ils savaient l'un et l'autre que s'ils ne trouvaient pas une solution ils étaient perdus.

Un poing atteignit Ellana sous le menton. Elle tomba, roula sans pouvoir esquiver le pied qui la percuta entre les côtes. Douleur. Manque d'air. Elle contraignit son corps à obéir, se jeta à plat ventre pour esquiver une nouvelle attaque, roula encore, bondit sur ses pieds, frappa. En vain. Aussi dures que de la pierre quand elles cognaient, les créatures de sable devenaient immatérielles dès qu'elles étaient menacées. Le poing d'Ellana traversa celle qu'elle affrontait sans lui causer le moindre dommage.

À cet instant, un bruit de galop s'éleva, la silhouette d'un cheval se découpa sur le ciel matinal, une silhouette bondit à terre. Une femme. Vive comme une flamme, elle courut vers les créatures de sable qui assaillaient Nillem. L'une d'entre elles abandonna aussitôt sa proie pour se précipiter à sa rencontre. Elle fut accueillie par une gerbe d'eau. La femme venait de projeter sur elle le contenu de sa gourde. La créature se figea brutalement. Alors que son corps avait supporté sans mal les coups que lui assénait Nillem, l'eau eut sur elle un effet cataclysmique. Grêlés de trous fumants, ses bras se rétractèrent, devenu boue son buste s'affaissa tandis que ses jambes se dérobaient. En un instant, il ne resta d'elle qu'un tas de sable informe.

La deuxième créature arriva à la rescousse, mais elle subit le même sort avant d'avoir pu représenter un danger. L'inconnue était trop rapide et trop résolue.

Ellana plongea vers son sac. Elle saisit sa gourde, se releva d'un bond. Trop tard. Un nouveau cheval entrait en scène. L'homme qui le montait se pencha. Un jet d'eau atteignit la dernière créature au milieu du dos. Elle s'immobilisa, leva la tête pour un cri silencieux avant de se transformer en boue puis en flaque que le désert absorba.

Haletants, Ellana et Nillem se tournèrent vers la femme qui les avait sauvés. Les traits altiers, vêtue comme une guerrière de cuir et de métal, elle possédait une longue chevelure rousse qu'elle rejeta en arrière lorsqu'elle s'adressa à eux :

– Les Ijakhis sont redoutables pour qui ignore leur point faible. Vous n'avez donc rien à vous reprocher, jeunes gens. Je suis Essindra et mon compagnon s'appelle Ankil.

27

A̲nkil.

Où et quand avait-elle entendu ce nom ?

L'attention d'Ellana avait quitté la femme aux cheveux roux pour se focaliser sur son compagnon. Bâti comme un colosse, le cou épais et les épaules larges, c'était un homme d'une cinquantaine d'années à la peau tannée par le soleil. Ses traits rudes et ses lèvres étroites témoignaient d'un caractère taciturne, à l'image de son regard dur et froid.

Ellana était certaine de l'avoir déjà rencontré – pareil physique ne s'oubliait pas –, mais elle ne parvenait pas à trier les informations que lui offrait sa mémoire.

– Ainsi, vous avez subi la cérémonie de l'Ahn-Ju et vous cherchez le Rentaï...

Essindra s'était exprimée sur un ton presque badin mais sa remarque fit sursauter Ellana. Elle répondit par réflexe, en tâchant de prendre l'air surpris :

– Je suis désolée, je ne comprends pas ce que tu dis. Nous vous sommes reconnaissants d'être intervenus, mais j'ignore ce que sont l'Ahn-Ju ou le Rentaï.

Un sourire moqueur se dessina sur le visage d'Essindra.

– Voilà une bonne apprentie, ironisa-t-elle, même si ta façon de tutoyer tes aînés pourrait passer pour de l'insolence... Tes précautions sont inutiles, je sais qui vous êtes et, si cela peut te rassurer, je ne vous veux aucun mal. Les marchombres ne nuisent jamais aux marchombres.

– Vous êtes une marchombre ? réagit Nillem.

– Comment, sinon, saurais-je que vous allez tenter l'ascension du Rentaï dans l'espoir d'obtenir une greffe ?

Ellana se raidit. Sans qu'elle soit capable de deviner pourquoi, elle se défiait de cette femme.

Nillem, en revanche, ne paraissait pas partager sa réserve et dissimulait mal l'admiration que l'inconnue lui inspirait.

– Que faites-vous dans le désert des Murmures ? lui demanda-t-il néanmoins.

Essindra échangea un regard de connivence avec Ankil, regard qu'Ellana fut incapable de décrypter.

– Nous accomplissons une sorte de pèlerinage, répondit-elle avec un sourire ambigu. En souvenir du temps où nous étions deux apprentis comme vous, perdus dans ce même désert.

– Je ne me souviens pas avoir dit que nous étions perdus, remarqua Ellana.

« Et si ce gros type qui t'accompagne est un marchombre alors moi je suis la grand-mère de l'Empereur », faillit-elle ajouter. Elle se contint, non par politesse, mais parce qu'il ne servait à rien de dévoiler ses pensées.

– C'était une façon de parler, rétorqua Essindra sans se troubler. Je me doute que deux apprentis aussi jeunes ayant passé avec succès la cérémonie de l'Ahn-Ju n'ont pas grand-chose à craindre de quelques dunes et des créatures qui les hantent.

Ellana s'empourpra. Honnêtes ou pas, cette femme et son compagnon leur avaient sauvé la vie et elle aurait mauvaise grâce de l'oublier.

– Sommes-nous loin du Rentaï ? s'enquit Nillem pour dissiper la tension qui crépitait sur le groupe.

– Moins de deux heures de marche, répondit Essindra. Vous l'apercevrez dès que vous aurez contourné cette grosse dune.

Nillem la remercia et empoigna son sac.

– Ne serait-il pas raisonnable de dormir un peu avant de repartir ? demanda-t-elle. L'épreuve qui vous attend est loin d'être facile.

Une nouvelle fois, un frisson d'inquiétude parcourut le dos d'Ellana. Comment Essindra savait-elle qu'ils manquaient de sommeil ? Elle ouvrit la bouche pour l'interpeller, mais Nillem la prit de vitesse.

– Nous sommes en pleine forme, annonça-t-il, et nous n'avons aucune raison de traîner. On y va, Ellana ?

Elle hocha la tête, soulagée qu'il se méfie autant qu'elle. Elle passa son sac sur ses épaules et se campa près de lui.

Essindra jeta un coup d'œil à Ankil comme pour solliciter son avis. Le colosse demeura aussi inexpressif qu'une bûche. Ellana l'avait déjà rencontré, elle en était certaine. Elle connaissait cette stature impressionnante, ces mains capables de broyer un crâne et ce regard lourd... Une bribe de souvenir remonta d'une partie enfouie de sa mémoire, mais avant qu'elle ait pu s'en saisir, Essindra reprit la parole, le souvenir reflua.

– Dans ce cas, nous allons effectuer un bout de chemin avec vous.

Nillem tiqua.

– Ne sommes-nous pas censés voyager seuls et sans aide ?

– N'ayez crainte, le rassura Essindra, le Pacte des marchombres ne mentionne pas une telle obligation. Toutefois, afin que personne ne vous accuse de tricherie, nous ne vous accompagnerons pas lors de votre ascension du Rentaï.

Ellana envisagea une seconde de lui enjoindre de leur ficher la paix. Au pire, ils le prendraient mal et un affrontement en découlerait, au mieux ils obtempéreraient. Elle jaugea Essindra, les poignards effilés qu'elle portait à la taille et la poignée du sabre qui dépassait de ses épaules, puis Ankil, sa cuirasse et sa monstrueuse épée à double tranchant. De redoutables adversaires.

Mieux valait se montrer prudent.

Elle se contenta de hausser les épaules et saisit son sac.

Le Rentaï était un massif rocailleux formé de pics escarpés, d'éboulis de pierraille et de barres rocheuses abruptes. Bien que sa couleur dominante fût l'ocre, des taches vertes se distinguaient sur ses flancs, attestant la présence de végétation et donc d'eau. Cela expliquait pourquoi Essindra et Ankil n'avaient pas hésité à sacrifier le contenu de leurs gourdes pour se débarrasser des Ijakhis.

La montagne paraissait proche, mais il s'en fallait encore de plusieurs heures qu'ils n'atteignent ses contreforts.

Ankil marchait derrière en tenant la bride des deux chevaux tandis qu'Essindra, ne faisant aucun cas d'Ellana, avait rejoint Nillem qui avançait en tête. Elle avait engagé la conversation sur un ton badin et Ellana frémit de colère en entendant son ami rire de bon cœur.

Elle chassa ce sentiment aussi vite qu'il était venu. Ne jamais dépendre de personne, là était la voie du marchombre. Nillem était libre d'agir comme il l'entendait, libre même de se commettre avec une inconnue aussi ambiguë soit-elle.

Elle tourna la tête vers Ankil. Si Essindra se déplaçait avec souplesse et vivacité, les gestes du colosse, puissants et efficaces, n'étaient empreints d'aucune grâce. Il n'était pas marchombre, c'était une certitude. Ellana se plongea dans ses pensées, tâchant de deviner qui ils étaient et ce qu'ils cherchaient.

La chaleur était redevenue écrasante et lorsqu'ils atteignirent l'ombre projetée par le Rentaï, ils eurent l'impression de sortir d'un four. Le sable laissa la place à une étendue pierreuse qui, très vite, prit du relief.

Essindra les guida dans le dédale formé par d'énormes blocs qui avaient dû rouler depuis les hauteurs jusqu'au pied d'une falaise, premier véritable bastion du Rentaï. Des arbustes épineux poussaient là, près de touffes d'herbe éparses, et le discret clapotis d'une source se faisait entendre.

– Il y a de l'eau dans une vasque naturelle, derrière ce rocher, expliqua Essindra. Je vous conseille de boire et de vous reposer avant de tenter quoi que ce soit.

Ellana leva les yeux.

Au-delà du sommet de la falaise, la masse du Rentaï les surplombait, écrasante de verticalité et de silence. Il se dégageait de la montagne ocre une solennité presque effrayante, une force qui ramenait l'humain à sa véritable dimension. Minuscule.

On ne distinguait aucun signe de vie le long des couloirs de pierre ou des éboulis, et les traces de végétation qu'elle avait aperçues de loin étaient, de près, parfaitement invisibles. Pas de sentiers ou d'indications sur un chemin à suivre. Un monde de rochers, de silence et de solitude.

– Tu viens ?

Nillem l'appelait. Assis près d'Essindra, il venait de mordre dans le pain d'herbes qu'elle lui avait offert et s'étirait avec nonchalance. Ellana cligna des yeux. La silhouette de son ami lui apparaissait floue, lointaine, détachée de la réalité. Comment pouvait-il songer à manger ou à se reposer à un pareil moment ?

– Non, répondit-elle, je continue.

– Rien ne presse, insista Nillem, viens manger.

Le regard d'Ellana se fixa sur le Rentaï. Nillem ne sentait-il pas que la montagne était un jalon sur la voie ? Ne percevait-il pas son appel impérieux ? Elle posa la main sur la pierre chaude et un frisson la parcourut. En un éclair, elle comprit pourquoi Jilano ne lui avait rien dit de ce qui l'attendait. C'était inutile. Elle savait.

Sans un regard en arrière, elle saisit une prise et commença à grimper.

28

Ellana s'enfonça au cœur du Rentaï.

Malgré une nuit passée sans dormir, elle ne ressentait pas la moindre fatigue. Ses muscles répondaient en souplesse à toutes les sollicitations, elle avançait sans hésitation, heureuse de se trouver là où elle se trouvait.

Gravir la première falaise avait été un jeu d'enfant. Elle avait escaladé la paroi pourtant escarpée en moins de dix minutes, ne daignant pas ralentir lorsqu'elle avait entendu Nillem lui crier de l'attendre. Le voyage jusqu'au Rentaï pouvait, certes, être effectué avec un compagnon, mais un marchombre sollicitant la greffe devait être seul pour franchir la dernière étape. Ce savoir pulsait en elle avec la force d'une certitude.

Elle passa un éboulis et s'engagea dans une gorge étroite que les rayons ardents du soleil ne parvenaient pas à atteindre. La sensation de fraîcheur la surprit et elle frissonna. Elle prit pied sur un plateau hérissé de pics rocheux pointant vers le ciel leurs formes tourmentées. Alors qu'elle se faufilait entre eux, Ellana perçut le Murmure.

C'était un son pur, à la limite de l'audible, caressant et plein de douceur. Il frôla sa joue, se glissa jusqu'à son oreille et Ellana ne put réprimer un soupir de ravissement. Incapable de deviner d'où il provenait ni s'il avait un sens, elle ne douta pas une seconde qu'il fût amical. C'était un encouragement, un signe lui montrant qu'elle se trouvait sur la bonne voie.

Malgré la multitude d'itinéraires qui s'offraient à elle, elle n'avait pas hésité un instant sur le chemin à prendre. La sensation qui l'avait envahie un peu plus tôt lorsqu'elle avait touché la falaise ne l'avait pas quittée. Elle savait. Elle ignorait ce qu'elle savait, mais elle savait. L'absurdité de cette pensée lui tira un sourire, pourtant il n'y avait pas d'autres mots pour exprimer ce qu'elle ressentait. Comme pour lui signifier qu'elle avait raison, le Murmure retentit à nouveau. Enjôleur et stimulant.

Elle escalada encore une paroi, admirant les circonvolutions harmonieuses de la roche ocre, se repaissant de la sérénité ascétique que dégageaient les lieux. Alors qu'elle franchissait un surplomb, suspendue par le bout des doigts à une aspérité minuscule, les jambes pendant dans le vide au-dessus d'un paysage vertigineux, elle aperçut une silhouette progressant sur un autre versant du Rentaï.

Nillem.

Ainsi, il s'était décidé. La vision de son ami avançant vers le dénouement de sa propre aventure la réconforta et elle souhaita qu'il éprouve le sentiment de paix dans lequel elle baignait. Elle tira sur ses bras, lança sa jambe, crocheta une prise avec le talon, dépassa l'obstacle... poursuivit son escalade.

Le Murmure revint vers elle, toujours aussi doux, avant de s'éloigner, presque à regret.

Elle parvint au sommet de la falaise, progressa un moment entre des rochers ronds qui parsemaient le plateau comme des billes titanesques abandonnées par d'improbables géants. Elle se trouvait au cœur du Rentaï et le désert des Murmures n'était plus visible que par intermittence à travers de rares découpes dans la montagne qui lui offraient une vue incroyable sur les dunes de sable.

Le désert des Murmures.

Un sourire étira les lèvres d'Ellana.

Était-il possible que seuls les marchombres sachent pourquoi il se nommait ainsi ?

Le Murmure amical se glissa jusqu'à elle, jusqu'en elle, pour lui souffler qu'elle avait raison. Il ne la quitta pas lorsqu'elle descendit dans une faille étroite puis se lança à l'assaut d'une paroi raide grêlée de trous minuscules. Il était encore avec elle quand, d'un bond, elle franchit une crevasse vertigineuse et gagna une immense dalle de schiste pailleté d'argent, rampe incroyable permettant d'atteindre le sommet d'une aiguille et, de là, une nouvelle paroi.

Quand elle la longea, suspendue à des prises incertaines cent mètres au-dessus d'un chaos de rocs, l'immensité sauvage du désert dans son dos, le Murmure s'accentua, se nicha dans chacune de ses cellules, lui donnant la force de continuer.

Elle ne voyait plus Nillem depuis longtemps. Entendait-il le même Murmure qu'elle? Éprouvait-il ce qu'elle éprouvait?

Elle glissa ses doigts dans une fissure qui sinuait le long de la falaise, la suivit jusqu'à atteindre, bien plus loin, une étroite plate-forme, seul rappel d'horizontalité à perte de vue. Un trou sombre s'ouvrait dans le rocher, à peine assez grand pour qu'elle s'y faufile.

Ellana inspira profondément. Elle touchait au but.

Le Murmure souffla une note pure dans son esprit.

Elle touchait au but, mais il n'était pas encore temps. Elle n'était pas tout à fait prête. Avec des gestes lents, elle déposa son arc et son carquois sur le sol, dégrafa son ceinturon et le fourreau qu'elle portait autour du mollet, et les plaça avec ses bottes sur la pierre à côté de ses armes.

Elle dénoua ses cheveux et se tourna vers le vide.

Le désert s'étendait devant elle, infini et parfait. Le soleil implacable brillait dans un ciel d'absolu. Elle écarta les bras et, les paumes tournées vers le haut, expira avec lenteur. Lorsque ses poumons furent vides, elle attendit puis elle ferma les yeux et les remplit. Le Murmure entra en elle avec l'air.

Elle demeura ainsi longtemps, sans se préoccuper du temps qui passait, du soleil qui la brûlait et du gouffre à ses pieds. Elle n'était que respiration, paix et harmonie.

Lorsqu'elle comprit que le Murmure jaillissait désormais d'elle, elle s'agenouilla et, sans la moindre hésitation, pénétra dans la grotte.

Après l'éblouissante clarté de l'extérieur, le boyau dans lequel elle progressait en rampant lui parut aussi sombre qu'une nuit sans lune. Son sol de pierre était parfaitement lisse, comme étaient lisses ses parois incurvées et elle avançait sans difficulté. Très vite, l'entrée ne fut plus qu'une minuscule tache blanche dans son dos.

Les yeux d'Ellana s'habituèrent à l'obscurité et elle discerna, devant elle, une lueur dorée qui semblait palpiter. Malgré la sérénité dans laquelle elle baignait, ses mouvements devinrent fébriles, elle accéléra. La lueur devint plus vive et, soudain, Ellana déboucha dans une grande salle taillée au cœur de la montagne.

La lumière y pénétrait par une multitude d'ouvertures minuscules dans son plafond et, colorée par l'ocre de la pierre, tombait en rais parallèles sur le sol et le large bassin creusé en son centre. La roche était polie comme si des millions de mains infatigables avaient œuvré pendant des siècles à gommer toute aspérité, arrondissant les angles et lissant les surfaces jusqu'à ce qu'elles deviennent soyeuses au toucher et ondoyantes au regard.

Plongée dans un état second, Ellana avança jusqu'au bassin. L'eau était claire pourtant le fond restait invisible, trop lointain pour que le regard traverse les reflets moirés qui le dissimulaient.

Elle mit un pied dans l'eau, sursautant sous l'inattendue morsure de sa fraîcheur. Pour la première fois, elle marqua un temps d'hésitation. Une voix s'éleva alors du bassin, au diapason parfait du Murmure qui vibrait en elle. Un peu plus grave, aussi sereine et, bien qu'incompréhensible, aussi limpide de sens.

– Qui es-tu ?

Ellana n'hésita pas.

– Il y a deux réponses à cette question comme à toutes les questions. Celle du savant et celle du poète.

– Celle du savant.

– Je suis marchombre.

– Celle du poète.

– Je suis marchombre.

La voix devint un chant. Ellana eut l'impression qu'une main douce et maternelle s'emparait de la sienne pour la guider vers l'avant.

Ellana s'immergea avec lenteur.

Avec lenteur, elle nagea vers le centre du bassin.

La voix chantait, si pure qu'en un éclair de lucidité Ellana comprit que le Murmure qui l'avait guidée jusqu'à la grotte n'avait été que son écho, si belle qu'elle emplissait son être de clarté. Chaude et bienveillante.

L'idée de fatigue comme celle d'inquiétude lui étaient devenues étrangères et elle ne marqua qu'une brève pointe de surprise lorsque, contre toute attente, ses muscles s'engourdirent.

Elle se trouvait au centre du bassin, éclairée par un halo de lumière mordorée. Ses bras, d'abord, cessèrent de battre l'eau, puis ses jambes à leur tour se figèrent.

Les yeux grands ouverts, elle s'enfonça sans bruit vers les profondeurs mystérieuses qui l'attendaient.

Jamais la voix n'avait chanté aussi fort.

29

Le noir est total.

Elle flotte dans un état d'apesanteur béat rythmé par des dizaines de voix qui s'entremêlent autour d'elle, mélange inintelligible duquel émergent pourtant quelques phrases limpides.

– *Je serai toujours avec toi.*

– *Pose la main sur son écorce. Si tu es attentive, tu percevras le battement de son cœur.*

– *C'était le prénom de ma maman. Si tu le veux, je te le donne.*

– *Bienvenue chez les marchombres, Ellana.*

– *Il y a deux réponses à cette question. Comme à toutes les questions.*

– *Tout parle à qui sait lire, voir et écouter.*

– *Où que tu te trouves, quoi que tu fasses, je serai là. Toujours.*

Le noir est total.
– *Je serai là. Toujours.*
Les voix sont devenues des étoiles.
Rassurantes.
– *Toujours.*
Et entre les voix... une voie.
Droite et sinueuse.
Sombre et lumineuse.
Rude et douce.
La voie du marchombre.

Mue par une force plus puissante que la mort ou le destin, elle y pose les mains.

Plénitude.
Puis...
Éclat de souffrance. Intolérable. Lames de feu. Lames d'acier. Une à une greffées. Douleur insoutenable.
Ellana hurle.

Lames

1

Ellana ouvrit les yeux.

Elle était étendue à l'ombre d'un gros rocher fiché dans le sable, près d'une vasque de pierre qu'une source chuchotante remplissait d'eau claire. Au-dessus d'elle, le Rentaï dressait son impressionnante majesté tandis qu'une dune venait mourir presque à ses pieds.

Elle était revenue à son point de départ.

Ellana se dressa d'un bond, puis elle nota la forme des pierres, la hauteur des falaises, l'absence de traces humaines... Elle se trouvait bien au pied du Rentaï, mais ce n'était pas l'endroit où elle avait débuté son ascension.

Son ascension.

Elle revécut en un éclair son périple jusqu'à la plate-forme suspendue entre terre et ciel, l'étroit boyau de pierre lisse, la salle dorée, le bassin... Elle se revit, nageant dans cette eau si froide et si limpide, elle sentit à nouveau ses muscles s'engourdir, puis...

Plus rien.

Impossible de se remémorer le moindre détail de ce qui s'était passé ensuite. Seul demeurait le souvenir d'une effroyable douleur aux mains. Elle les examina avec attention. Ne découvrant aucune trace d'une quelconque blessure, elle remua les doigts, d'abord avec précaution, puis plus vivement. Elle ne sentit rien.

Comment était-elle arrivée ici ?

La chaleur du désert avait séché ses vêtements mais ses cheveux étaient encore humides. Comment était-elle arrivée ici ?

Ses bottes et ses armes étaient restées à l'entrée de la grotte et lorsqu'elle fit quelques pas, elle se brûla la plante des pieds sur le sable. Elle ne pouvait toutefois pas demeurer là et, se forçant à ignorer la douleur, elle se mit en route.

Alors qu'elle progressait à l'ombre du Rentaï, ses pensées revinrent vers le Murmure qui l'avait guidée, la voix qu'elle avait entendue près du bassin, la greffe...

Quelle greffe ?

Rappel est fait que réussir l'Ahn-Ju ne signifie pas obtenir la greffe, mais uniquement le droit de la solliciter. Rappel est fait que, parmi les candidats à l'Ahn-Ju, peu sont élus. Rappel est fait que, parmi ceux-là, peu parviennent jusqu'à l'endroit où se déroule la greffe. Rappel est fait, enfin, que parmi ces derniers peu obtiennent ce qu'ils ont sollicité.

Les mots du vieux marchombre résonnèrent dans son esprit. À aucun moment elle n'avait douté d'obtenir la greffe. S'était-elle montrée présomptueuse ? La force titanesque qu'elle devinait à l'œuvre dans les tréfonds de la montagne l'avait-elle jugée indigne ?

Le vent chaud du désert fouetta son visage comme pour conforter sa désillusion. Il charriait des grains de sable qui lui firent l'effet d'une poignée d'orties et une odeur de cuir qui...

Ellana plongea à terre.

La flèche siffla à dix centimètres de sa tête et alla se briser contre un rocher.

Un deuxième trait jaillit, se fichant dans le sable tandis qu'Ellana, après avoir effectué un roulé-boulé, bondissait sur ses pieds. Elle jeta un coup d'œil circulaire. Pas la moindre cachette ni la moindre chance de s'échapper.

Pestant contre le Rentaï qui lui avait volé ses armes, elle se mit en garde.

Les flèches ne pouvaient provenir que de ce gros rocher, à une vingtaine de mètres. Une distance suffisante pour qu'elle ait une chance raisonnable d'éviter les traits si l'archer réitérait son tir.

Pendant quelques secondes, rien ne bougea. Seul le vent faisait entendre sa plainte, Ellana aurait presque pu croire qu'elle avait rêvé.

Presque.

Vigilante, elle entreprit de s'éloigner à reculons.

Une silhouette émergea alors de l'ombre. Puis une deuxième. Et une troisième.

Trois hommes.

Ellana fronça les sourcils. Que faisaient trois assassins embusqués près du Rentaï ? Pourquoi cherchaient-ils à la tuer ?

Les trois hommes avaient laissé leurs arcs pour empoigner des sabres, et ils étaient vêtus de cuir sombre.

Comme des marchombres.

Comme des marchombres, ils se déplaçaient avec précision et souplesse. Comme des marchombres, ils se séparèrent pour mieux l'encercler, tenant compte du moindre relief, du moindre détail, ne lui laissant aucune chance de s'enfuir.

Comme des marchombres.

Mais ce n'étaient pas des marchombres.

Malgré la fluidité de leurs mouvements, la justesse de leurs positions, ils ne dégageaient aucune harmonie. Parfaites machines à tuer, ils étaient hideux. Une laideur que seul un marchombre pouvait percevoir.

Et Ellana était une marchombre.

Ils possèdent les mêmes pouvoirs que nous, mais les utilisent à des fins diamétralement opposées. Ils sont impitoyables, totalement immoraux et rêvent d'assujettir les Alaviriens à leur soif de puissance. Pour cela, ils se sont regroupés au sein d'une guilde qui place au rang de vertus la haine, la violence et le meurtre. Une guilde qui, depuis des années, s'oppose à la nôtre...

Jilano lui avait parlé d'eux. L'avait mise en garde contre eux.

Ellana serra les mâchoires.

Mercenaires du Chaos.

2

Les trois mercenaires progressaient avec circonspection et efficacité, appliquant les règles d'un jeu qu'ils avaient maintes fois pratiqué. Un jeu qui ne laissait aucune chance à leur proie.

Le cerveau d'Ellana tournait à une vitesse folle. Pourquoi l'attaquaient-ils ? Pourquoi elle ? Pourquoi maintenant ? Et surtout, comment se sortir de ce traquenard ?

Elle savait qu'elle avait très peu de chances de s'en tirer vivante. Désarmée, affrontant des tueurs professionnels, il lui fallait rien moins qu'un miracle... ou une bonne dose de folie.

Elle ignorait comment provoquer un miracle mais tenter un coup de folie était à sa portée. Alors que les mercenaires ne se trouvaient plus qu'à deux mètres, elle bondit. Celui qu'elle visait abattit son sabre. Un peu trop vite. Elle évita la lame mortelle en pivotant sur ses hanches et frappa.

De toute sa puissance.

Jambe tendue, muscles raidis, talon armé...

... en arrière.

Atteindre un combattant chevronné et sur ses gardes était impossible. Elle en avait conscience. Atteindre un combattant chevronné qui ne se méfiait pas était envisageable.

Un mercenaire s'était élancé derrière elle pour prêter main-forte à son compagnon. Le talon d'Ellana le percuta à la hauteur du plexus solaire. Sous l'impact, sa cage thoracique implosa, perforant ses poumons et son cœur. Il était mort avant d'avoir touché le sol.

Ellana plongea. La lame de son premier adversaire traça un trait de feu dans son dos mais ne parvint pas à l'arrêter. Ses doigts se refermèrent sur la poignée du sabre qui gisait sur le sable à côté du mercenaire mort. Elle roula, se releva, ne prit pas la peine de réfléchir.

Les surprendre. Sa vie reposait sur sa capacité à les surprendre.

Elle lança le sabre.

C'était un geste ridicule. Un sabre n'est pas une arme de jet et en le lançant elle se retrouvait à nouveau désarmée face à des escrimeurs aguerris.

Un geste ridicule. Inconcevable.

La lame du sabre se ficha de vingt centimètres dans le cou d'un des mercenaires.

Il tituba un instant, comme stupéfait, puis s'écroula. Le flot écarlate qui avait jailli de sa hideuse blessure se tarit très vite.

Ellana se précipita pour s'emparer de son arme, le mercenaire survivant fut plus rapide qu'elle. Il lui barra le passage et son sabre fendit l'air. Mortel.

Elle bondit en arrière, évitant de justesse d'être décapitée. Un deuxième coup fusa vers sa gorge, elle l'esquiva encore mais trébucha et ne retrouva son équilibre qu'à l'ultime seconde.

En tentant vainement de maîtriser les tremblements de ses jambes, Ellana se remit en garde.

Un rictus mauvais tordit les lèvres du mercenaire. Elle était à sa merci désormais. Il pouvait l'abattre quand il voulait, rien ne pressait. Deux de ses compagnons avaient péri par sa faute. Les consignes qu'il avait reçues avaient beau exiger une mort rapide, il allait prendre son temps...

Son sabre siffla, si vif qu'Ellana vit à peine le coup venir. Elle porta la main à sa joue et la retira couverte de sang. Déjà le sabre revenait. Elle voulut esquiver, l'acier ouvrit une profonde blessure de son épaule jusqu'à son coude. Puis une autre, plus superficielle, sur sa cuisse.

Elle sentit ses forces et sa pugnacité s'évanouir. Elle allait mourir, ici, maintenant, sans même savoir pourquoi. Un frisson froid remonta le long de son dos, zébra ses épaules, descendit jusqu'à ses poignets, s'arrêta...

Ses mains brûlaient.

Sans douleur, d'une flamme invisible. Non, de six flammes invisibles, localisées exactement aux jointures intérieures de ses phalanges! Elle plia les doigts et la sensation déferla en elle. Terrifiante de puissance.

La greffe !

Le Rentaï lui avait accordé la greffe !

Le mercenaire choisit cet instant pour porter un nouveau coup. Elle était jolie, il allait l'immobiliser puis s'amuserait un peu avec elle. Ensuite, quand il serait repu, il l'égorgerait.

Son sabre fusa vers Ellana. Avec la précision d'un scalpel. Ellana glissa le long de l'acier tranchant, aussi insaisissable qu'un rêve. Alors que sa main droite caressait le bras du mercenaire, trois lames brillantes jaillirent entre ses doigts. Sortant directement de son corps. Aussi affûtées que des rasoirs, elles mordirent la chair de l'homme du coude jusqu'au poignet, mettant l'os à nu sans rencontrer la moindre résistance.

Le mercenaire poussa un cri où la surprise, totale, le disputait à la douleur, terrible.

Il lâcha son sabre.

Ellana frappa.

De la main gauche.

Lorsqu'elle replia les doigts, trois lames, jumelles de celles qui avaient surgi de sa main droite, apparurent entre ses phalanges. Elles passèrent sous la gorge du mercenaire, telle une promesse de mort.

Immédiate.

Le cri du mercenaire se noya dans un flot de sang. Les yeux écarquillés par la terreur, il bascula en arrière.

Ellana haletait. Ses blessures brûlaient, celle qui lui avait ouvert l'épaule saignait abondamment, pourtant elle ne leur accorda aucune attention. Pas plus qu'elle n'accorda d'attention aux trois hommes qu'elle venait de tuer.

Elle regardait ses mains.

Les lames jaillissaient entre ses phalanges, dans le prolongement parfait de ses métacarpes, longues de cinq centimètres environ, façonnées dans un métal brillant aussi dur que du diamant.

Elle tendit les doigts et les lames se rétractèrent en silence, la peau se referma sur l'orifice qui s'était créé lorsqu'elles étaient sorties. Il ne restait pas la moindre trace de leur existence.

Elle plia les doigts, les lames jaillirent.

Elle tendit les doigts, les lames se rétractèrent.

Lorsque enfin elle eut admis leur réalité et le fait qu'elles obéissaient bel et bien à sa volonté, elle poussa un sifflement stupéfait.

Ses yeux tombèrent enfin sur les corps des trois mercenaires et son sourire se transforma en grimace. Elle arracha un pan de tunique à l'un d'eux avant de clopiner jusqu'à la vasque et de nettoyer ses blessures. Celle de son épaule, au moins, aurait mérité d'être recousue. Elle la banda avec soin et revint vers les lieux de l'affrontement.

Sans sourciller, elle débarrassa le plus petit des mercenaires de ses bottes qu'elle enfila. Elle repoussa ensuite un sabre, arme qu'elle jugeait lourde et encombrante, pour s'emparer d'un poignard dont elle testa l'équilibre. Satisfaite, elle le passa à son ceinturon. Elle y glissa encore deux lames plus légères, parfaites pour le lancer, et contourna le rocher où les trois mercenaires s'étaient tenus en embuscade. Comme prévu, elle découvrit leurs arcs et leurs carquois. Elle s'arma d'un arc et de flèches puis se mit en route.

Le lien entre le Rentaï et la greffe était un des secrets les mieux protégés de la guilde. Comment des mercenaires du Chaos pouvaient-ils être au courant ? Pourquoi s'en étaient-ils pris à elle ? Nillem était-il en danger ?

Les griffes d'Ellana étincelèrent au soleil.

3

Ankil montait la garde sur un rocher isolé.

En apercevant sa silhouette massive, Ellana eut une nouvelle fois la certitude qu'elle l'avait déjà rencontré mais, une fois encore, elle échoua à se rappeler où et quand.

Le colosse ne broncha pas lorsque, aussi silencieuse qu'une ombre, Ellana se glissa dans son dos et poursuivit son chemin. Elle n'avait rien à lui dire, rien à lui demander.

Un bruit de voix attira son attention. Elle touchait au but.

Elle escalada un rocher, rampa sous un autre et parvint à l'aplomb de l'endroit où elle s'était séparée de Nillem.

Nillem.

Il était là, assis sur un bloc de pierre, plongé dans une discussion houleuse avec Essindra. En le voyant, le premier geste d'Ellana fut de courir vers lui, un réflexe de prudence l'en dissuada à l'ultime seconde. Né des mots qu'Essindra venait de prononcer :

– Il faut que tu admettes la réalité, Nillem, ton amie ne reviendra pas.

Nillem secoua la tête.

– Je refuse de le croire !

– Voilà trois jours qu'elle est partie. Trois jours, Nillem ! À l'heure qu'il est, son corps démembré doit se trouver au fond d'une crevasse.

La voix douce d'Essindra jurait étrangement avec la dureté de ses paroles.

– Non ! se braqua Nillem. Peut-être le Rentaï la retient-il captive, cette montagne est... elle est vivante !

– Sans doute, admit Essindra, mais le Rentaï t'a relâché. Pourquoi la garderait-il, elle ?

Nillem tourna vers elle un visage torturé.

– Nous avons eu cette conversation dix fois déjà ! Faut-il que je vous répète une onzième fois que le Rentaï m'a refusé la greffe ? Que ce fichu Murmure a failli me rendre fou et que c'est par miracle que j'ai eu la vie sauve ?

– Tu vois qu'il est inutile d'attendre ton amie.

– Ellana n'est pas moi. En elle coule une force différente de tout ce que je connais. Je suis sûr qu'elle a obtenu la greffe !

Essindra posa les mains sur les épaules de Nillem et braqua ses yeux dans les siens.

– La greffe ! La greffe ! Tu n'as que ce mot à la bouche. À combien évalues-tu le prix d'une greffe qu'une montagne perdue au milieu d'un désert se réserve le droit d'accorder ou pas ? En quoi est-elle liée à la valeur du marchombre qui la sollicite ? Tu te leurres, Nillem, la valeur, la vraie valeur, ne se trouve pas là où tu crois. La vraie valeur est en toi !

– En moi ?

La voix de Nillem avait vacillé, celle d'Essindra fut douce et irrésistible. Terriblement séduisante.

– Oui, en toi Nillem. Tu es jeune, beau, intelligent, incroyablement doué. Le monde t'appartient, il te suffit de tendre la main. Tu vaux plus qu'une greffe, beaucoup plus.

– Mais...

– Non, écoute-moi jusqu'au bout. Une force extraordinaire se dégage de toi. Une force comme je n'en ai jamais perçu. Elle est alimentée par tes qualités et par ton ambition. Cette ambition qui fait si souvent défaut aux marchombres. Un destin unique t'attend. Saisis-le !

– Je... je... et Ellana ?

– Elle est morte, Nillem. Oublie-la !

– C'est faux, Nillem, je ne suis pas morte. Je suis juste égratignée, assoiffée, et... en colère !

Nillem se dressa d'un bond et leva la tête. Ellana était campée au-dessus d'eux, les mains sur les hanches, et le regard qu'elle portait sur Essindra était tout sauf amical.

En entendant Essindra évoquer la durée de son absence, Ellana avait failli se trahir. Trois jours ! Était-il possible que le Rentaï l'ait gardée trois jours dans ses entrailles ? Si Essindra seule l'avait affirmé, elle ne l'aurait pas cru, mais Nillem n'avait pas tiqué et elle avait été contrainte d'admettre l'incroyable.

Les paroles d'Essindra l'avaient heurtée. Elles n'étaient pourtant pas si différentes de celles de Jilano. « Il n'y a aucune différence de valeur entre les marchombres qui ont obtenu la greffe et ceux à qui elle a été refusée », avait dit le maître marchombre peu avant leur départ. Et si Nillem n'avait pas obtenu la greffe, il n'en restait pas moins, comme le prétendait Essindra, un marchombre extraordinaire. D'où venait cette impression que les mots d'Essindra étaient une toile destinée à piéger Nillem ? Cette certitude que si elle, Ellana, n'intervenait pas, il allait quitter la voie ?

Ellana sauta dans le vide et atterrit près de Nillem. Elle ne put contenir une grimace lorsque sa cuisse se rappela à son souvenir en lançant une vrille de douleur dans sa jambe entière.

– Tu es blessée ? s'inquiéta Nillem.

– Une simple égratignure, répondit-elle. On m'a attaquée.

– Des Ijakhis ?

– Non, trois mercenaires du Chaos. Ils sont morts.

Elle avait proféré cette dernière phrase en fixant Essindra dans les yeux, guettant sa réaction.

– Des mercenaires du Chaos ? Ici ? s'exclama-t-elle. Impossible !

– Si tu ne me crois pas, va vérifier par toi-même. Leurs corps sont encore chauds.

Essindra secoua ses longues boucles rousses, incrédule.

– Le Rentaï est une entité bien trop puissante ! Il est lié aux marchombres. Jamais il ne laisserait des mercenaires le gravir.

– Ils ne l'ont pas gravi. Ils se sont contentés de m'attendre en bas.

Le regard d'Ellana se durcit lorsqu'elle poursuivit :

– Qu'est-ce qui te faisait donc croire que j'étais morte ?

– Tu es restée absente trois jours.

– N'est-ce pas une durée normale ? Toi, marchombre qui a vécu l'Ahn-Ju, n'es-tu pas censée connaître le Rentaï et les épreuves qu'il impose aux apprentis ?

Elle n'avait pu dissimuler l'animosité qui vibrait en elle. Essindra lui renvoya un regard étonné.

– Tu as passé trois jours dans le Rentaï. Est-ce que, pour autant, tu peux expliquer son pouvoir ? Moi qui n'ai gravi cette montagne qu'une fois, lorsque j'ai sollicité la greffe, je ne m'y risque pas.

Les doutes d'Ellana se dissipèrent et elle eut soudain honte de l'agressivité dont elle faisait preuve. Essindra l'observait avec bienveillance.

– L'épreuve du Rentaï est ardue et tu dois être épuisée, reprit-elle. Essaie tout de même de me comprendre. Nous étions persuadés que tu étais morte, Nillem avait perdu force et courage, je cherchais à le faire réagir. Rien de plus.

Ellana se détendit. Elle se tourna vers Nillem, remarquant pour la première fois son air égaré.

– Je... je... ne sais plus, balbutia-t-il. Le Rentaï m'a repoussé, je refusais ta mort, mais... mais...

– Nillem n'a pas obtenu la greffe, intervint Essindra d'une voix amène. C'est un choc difficile à surmonter.

Nillem saisit le bras d'Ellana et l'attira à lui.

– Et toi ? la pressa-t-il fiévreusement.

– Que veux-tu dire ?

– Le Rentaï t'a gardée trois jours en son sein. As-tu obtenu... la greffe ?

Ellana se dégagea avec douceur et fermeté.

– Je te raconterai tout... fit-elle. Mais je le raconterai à toi seul !

Essindra se raidit.

– Ta prétention devient offensante, jeune apprentie ! Tout comme ton manque de respect pour tes aînés !

Sa voix avait pris la froideur de la glace. Ellana ne broncha pas. De nouveau pulsait en elle cette étrange certitude : Essindra était dangereuse et leur dissimulait sa véritable nature.

– Je n'ai de respect que pour les gens qui le méritent. Et quelque chose me souffle que tu ne le mérites pas !

Essindra porta la main à la poignée de son sabre, Ellana fléchit les genoux et tira à moitié son coutelas. Trois mètres les séparaient. Trois mètres qui crépitaient d'une tension presque palpable.

Nillem les observa un instant puis il vit Ankil qui arrivait à grands pas dans leur direction. Il avait dégainé son énorme épée.

En silence, Nillem se rangea aux côtés d'Ellana.

Dans un monumental effort de volonté, Essindra repoussa son sabre dans son fourreau.

– Je déteste les malentendus de ce genre, fit-elle d'une voix qui tremblait de rage contenue. Cette gamine mal élevée mériterait une bonne correction. Par respect pour son maître et par amitié pour toi, Nillem, je ne la lui donnerai pas. Cependant, si j'avais envisagé de vous escorter afin de vous prêter main-forte au cas où d'autres mercenaires rôderaient dans le désert, il n'en est désormais plus question. Débrouillez-vous !

Elle oublia Ellana pour ne plus s'adresser qu'à Nillem.

– Souviens-toi. Quoi qu'elle tente de te faire croire, tu vaux mille fois mieux qu'elle !

Elle tourna les talons et, attrapant Ankil par la manche, l'obligea à la suivre. Ils sellèrent rapidement leurs chevaux et, sans plus leur accorder un regard, s'éloignèrent vers l'ouest.

Ellana expira longuement, avant de s'approcher de Nillem.

– Je... je suis désolée. Le Rentaï, l'attaque des mercenaires du Chaos et maintenant les paroles de cette femme... Tu crois que j'ai été injuste ?

– Je crois, oui. Essindra n'a rien dit ou fait de mal. Au contraire, elle nous a sauvé la vie lorsque nous avons été attaqués par les Ijakhis. Pourquoi cette animosité ?

– Je ne sais pas, répondit Ellana. Je ne sais vraiment pas.

4

– Tu penses qu'Essindra n'est pas une marchombre ? demanda Nillem alors qu'il nettoyait avec précaution la blessure qu'Ellana avait à l'épaule.

Il avait tiré de son sac une aiguille courbe et du fil. Il bloqua le bras d'Ellana entre ses genoux et s'apprêta à rapprocher les bords de la plaie par un premier point.

– Alors ? insista-t-il.

– Non, je... Aïe ! Fais attention !... J'ai envisagé cette possibilité, mais elle ne tient pas debout.

– Pourquoi ? Je veux dire pourquoi as-tu envisagé ça et pourquoi est-ce que ça ne tient pas debout ?

– D'abord son homme de main, cet Ankil. Imagines-tu un marchombre s'encombrer d'un pareil compagnon ? Ensuite sa présence, ici, au moment où nous y sommes et où trois mercenaires y sont aussi. Ça fait beaucoup de monde pour un endroit censé être désertique, non ?

– Je ne suis pas sûr de te suivre, fit Nillem, surtout en ce qui concerne une relation entre Essindra et les mercenaires du Chaos, mais passons. Pourquoi as-tu changé d'avis ?

– Parce qu'elle nous a sauvés de l'attaque des Ijakhis, tu l'as fait toi-même remarquer, et parce que si elle avait été une ennemie elle t'aurait égorgé au lieu de te réconforter. Également parce qu'elle a choisi de ne pas se battre tout à l'heure. Si je n'ai aucun doute sur l'identité des trois hommes qui ont tenté de me tuer, c'est qu'ils n'ont pas eu ce genre de comportement. Leur but était de m'assassiner, ils ont échoué, ils sont morts. Une attitude simple qui ne correspond pas à Essindra.

Nillem plaça un dernier point, noua un bandage autour de l'épaule d'Ellana et entreprit de nettoyer la coupure qu'elle avait sur la joue.

– Je suis défigurée ? s'inquiéta-t-elle.

– Un peu.

– C'est vrai ?

– Mais non. La lame qui t'a fait ça était si bien aiguisée qu'une fois la plaie cicatrisée il ne restera aucune trace. Je n'ai même pas besoin de recoudre. Tu peux remercier son propriétaire.

– Non, je ne peux pas, il est mort.

Nillem leva les yeux au ciel.

– C'était une façon de parler. Tu es toujours séduisante, si c'est ce qui t'inquiète.

– Autant qu'Essindra ?

Il s'immobilisa pour l'observer avec attention.

– Attends... Tu n'es pas jalouse au moins ? Je veux dire... ta manière de traiter Essindra... Tu ne lui reproches quand même pas d'être belle et attirante ?

Ellana haussa les épaules.

– N'importe quoi ! Cette idée est ridicule !

– Très bien, fit Nillem avec un sourire discret. As-tu d'autres blessures ?

– Une dans le dos et une dernière le long de la cuisse, maugréa Ellana.

– Montre-moi ça.

Elle se dévêtit lentement et Nillem poussa un sifflement en découvrant l'estafilade qui barrait son dos.

– Ce coup de sabre a bien failli t'être fatal !

– Je m'en suis aperçue, figure-toi...

– Et il y a du sable partout !

– Je suis vraiment désolée.

Nillem nettoya la plaie, la recousit, puis la recouvrit d'une compresse découpée dans un pan de tunique. Il s'occupa ensuite de la cuisse d'Ellana et de l'estafilade sans gravité que le sabre du mercenaire y avait ouverte. Ses gestes étaient doux, précis, et en quelques minutes il eut fini.

– Voilà, fit-il en rangeant son aiguille et le fil. Nous pouvons partir.

– Je crains qu'il ne soit plus temps, répondit Ellana.

Du doigt elle montra le ciel vespéral qui se teintait d'or et de sang.

– Camper ici alors que d'autres mercenaires du Chaos rôdent peut-être aux alentours n'est pas une bonne idée, remarqua Nillem.

– Nous allons grimper, décida Ellana. Essindra a affirmé que les mercenaires craignent le Rentaï et ne se risquent pas à le gravir. Je crois que...

Elle se tut. Nillem avait blêmi et ses traits s'étaient durcis.

– Que se passe-t-il ? s'enquit-elle.

– Je ne retournerai pas sur cette montagne !

– Mais...

– Je ne sais pas ce que tu as vécu, Ellana, mais pour moi, ça a été un enfer. Ce... Murmure ! L'as-tu entendu ?

– Oui.

– Il a failli me rendre fou. Il s'est glissé en moi, insidieux comme un serpent, il... Les mots pour exprimer ce que j'ai ressenti n'existent pas. C'était pire qu'une torture, Ellana, pire que la mort. Je ne retournerai pas sur cette montagne !

– Je n'ai entendu le Murmure qu'une fois bien engagée dans le Rentaï, biaisa-t-elle. Passons la nuit au sommet de la première falaise. Nous y serons en sécurité et tu seras à l'abri du Murmure.

« Tu seras à l'abri du Murmure » et non « Nous serons à l'abri ».

La formulation poignarda Nillem. Ellana ne lui avait encore rien raconté de ce qu'elle avait vécu, pourtant il était clair que le Rentaï l'avait acceptée. Sans doute lui avait-il accordé la greffe.

À elle et pas à lui !

Il eut soudain envie de fuir le plus loin possible.

Par un monumental effort de volonté, il se contint.

– D'accord, fit-il. Je veux bien essayer.

5

Ils profitèrent des derniers rayons du soleil couchant pour gravir la falaise. Ellana progressait lentement afin de ménager ses blessures, choisissant ses prises avec soin et veillant à ne pas trop solliciter son bras blessé. Nillem grimpait à ses côtés, prêt à intervenir si elle défaillait.

Le trouble qui l'avait étreint s'était dissipé, et il s'en voulait d'avoir été incapable de le chasser plus tôt. Ellana était son amie. Si elle avait obtenu la greffe, il ne pouvait que se réjouir. La jalousie qui, pendant une folle poignée de secondes, avait envahi son âme était indigne d'un marchombre.

Ils atteignirent le sommet de la falaise, et Nillem fut soulagé de ne pas entendre le Murmure qu'il redoutait.

Ellana tourna vers lui un regard inquiet.

– Ça va ?

– Oui, la rassura-t-il avec un sourire forcé. Même si je n'ai aucune envie d'aller plus loin...

Ils s'installèrent face au vide, le dos appuyé contre un gros rocher et partagèrent en silence un repas de lanières de viande séchée et de pain d'herbes. Ils burent l'eau de leurs gourdes remplies à la source, avant qu'Ellana se hasarde à parler.

Elle savait que Nillem souffrait d'avoir échoué devant le Rentaï, pourtant elle ignorait la profondeur de sa blessure. Elle aurait pu éviter le sujet mais, si les mots font parfois plus de mal que de bien, se taire était une facilité qu'elle se refusait.

– Je t'ai aperçu lorsque tu grimpais. Tu es allé loin ?

Un pâle sourire étira brièvement les lèvres de Nillem.

– J'ai commencé à souffrir à cent mètres d'ici. J'ai d'abord cru que ce n'était qu'un mauvais moment à passer, qu'il s'agissait d'un test que ma volonté me permettrait de réussir. Je me trompais. Ce Murmure a failli me faire perdre la raison. Plus je grimpais, plus la voie s'effaçait devant moi, plus le monde perdait de son harmonie pour basculer dans le chaos, plus je devenais fou. Plus j'avais mal. J'ai néanmoins continué. J'étais si sûr que la greffe m'attendait...

Il se tut. Ellana, respectant sa déception, demeura silencieuse. Il finit par reprendre :

– Lorsque j'ai atteint l'ouverture d'une grotte, au fond d'une combe, mon âme était à vif et ce maudit Murmure ne cessait pas. J'ignore où j'ai puisé la force de pénétrer dans la grotte.

Nillem marqua une nouvelle pause. Frissonna. Ellana passa un bras sur ses épaules et se serra contre lui. Il ne parut pas s'en apercevoir.

– Ce que j'avais vécu jusque-là n'était rien face à ce qui m'attendait. Le Murmure qui m'avait torturé tout au long de ma progression est devenu une voix. Écrasante et impitoyable. La voix du Rentaï. Elle a rugi en moi, me noyant sous une vague de feu et de douleur. Je n'étais pas le bienvenu ! Je n'avais rien à faire là ! Un bassin contenant une eau limpide se trouvait juste devant moi. Comme dans un cauchemar, je me suis senti basculer. J'ai perdu connaissance. Lorsque j'ai ouvert les yeux, j'étais ici, enfin juste un peu plus bas. Essindra et Ankil s'occupaient de moi.

Il tourna la tête vers elle.

– Voilà, c'est tout.

Non, ce n'était pas tout. Nillem n'avait pas dit son angoisse, sa déception, sa honte peut-être, et le poids de la désillusion. Il n'avait rien dit de ces sentiments terribles qui, une fois la douleur physique passée, continuaient à le faire souffrir.

Il n'avait rien formulé, mais Ellana l'avait lu dans ses yeux.

Ils restèrent ainsi longtemps, blottis l'un contre l'autre. Silencieux.

Un silence qu'une fois de plus Nillem rompit le premier.

– Et toi ? demanda-t-il à voix basse.

Le choix que cette simple question lui imposait fit tressaillir Ellana.

Parler ?

Raconter l'extraordinaire paix qui était descendue en elle lorsqu'elle avait entendu le Murmure pour la première fois, le moment hors du temps passé à respirer face au désert, son expérience unique dans la grotte, la voix qui l'avait accueillie, sa chaleur et sa bonté, le bassin et sa sérénité ?

Ou se taire ?

Ne rien dire pour protéger son ami, ne pas accroître son chagrin, lui dissimuler la chance qu'il avait ratée et qu'il ne retrouverait jamais.

Elle choisit de tergiverser. Celer l'essentiel pour ne narrer que des faits.

– J'ai entendu le Murmure, comme toi, mais il n'a jamais été agressif. J'ai eu au contraire le sentiment qu'il me guidait. Comme toi j'ai atteint l'ouverture d'une grotte. Comme toi je m'y suis glissée et j'ai découvert un bassin. Je suis entrée dans l'eau et là, j'ai perdu connaissance. Comme toi, j'ai rouvert les yeux au pied du Rentaï, près d'une source.

– Tu as obtenu la greffe, n'est-ce pas ?

Nouveau dilemme. Plus terrible encore que le précédent. Sauf qu'Ellana ne pouvait pas mentir. Pas à Nillem.

– Oui.

Elle dégagea son bras, toujours passé sur les épaules de son ami, et tendit la main devant lui. Lorsqu'elle ferma le poing, ses trois griffes brillantes jaillirent. Sans un bruit. Parfaites.

– Elles sont... magnifiques, murmura Nillem.

Il passa le doigt sur leur tranchant unique, en caressa le galbe lisse, sursauta lorsque Ellana les rétracta.

– Magnifiques, répéta-t-il.

Il y avait tant de ferveur dans sa voix que la gorge d'Ellana se serra.

– Ce ne sont que des lames, lui chuchota-t-elle en l'étreignant avec force. De simples lames.

Nillem tressaillit. Il ferma les yeux un instant avant de les rouvrir pour ficher son regard bleu cobalt dans celui d'Ellana.

Parmi la multitude d'émotions qui y dansaient, elle lut une tristesse immense, une incompréhension tout aussi profonde, et quelque chose qui ressemblait à une supplique. Son cœur se serra.

D'un geste doux, Nillem chassa la mèche noire qui barrait le front d'Ellana. Il effleura le velours de sa joue, approcha son visage...

Aucune veine ne palpitait follement sur le cou d'Ellana, mais il ne le remarqua pas. Il ne perçut pas non plus son hésitation avant qu'elle réponde à son désir.

Leurs lèvres se trouvèrent et ils échangèrent un long baiser. Un baiser au goût de sel.

Plus tard, bien plus tard, alors qu'Ellana dormait, lovée contre lui, Nillem assista au lever de la lune. Ronde et brillante, elle monta dans le ciel, nimbant le paysage d'une clarté fantomatique.

Un rayon traversa l'espace pour venir caresser la main qu'Ellana avait posée sur son épaule.

Nillem contempla la peau hâlée, les doigts effilés. Il imagina la merveilleuse alchimie qui se déroulait là, si près de lui. Si loin.

Jamais il n'avait autant souffert.

Une fêlure en lui s'élargit imperceptiblement. Des mots en surgirent, impossibles à refouler. Il les murmura à la nuit :

– Pourquoi toi et pas moi ?

La tête tournée vers le désert, les yeux grands ouverts, Ellana ne répondit pas.

6

Ellana boitillait mais ne souffrait plus. Elle avait renoncé à emporter un arc, consciente que, tant que la blessure de son épaule ne serait pas cicatrisée, elle serait incapable de s'en servir. Nillem et elle s'étaient en revanche chargés d'eau, seul moyen, à leur connaissance, de lutter contre les Ijakhis.

Le premier jour, ils guettèrent les dunes, prêts à réagir à une éventuelle attaque mais seule la chaleur se montra menaçante. Ils se traînaient sous un soleil de plomb, un foulard noué sur leurs cheveux, vêtus de simples tuniques et transpirant à grosses gouttes.

La fatigue accumulée tout au long de l'expédition nouait leurs muscles et pesait sur leur vitalité.

Ils accueillirent le coucher du soleil avec soulagement. Ils continuèrent à avancer sous les étoiles pendant un moment puis, à bout de forces, ils durent s'arrêter. Ellana dormit la première. Trois heures d'un sommeil sans rêves.

Lorsque Nillem la réveilla en lui caressant les cheveux, elle avait l'impression de s'être assoupie juste un instant, et se sentait à peine reposée.

Elle prit son tour de garde et Nillem s'allongea.

Son sommeil s'avéra long à venir et, quand enfin il ferma les yeux, ce fut pour se mettre à trembler et à geindre. Ellana se pencha sur lui. Il dormait et ses paroles, empreintes d'inquiétude, étaient inintelligibles. Nul doute toutefois qu'il était assailli par des cauchemars. Des cauchemars dont elle ne connaissait que trop la cause.

Elle saisit sa main, sursautant en la découvrant brûlante. Ce contact parut le calmer et il bascula dans un sommeil plus serein. Ellana ne le lâcha pas.

Elle regrettait le baiser qu'ils avaient échangé la nuit précédente. Elle n'était pas certaine que Nillem éprouvât pour elle autre chose qu'une sincère affection fraternelle et elle était sûre de ne pas être amoureuse de lui. Elle ne voyait toutefois pas comment elle aurait pu agir autrement. Nillem faisait face à la situation avec opiniâtreté mais elle le savait blessé et ne se sentait ni le courage ni le droit de le blesser davantage.

Ils repartirent alors que la lune était haute dans le ciel.

Le soleil ne se leva que des heures plus tard, les trouvant plus las que jamais. Les montagnes de l'Est, qui se dressaient cette fois à l'ouest, apparurent dans la matinée. Ils rectifièrent leur route en s'aidant des repères pris sur les plus hauts sommets et continuèrent à progresser entre les dunes.

Un hennissement parvint à leurs oreilles alors que les premiers buissons commençaient à poindre devant eux.

Ils se figèrent sur place.

Le hennissement s'éleva à nouveau, provenant de derrière la dune qu'ils venaient de franchir. Nillem s'allongea et appuya son oreille sur le sol.

– Des cavaliers, annonça-t-il en se relevant. Plus de dix. Ils arrivent au galop et seront là dans moins d'une minute.

– Des mercenaires du Chaos ?

– Je n'en sais rien. C'est possible.

Ils examinèrent les alentours mais convinrent très vite que se cacher était impossible.

– On court, décida Ellana. La Grande Faille est proche. Si nous l'atteignons et commençons à descendre avant qu'ils aient passé cette dune, ils ne nous verront pas.

Oubliant leur fatigue, ils s'élancèrent.

Ils faillirent réussir. Ils couraient vite, Ellana les dents serrées pour contenir la douleur qui montait de sa cuisse blessée, Nillem sans paraître gêné par le sac de sa compagne qu'il portait en plus du sien.

Des cris et des bruits de galop retentirent alors qu'ils se trouvaient à moins de dix mètres de la Grande Faille. Ellana poussa un juron et se retourna.

Un groupe de cavaliers fonçait dans leur direction. Ils étaient encore trop loin pour qu'il soit possible de les identifier mais les voir surgir en vociférant sur leurs traces et galoper était mauvais signe. Très mauvais signe.

– Viens !

Penché au-dessus du vide, Nillem l'appelait. Elle le rejoignit.

– Regarde, fit-il, la fissure que nous avons utilisée pour monter est juste là. Nous pouvons…

– Non, le coupa-t-elle. Si nous descendons, ils nous tireront comme des lapins avant que nous ayons parcouru cinq mètres.

Nillem lui renvoya un regard stupéfait.

– Tu veux les affronter ?

Ellana ne répondit pas. Elle fixait le fond du canyon cinquante mètres plus bas, la rivière Voleuse qui y serpentait, le bassin formé par l'éboulement qu'ils avaient remarqué en remontant son cours…

Était-ce jouable ?

Les cavaliers arrivaient au galop. Encore quelques secondes et ils se trouveraient à portée de leurs flèches. Nillem devait être parvenu à la même conclusion, car il fit glisser les sacs à terre et saisit son arc.

– Attends ! lui enjoignit Ellana. Il y a une autre solution.

Elle attrapa les sacs et les jeta dans le vide.
– Mais qu'est-ce que...
– Il faut sauter.
– Nous allons nous tuer !
– Pas si nous atteignons le centre du bassin.

Nillem jaugea la situation, évalua leur trajectoire et hocha la tête.

– D'accord. Il faut toucher l'eau le plus droit possible, les pieds en premier, tête rentrée dans les épaules, bras tendus, plaqués sur le côté. Tu as compris ?
– Oui.
– Alors, on y va !

Ils échangèrent un long regard et s'élancèrent.

Jamais Ellana n'aurait cru qu'une chute puisse paraître aussi interminable. Le vent sifflait avec fureur à ses oreilles alors qu'une multitude de pensées incohérentes agitaient son esprit. Elle se rappela à l'ultime seconde les conseils de Nillem et, se redressant de son mieux, tendit ses muscles dans l'attente de l'impact.

Il fut effroyable. Elle eut l'impression que ses jambes explosaient, que ses côtes cédaient, que sa mâchoire partait en miettes... puis plus rien.

7

– **P**ar les yeux de la Dame, remue-toi, Ellana !

On la secouait avec rudesse et son épaule malmenée généra une onde de douleur dans tout son corps qui acheva de lui faire reprendre connaissance. Elle ouvrit les yeux. Nillem était accroupi près d'elle et jetait des coups d'œil inquiets autour de lui.

Un sifflement retentit et il se tassa. La flèche passa au-dessus de leurs têtes et se brisa contre la falaise, à deux mètres d'eux.

– Qu'est-ce que…

– Ce sont bien des mercenaires du Chaos et ils nous tirent dessus depuis le sommet. Je t'ai traînée à l'abri de ce rocher, mais nous sommes coincés. Cinq d'entre eux ont commencé à descendre vers nous.

Ellana leva la tête avec précaution.

Ils se trouvaient sur la rive ouest de la Voleuse. Nillem l'avait donc sortie de l'eau alors qu'elle était inconsciente et lui avait fait traverser le bassin. Un exploit qu'expliquait sans doute son enfance passée au bord du lac Chen.

Six hommes debout au sommet de la falaise les visaient avec leurs arcs. L'un d'eux lâcha un trait. Il était loin, mais sa position dominante lui offrait la puissance qui aurait pu lui manquer. Il soigna la précision de son tir. Sa flèche se ficha dans le sol à un pas d'Ellana.

Elle se tapit derrière le rocher, non sans avoir remarqué les cinq silhouettes qui descendaient lentement le long de la paroi.

– Il faut que nous grimpions de notre côté, dit-elle. Les vingt premiers mètres seront dangereux, puis nous nous trouverons hors de portée.

Nillem désigna du menton la falaise à laquelle ils s'adossaient. Abrupte, parfois en dévers, elle ne présentait à cet endroit aucune fissure et très peu de prises confortables. L'escalade, bien que possible, promettait d'être longue et ardue.

– Ils auront largement le temps d'ajuster leurs tirs, répondit-il, et nous n'aurons pas la moindre possibilité de les éviter.

Il jeta un coup d'œil aux vêtements trempés d'Ellana. À hauteur de son épaule, sa tunique se teintait d'un rouge de mauvais augure.

– Et tu n'es pas en état de pratiquer la course verticale, ajouta-t-il. J'ai peur que mes points de suture n'aient pas résisté à notre plongeon.

– Ton arc ?
– Quelque part au fond de la Voleuse. Je m'en suis débarrassé pour aller te chercher puisque tu n'avais apparemment pas l'intention de remonter seule.

La tentative d'humour tira un sourire à Ellana.

– Tu es un marchombre extraordinaire ! lança-t-elle. Sans toi, je serais morte dix fois depuis le début de ce voyage.

– Tu exagères, rétorqua-t-il mais elle lut dans ses yeux que le compliment l'avait touché.

Il jeta un rapide coup d'œil à leurs adversaires. Les cinq grimpeurs avaient atteint le milieu de la falaise, les autres se tenaient toujours à son sommet.

– Je ne comprends pas pourquoi ils s'acharnent ainsi, cracha-t-il. Les mercenaires du Chaos sont les ennemis jurés des marchombres, d'accord, mais nous ne sommes que deux apprentis. Ce déploiement de forces me dépasse !

Il jeta un nouveau coup d'œil par-dessus le rocher.

– Je vais me mettre debout pour les inciter à tirer, décida-t-il. À cette distance, j'ai de bonnes chances d'esquiver leurs traits. Lorsqu'ils n'en auront plus, nous filerons.

– Tu dérailles, Nillem. Tu as beau être doué, tu ne peux éviter six flèches simultanément. Tu te feras trouer la peau.

– Tu as une idée ? Autre qu'un pas sur le côté ou l'arrivée de la garde impériale ?

– Attendre que les cinq mercenaires soient en bas et les affronter.

Nillem ouvrait la bouche pour répondre lorsqu'un cri retentit. Ils levèrent la tête ensemble pour voir un des archers lâcher son arme, écarter les bras et basculer dans le vide. Il s'écrasa sur les rochers de l'autre côté de la Voleuse.

Ses cinq compagnons s'agitèrent mais avant qu'ils aient compris ce qui se passait, l'un d'entre eux porta les mains à sa poitrine et s'écroula. Malgré la distance, Ellana et Nillem discernèrent parfaitement la longue flèche noire fichée dans son cœur.

– Quelqu'un leur tire dessus ! s'exclama Nillem.
– D'où ?
– De notre côté de la Grande Faille !
– Mais c'est impossible. La distance est trop...

Un troisième mercenaire s'effondra, un trait noir planté au travers de la gorge.

Les survivants décochèrent une série de flèches en direction de l'autre bord de la Grande Faille. Elles retombèrent bien avant de l'atteindre, donnant le signal de la débandade. En quelques secondes, les mercenaires disparurent.

Ellana et Nillem s'étaient levés. Loin au-dessus d'eux, une silhouette se tenait fièrement campée sur un promontoire.

Jilano.

Le marchombre ne brandissait pas d'arc, mais le gant d'Ambarinal était enfilé sur sa main gauche. Il abaissa son bras vers les mercenaires qui se trouvaient à mi-parcours de leur descente, amena une corde invisible jusqu'à sa joue et ouvrit les doigts.

Sifflement mortel. Un nouveau trait noir franchit l'espace, presque invisible tant il filait vite. Un mercenaire poussa un cri rauque et lâcha prise. Un vent de panique souffla alors sur ses comparses. Ils entreprirent de remonter avec frénésie la portion de falaise qu'ils venaient de descendre. Ils n'en eurent pas le temps.

Sayanel se tenait à côté de Jilano. Il brandissait un arc véritable mais ses flèches étaient aussi précises que celles de son ami. Ils tirèrent chacun deux fois et il ne resta plus que des corps démantibulés sur la berge de la Voleuse.

Jilano et Sayanel les attendaient, assis sur un rocher, un léger sourire aux lèvres.

– Les maîtres n'ont pas le droit de guider leurs élèves dans le désert des Murmures, déclara Jilano, mais ils peuvent effectuer un bout du chemin de retour en leur compagnie. Qui étaient ces charmants inconnus qui vous tiraient dessus ?

– Des mercenaires du Chaos !

Les sourires s'effacèrent pour laisser place à une mine inquiète.

– Racontez !

L'ordre ne souffrait pas de contradiction. Ellana débuta le récit, Nillem prit la suite.

Ellana qui observait Sayanel le vit se tendre lorsque son élève narra en quelques mots simples comment le Rentaï l'avait rejeté. Il souffrait visiblement le martyre de devoir avouer cet échec à son maître mais celui-ci ne lui demanda aucune explication, pas plus que Jilano ne fit de commentaire en apprenant qu'Ellana avait obtenu la greffe.

– Vous êtes sûrs que cette femme, cette Essindra, a dit être marchombre ? demanda Sayanel lorsqu'ils eurent fini.

– Certains, répondit Ellana. Elle a évoqué le rôle du Rentaï et parlé du Pacte des marchombres.

– Elle nous a également confié qu'elle avait elle-même sollicité la greffe, ajouta Nillem, mais on ignore si elle l'a obtenue.

Jilano se tourna vers Sayanel.

– Essindra, une petite quarantaine d'années, de longs cheveux roux, un caractère affirmé... ça te dit quelque chose ?

– Rien du tout.

Jilano se leva, ôta le gant d'Ambarinal de sa main gauche et le rangea soigneusement dans sa poche. Sayanel se leva à son tour.

– Que comptez-vous faire ? s'enquit Ellana.

– Tout d'abord boire et manger, répondit Jilano d'une voix posée.

– Et ensuite ?

– Ensuite nous traverserons cette forêt en essayant de ne pas nous faire remarquer par ce surprenant ours élastique qui tente de dévorer les marchombres ayant le malheur de mettre un pied sur son territoire.

– Et ensuite ?

– Nous avertirons le Conseil des agissements des mercenaires du Chaos, puis nous chercherons qui peut bien être cette Essindra et nous contrecarrerons ses plans s'ils nous déplaisent.

– Et ensuite ?

– Cet ensuite-là commence maintenant, Ellana. Ta formation est loin d'être achevée et je la reprends en main.

– Encore des exercices ?

– Oui, et le premier est pour tout de suite.

– Que dois-je faire ?

– Te taire !

ÉPILOGUE

– Tu devrais te concentrer davantage, jeune apprentie.
– Je n'y arrive pas.

La pointe d'Or s'enfonce dans le Grand Océan, au sud d'Al-Jeit. Elle tire son nom de la couleur dont se parent les rochers quand, au printemps, une fleur minuscule, l'adélante, éclôt tout à coup et métamorphose en quelques jours une contrée où, le reste de l'année, roches blanches et lichens gris règnent en maîtres.

L'été s'achevait, il n'y avait plus d'adélantes. Le vent du Nord qui soufflait sans discontinuer depuis une semaine, s'il épurait le ciel jusqu'à le rendre effrayant de limpidité, avait amené une température rigoureuse qui était venue à bout des dernières fleurs.

Les deux silhouettes solitaires juchées sur le plus haut promontoire à l'extrémité de la pointe d'Or ne semblaient toutefois pas souffrir du froid. Tournées vers l'océan, elles avaient enchaîné depuis le matin des séries de mouvements fluides dont la lenteur n'avait d'égale que l'harmonie. Jusqu'au moment où la plus jeune avait renoncé.

– Je n'y arrive pas, répéta Ellana.

L'état de quiétude dans lequel elle basculait lorsqu'elle travaillait la gestuelle marchombre avec Jilano se dérobait à son esprit. Trop de tracas, trop d'émotions, trop d'appréhension, trop de trop...

– Alors il faut parler, dit Jilano. Que se passe-t-il ?

– Je me perds dans un monde de questions obscures. Elles me hantent et assombrissent mon existence.

– Par le roi des Raïs, cela a l'air grave.

Ellana ne réagit pas à la boutade, aussi Jilano poursuivit-il :

– Il n'est pas dans mes habitudes de jouer ce rôle mais je veux bien essayer de t'offrir quelques réponses. Si je les possède.

– Hier, nous nous sommes présentés devant le Conseil or il n'a pas paru réagir lorsque vous avez parlé des mercenaires du Chaos. Que se passe-t-il ?

– La guilde vit une époque trouble. Le Conseil peine à faire respecter le Pacte. Certains marchombres peu scrupuleux cherchent à gagner de l'influence et y parviennent. Les autres, dont je fais partie, ont peut-être eu tort de les laisser agir. De fortes tensions existent et nul ne peut prédire quel sera l'avenir de la guilde. Détrompe-toi cependant, le Conseil a réagi. Que les mercenaires soient au courant de l'existence du Rentaï a eu sur la guilde l'effet d'un tremblement de terre. Aucun apprenti ne sera plus autorisé à solliciter la greffe tant que cette menace n'aura pas été éradiquée.

– La guerre ?

– Marchombres et mercenaires du Chaos sont en guerre depuis des siècles, mais tu as raison, un affrontement définitif semble désormais inévitable. Il est dommage pour nous qu'il survienne alors que la guilde est divisée.

Ellana hocha la tête et Jilano lui sourit.

– Ne me dis pas que seul ce point te tracassait…

– Non, en effet, admit Ellana. Où sont Nillem et Sayanel ?

– À ce que je sais, Sayanel avait prévu d'entraîner Nillem vers le nord. Sa formation n'est pas plus achevée que la tienne et il a, en outre, besoin de reprendre confiance, ce qui risque de demander du temps. Cela dit, tu tournes encore autour du pot !

Ellana soupira. Était-ce bien la peine d'être marchombre pour que n'importe qui puisse lire avec autant de facilité dans vos pensées ? Puis elle se rasséréna, Jilano était loin d'être n'importe qui.

– Je… Pourquoi Nillem n'a-t-il pas obtenu la greffe ? Il est… je veux dire… il la méritait autant que moi, peut-être même plus.

Jilano fixa sur elle ses yeux bleu pâle.

– Non, Ellana, personne ne mérite plus que toi d'obtenir la greffe. En douter est une injure faite au don que le Rentaï t'a offert.

– Mais...

– Attends. Réponds à une question, veux-tu ? Une simple question. Si le Rentaï t'avait repoussée, comment aurais-tu réagi ?

– J'aurais été malheureuse.

– Ce n'est pas ce que je te demande. Je ne parle pas de tes sentiments immédiats mais de ta véritable réaction. En profondeur.

Ellana resta silencieuse un instant puis un sourire insolent étira ses lèvres.

– Ça n'aurait rien changé. Je suis moi et les décisions d'une montagne, pour imposante qu'elle soit, n'y peuvent rien ! Je suis moi et j'ai l'intention de poursuivre mon chemin, où qu'il me mène.

– Et ton chemin est la voie des marchombres, Ellana ! Le Rentaï n'a fait que t'appuyer pour que tu la suives.

– Mais Nillem ?

– Nillem est brillant, un des apprentis les plus brillants que j'aie jamais croisés, pourtant il y a une faille en lui. Une faille dangereuse que le Rentaï a dû percevoir.

– Je ne comprends pas.

– L'ambition. Nillem est dévoré par l'ambition. Être le plus rapide, le plus souple, le plus discret, le plus...

– Ce n'est pas un défaut, s'insurgea Ellana. Je passe mon temps à vouloir m'améliorer, à dépasser mes limites, à...

Elle se tut.

Jilano l'observait avec cet air ironique qu'il prenait lorsqu'elle faisait fausse route.

– Puisque tu cherches des explications, tu devrais écouter jusqu'au bout celles que j'ai à te fournir, lui conseilla-t-il.

– Je vous écoute. Excusez-moi.

– Il y a une différence énorme entre celui qui cherche à se dépasser et celui qui veut être le meilleur. Le premier travaille sur lui, le second par rapport aux autres. Tu le sais très bien puisque tu nous l'as toi-même expliqué. Nillem était incapable d'admettre que la greffe pouvait lui échapper, elle était devenue essentielle à l'image qu'il avait de lui. Le Rentaï la lui a donc refusée.

– Nillem est peut-être ambitieux mais il est aussi généreux, doué et courageux.

– Cela ne fait aucun doute. Un apprenti remarquable et un futur marchombre de talent, je te l'ai dit et je le pense. Je ne suis ni son maître ni le Rentaï pourtant je sais que la greffe l'aurait conforté dans son sentiment que tout lui est dû. Son échec est une occasion pour lui de retrouver le sens de la voie.

Ellana fronça les sourcils.

– Selon vous, Nillem s'écarte de la voie du marchombre ?

– Selon moi, la voie du marchombre est longue et ardue. Seuls de rares élus l'arpentent avec ce naturel qui est le tien.

Alors qu'elle s'apprêtait à répliquer, il lui intima le silence d'un geste.

– Tu as obtenu beaucoup de réponses. Je voudrais maintenant te répéter une de tes phrases.

Il passa derrière elle, lui écarta les bras et plaça les mains sous les siennes.

– Tu es toi, lui chuchota-t-il à l'oreille, et tu as l'intention de poursuivre ton chemin, où qu'il te mène. Tu es une marchombre, Ellana, regarde loin devant toi !

Le murmure de Jilano ouvrit la voie au souffle d'Ellana qui s'apaisa.

Le maître reprit sa place près de l'élève et ils se glissèrent ensemble dans la gestuelle marchombre.

Peine et tourment dépassés, chacun de leurs mouvements, ample, parfaitement maîtrisé, en accord profond avec leur respiration, dégagea bientôt une aura de paisible puissance.

D'équilibre parfait.

Un ballet de vie.

« La vie est une question.
La voie du marchombre est tout à la fois
la réponse du savant et celle du poète. »
Ellundril Chariakin

Pour continuer à arpenter la voie...

DIX RÊVES
POUR UN PETIT

- Cueillir trois kilos de framboises par jour.
- Rigoler avec les copains.
- Cueillir, un jour, une framboise de trois kilos.
- Se disputer avec les copains (mais pas pour de bon).
- Se réconcilier avec les copains en mangeant des framboises.
- Trouver une clochinette bleue.
- Sauter à pieds joints dans les flaques.
- Éclabousser les copains.
- Regarder se lever la lune.
- Se promener.

DIX RÊVES POUR UN MARCHOMBRE

- Se glisser derrière l'ombre de la lune.
- Rêver le vent.
- Chevaucher la brume.
- Découvrir la frontière absolue.
- La franchir.
- D'une phrase, lier la Terre aux étoiles.
- Danser sur ce lien.
- Capter la lumière.
- Vivre l'ombre.
- Tendre vers l'harmonie. Toujours.

MAÎTRE ET ÉLÈVE

– Dis-moi, jeune apprenti, dis-moi ce qu'il y avait au commencement.
– Au commencement étaient le vent, la nuit et les étoiles.
– Et ensuite?
– Ensuite vint le marchombre, né d'un rêve de liberté, fil de vouloir sur trame d'harmonie.
– Que fait le marchombre, jeune apprenti?
– Il chevauche le vent, parle à la nuit et courtise les étoiles.
– Où va-t-il, jeune apprenti? Où va le marchombre?
– Il suit la voie.
– Où la voie le mène-t-elle?
– Nul ne le sait et cela n'a aucune importance. Le marchombre est la voie et la voie est le marchombre. Seul compte le fait de la parcourir. Toujours plus loin.
– Dis-m'en davantage, jeune apprenti. Dis-moi quels sont les buts que poursuit le marchombre.

– Le marchombre recherche l'harmonie. Dans ses gestes, sa vie et ses pensées. Le marchombre recherche aussi les limites. Celles des hommes, celles des éléments et celles des rêves. Afin de les dépasser. Il recherche enfin la vérité. Épurée, parfaite. La vérité redevenue vent.

– Dis-moi, jeune apprenti, dis-moi le trajet qui t'attend.

– Un maître marchombre m'a choisi et me forme. Son enseignement dure trois ans et n'appartient qu'à lui. S'il ne doit des comptes à personne et me transmet son savoir de la manière qu'il l'entend, mon maître doit toutefois me présenter au Conseil qui entérine son choix et m'autorise à arpenter la voie. C'est la première étape.

– Quelle est la deuxième étape, jeune apprenti ?

– Pendant les trois années que dure ma formation, mon maître peut, s'il le désire et s'il m'en estime digne, me faire subir les épreuves de l'Ahn-Ju. C'est la deuxième étape et elle est facultative.

– Parle-moi de l'Ahn-Ju, jeune apprenti.

– Trois maîtres marchombres me testent. Exigence et intransigeance sont les fils avec lesquels ils tissent leurs épreuves. Réussir l'Ahn-Ju signifie pouvoir, lorsque ma formation sera achevée, enseigner à mon tour la voie à un apprenti. Réussir l'Ahn-Ju signifie aussi prétendre à la greffe.

– La greffe, jeune apprenti ?

– C'est la troisième étape.

– Parle-moi de la greffe, jeune apprenti.

– C'est l'étape ultime. Un voyage initiatique dans l'inconnu, des épreuves impitoyables, un prétendant placé devant l'essence même de la voie et face à sa propre insignifiance. Toujours. La mort. Souvent. La greffe est rarement accordée mais qu'elle le soit ou non, s'il survit, celui qui l'a sollicitée quand il revient chez les hommes se trouve transformé.

– Qu'est-ce que la greffe, jeune apprenti ?

– Seuls savent ceux qui l'ont obtenue, et ceux qui l'ont obtenue n'en parlent pas.

– Que sont les marchombres qui n'ont pas subi les épreuves de l'Ahn-Ju, ceux qui n'ont pas sollicité la greffe ou ceux qui se la sont vu refuser ? Que sont les marchombres qui s'arrêtent à la première étape ?

– Ils sont marchombres.

– Mais encore, jeune apprenti ?

– La voie n'est pas graduée. Tenter de la comprendre et y progresser représentent les uniques priorités du marchombre. Puisque l'on n'arrive jamais, le chemin parcouru est plus important que l'endroit d'où l'on part.

– Qu'est-ce que le Pacte des marchombres, jeune apprenti ?

– Une lumière sur la voie. Un guide qui permet de ne pas s'en éloigner.

– Qui sont les membres du Conseil, jeune apprenti ?

– Les garants du Pacte. Six maîtres marchombres choisis parmi les plus anciens pour ouvrir la voie aux plus jeunes. Six maîtres marchombres chargés de garder le maître-mot.

– Quel est le maître-mot, jeune apprenti ?

– Liberté.

VOYAGE

Aux confins du monde connu, là où les frontières des empires humains pâlissent jusqu'à ne plus être que d'aléatoires tracés sur les cartes d'explorateurs devenus fous depuis longtemps, là où les légendes sont tissées avec des fils de vérité et où la vérité vacille devant l'inconnu, là se dresse une montagne solitaire. Défi lancé au ciel tel un arrogant doigt de roche adamantine, elle transperce les nuages et tutoie les étoiles.

Une caverne s'ouvre près de son sommet, bouche noire et béante d'où s'échappent des relents de souffre, des lueurs rougeoyantes et, la nuit venue, d'effrayants grondements.

Des chevaliers montent la garde devant cet antre obscur. Figés dans d'étranges postures, ils sont vêtus d'armures qui furent naguère étincelantes. Le plus impressionnant d'entre eux est un colosse brandissant une hache de combat et un écu au blason devenu illisible. Qu'il pleuve, vente ou neige, il demeure immobile.

Comme ses compagnons, il est mort.

Si la visière de son heaume n'était pas baissée et si sa chair n'avait pas fondu sous les feux de l'enfer, on lirait dans son regard une terreur si totale qu'elle est devenue folie.

Aucun bruit sur la montagne. Aucun mouvement.

La mort et le silence.

Une silhouette se glisse pourtant entre les corps pétrifiés des héros oubliés.

Légère, indécelable, elle pénètre dans la caverne. L'obscurité n'a aucun effet sur la grâce de son pas. Elle avance, aussi précise qu'une flèche.

Aussi silencieuse qu'une ombre.

Sous la montagne, le Dragon sommeille.

Âgé de cinq mille ans, il repose sur un extraordinaire monceau d'or et de bijoux, de pierres rutilantes qui cascadent sous ses ailes repliées, de parures scintillantes et de joyaux mirifiques. Trésor inestimable pour lequel des rois, par dizaines, se sont damnés.

La puissance des grands anciens coule dans ses veines tandis que la magie originelle enveloppe son corps d'une aura bleutée. Il veille sur son butin. Redoutable sentinelle, capable de déceler le moindre bruit, la moindre présence sur une incroyable distance et de réduire en cendres n'importe quel intrus, voleur audacieux ou armée conquérante.

Il ne bronche cependant pas et ses paupières restent closes lorsque l'ombre pénètre dans son antre. Fine silhouette vêtue de cuir souple, elle s'approche sans crainte de la titanesque créature. Elle n'accorde pas un regard aux richesses qu'elle foule.

Nulle lame, nulle flèche n'a jamais effleuré le Dragon, aucun contact humain n'a jamais souillé ses écailles brillantes.

La main d'Ellundril Chariakin se pose sur son cou.

Lorsqu'il ouvre les yeux, alerté par un sens surnaturel, le Dragon est seul. Il comprend instantanément.

Que quelqu'un est venu.

Que quelqu'un est reparti.

Que rien ne lui a été volé.

Que quelque chose lui a été apporté.

Un message.

Écrit en lettres flamboyantes sur le mur qui lui fait face :

Beauté du geste libre
Supériorité de l'esprit sur la force
Rire.

La clameur de rage du Dragon s'élève sur la montagne alors qu'il prend son envol, avide de vengeance.

Impuissant.

Là où va Ellundril Chariakin, rien ni personne ne peut la suivre...

... souffle imperceptible, elle se glisse dans le dos de l'homme assis à sa table de travail.

Elle regarde par-dessus son épaule sans qu'une seule seconde il se doute de sa présence. Un bref sourire étire ses lèvres quand elle lit les mots qu'il vient d'écrire sur son ordinateur.

Il est si loin de la vérité.

Il arrête de taper sur son clavier, comme si la conscience de son incapacité à traduire l'âme marchombre se frayait enfin un passage dans son esprit. Il ferme les yeux un instant. Soupire.

Deux mains se posent alors sur ses tempes, si délicates qu'il ne les sent pas, si douces que la tension en lui soudain reflue. Il recommence à écrire...

... Ellundril Chariakin se dresse sur le dos du Dragon. Dans son poing levé au-dessus de sa tête, le médaillon flamboie d'une lumière éclatante qui illumine les Spires comme l'aurait fait un soleil miniature.

La légendaire marchombre écarte les bras et plonge.

Droit dans le cœur du démon...

... Une brise légère fait tourner les pages du livre abandonné sur la table. Une silhouette vêtue de cuir souple s'en éloigne d'une démarche fluide et, sans émettre le moindre bruit, se fond entre les arbres.

Limites sans cesse repoussées
Plaisir infini
Écriture.

ELLANA
LE PACTE DES MARCHOMBRES

UNE TRILOGIE DE PIERRE BOTTERO

1. ELLANA

2. ELLANA, L'ENVOL

3. ELLANA, LA PROPHÉTIE

LA QUÊTE D'EWILAN

La première trilogie de Pierre Bottero

Tome 1
D'UN MONDE À L'AUTRE

Tome 2
LES FRONTIÈRES DE GLACE

Tome 3
L'ÎLE DU DESTIN

Les Mondes d'Ewilan

La deuxième trilogie de Pierre Bottero

Tome 1
LA FORÊT DES CAPTIFS

Tome 2
L'ŒIL D'OTOLEP

Tome 3
LES TENTACULES DU MAL

L'AUTEUR

Pierre Til' **Bottero** est né dans un petit village blotti au pied de la chaîne du Poll peu de temps après la troisième guerre contre les Raïs. Après une enfance heureuse passée à pister les clochinettes sous les rougeoyeurs, à taquiner les trodds dans leurs mares et à chercher les ruines de la mythique Al-Poll, il est parti suivre des études de sculpteur de branches à Al-Jeit.

Il a ensuite vécu quelques années en pays faël, observé l'île des Nimurdes, de loin, tenté et raté une traversée de la mer des Brumes en canoë, tenté et réussi une traversée de l'Œil d'Otolep à la nage, avant de passer trois mois entiers perché au sommet d'un arbre à guetter l'apparition de la Dame et de son Héros.

Très peu doué pour le dessin (maître Duom en personne avoue n'avoir jamais rencontré aussi piètre dessinateur), il s'est lancé avec bonheur sur la voie de l'écriture et emploie désormais son temps à coucher sur le papier ses voyages et ceux de ses amis en Gwendalavir et ailleurs.

Pierre nous a quittés un soir de novembre 2009. À nous de poursuivre le voyage.